KB112898

하이델베르크와
프라이부르크의
사색 일지

이수정 철학 에세이

하이델베르크와 프라이부르크의
사색 일지

Schatzkästchen von Denken aus meiner heidelberger-freiburger Zeit

철학과 현실사

일러두기

1. 이 글들은 대부분 2022년에 쓴 것이나 그 내용은 기본적으로 1993/94년, 그리고 1997/98년, 각각 독일 하이델베르크와 프라이부르크에 객원교수로 머문 체류기이다.

2. 단, 이 책은 독일 현지에서 쓴 당시의 일기, 편지, 시, 메모 등을 기초로 작성한 것이므로, 이것은 30/40대의 청년과 60대의 장년이 공동 집필한 셈이다.

3. 본문의 내용은 대부분 당시의 일기에 기반한 사실의 기록이나, 부분부분 픽션이 가미되어 있음을 밝혀둔다.

4. 이 책에는 기존의 졸저에 수록된 시편 등이 문맥상 현장감을 살리기 위해 의도적으로 일부 포함되어 있다.

5. 외국어 인명, 지명은 국립국어원의 외래어 표기법을 따르지 않고 가급적 현지 발음에 가깝게 표기했다. 교과서가 아닌 문학작품이고 필자의 소신이므로 양해를 바란다. (예: 튀빙겐 → 튀빙엔, 마르부르크 → 마아부르크, 에르랑겐 → 에얼랑엔, 뮌헨 → 뮌헨, 네카 → 네카아, 바흐 → 바하, 파리 → 빠리, 베르사유 → 베르사예, 센 → 센느 등등)

6. 차례의 '학기별 구분'은 시각적인 '쉬어가기'일 뿐 특별히 계절과는 상관이 없다. 독일 대학에서는 대개 10월부터 '겨울학기(WS)'가, 그리고 다음 해 4월부터 '여름학기(SS)'가 시작된다.

서문

나는 요즘 좀 제멋대로 글을 쓴다. 형식과 내용에 얽매이지 않는다. 문학에서는 이런 걸 '수필'이라고 하지만 보통의 수필과는 좀 다르다. 되도록 철학적 사색을 담으려 하기 때문이다. 얽매이지 않는다고 형식과 내용이 없지는 않은 것이다. 읽어 보면 알겠지만 이것은 에세이이기도 하고 소설이기도 하고 시집이기도 하고 편지이기도 하고 그리고 특히 일기이기도 하다. 그 모든 것이 여기 다 있다. 이 아니 유쾌한가.

기본적으로 이것은 나의 독일 유학기이다. 단, 학생 신분이 아닌 객원교수로서의 체류기이다. 논문도 썼고 수업도 들었으니 유학이 아닌 건 아니다. 거기서 나는 내 전공인 철학을 공부했고 그 흔적도 여기 남겼다. 특히 그 시간 속에서의 사색들을 담았다. 그러니 이건 기본적으로 철학책이다. 더욱이 그 배경이 독일이니 이건 또한 여행기이기도 하다. 그냥 여행은 물론 아니다. 일단 해외여행이고 일종의 철학기행이고, 또한 그 배경이 1990년대이니 일종의 시간여행이기도 하다.

주변에서는 이 책의 집필을 만류했다. 요즘 누가 독일 이야기를 신기해하느냐. 독일 안 가본 사람이 얼마나 되느냐. 요즘 누가 철학 따위에 관심을 갖느냐. 게다가 이건 1990년대 이야기가 아니냐, 이미 세기도 바뀐 그 옛날 이야기가 무슨 도움이 되겠느냐. 이유가 하나둘이 아니다.

　그럼에도 불구하고. 아니, 바로 그렇기 때문에. 나는 이 책을 써야만 했다. 이 책을 쓸 필요가 없다는 그 모든 이유들이 동시에 이 책을 써야만 하는 이유가 되기 때문이다. 서양-유럽-독일에 대한 관심, 철학적 문제에 대한 관심, 지나간 시간들 내지 '좋았던 시대'에 대한 관심, 그 모든 것이 작금의 우리에게 '결여'되어 있고 그 결여는 절대 칭찬할 일이 아니기 때문이다. 서양-유럽-독일은 아직도 여전히 우리의 중요한 모범이고, 철학은 인간의 질-격-수준 같은 것을 위한 필수적 조건이고, 과거는 현재-미래를 위한 불가결의 거울이기 때문이다. 무엇보다도 이런 것들이 우리에게 주는 '재미'라는 것이 분명히 있다. 나는 그것을 포기하기 싫었다. 무엇보다도 나 자신에게 '1990년대' 즉 '청년 시절'에 '독일'에서 보낸 시간들과 그때 거기서의 철학적 '사색'들이 너무나 좋았기 때문이다. 나는 그것을 공유하고 싶었다. '좋다'는 것은 그 자체로 모든 행위의 강력한 동기가 되고 충분한 근거가 된다. '철학적'인 것은 '시사적'인 것과 달리 보편성을 갖는다. 언제나 어디서나 즉 시간과 공간을 초월해 의미를 갖는 것이다. 철학의 가장 큰 특징이자 장점이다.

오래되어도 빛바래지 않고 오히려 오래될수록 빛을 발하며 저 와인처럼 깊고 그윽한 맛을 낸다. 이 책의 행간에서도 아마 그런 그윽한 향기가 스며 나올 것이다.

　무엇보다도 내가 몸담았던 하이델베르크와 프라이부르크는 독일인들도 사랑해 마지않는 아름다운 도시다. 특히 학생과 교수들이 주민의 대다수인 싱싱한 대학도시다. 더욱이 강과 산과 오래된 고적이 있는, 그리고 무엇보다 헤겔과 야스퍼스, 후설과 하이데거 등이 살았던, 스토리가 있는 유서 깊은 도시다. 낭만이 없을 수 없다. 그래서 나는 그때 거기서 이런 시를 읊기도 했다.

〈하이델베르크의 여름 저녁〉

해도 차마 아쉬워 저물지 않고
서산마루를 잡고 머뭇거릴 제

어디선가 교회의 맑은 종소리
골목길 마다마다 은은도 해라

강변에는 두엇 젊은 연인들
손잡고 호젓하게 산책하는데

흐르는 강 위에는 백조 몇 마리

우아한 몸짓으로 물을 가른다

저기 저 시계탑이 대학이던가
노교수의 강의 소리 흘러나온 듯

꿈결처럼 싱그럽게 바람 불어와
보리수 잎사귀들 스치고 가네

한참을 멍하니 시간을 잊고
'네카아' 강에 떠가는 유람선 보면

나는 어느덧 괴테가 되어
아리따운 마리안네를 그리고 있네

이끼진 돌계단 세며 내려가
주점에서 맥주 한잔 더 해도 좋고

돌다리 건너가 '슐랑엔 베크'
올라가 철학자의 길 걸어도 좋지

어쩌다 반가운 얼굴 만나게 되면
그래, 세상일일랑 다 접어두고

한 번쯤 문학이나 철학 같은 것
위인들도 무색하게 떠들어보게

떠들다 뱃속이 허전해지면
캐티와 황태자를 기념하면서

'붉은 황소집' 찾아가 앉아
점잖게 '프로일라인' 부르면 되지

어쩌면 친구가 피아노로 가
나를 위해 몇 곡쯤 칠 수도 있고

흥이 나면 금발의 유쾌한 벗들
다 함께 소리 높여 노래도 하리

살다가 세상일 번거롭거든
이것저것 전후좌우 살필 것 없이

큰맘 먹고 비행기 집어타고서
한 두어 달 여기 와 지내보시게

근심일랑 강물에 흘려보내고

어설픈 시인 흉내 내도 좋으리

먼 훗날 가는 길에 뒤돌아보면
아련한 청춘의 기념으로 떠오를 걸세

해도 차마 아쉬워 저물지 않고
서산마루를 잡고 머뭇거릴 제

멀리서 온 나그네 하나 성정(城庭)에 서서
어설피 하이델베르크를 노래에 담네

〈프라이부르크의 일요일 아침〉

망사 커튼 꽃잎 사이로 햇살이 스며
졸리운 눈 뜨고 보면 일요일 아침

기지개를 켜면서 창가에 서면
보리수 가지의 '암젤', 이국의 정취

홀로 맞는 아침상에도 식탁보 깔면
재잘거리며 새소리가 벗하여주고

갓 구운 빵 구수히 향기 번지면
저만치서 '뮌스터'의 종소리 은은히 운다

철학일랑 책상 위에 모셔놓고서
가벼운 옷차림에 집을 나서면

뒷산에서 날아온 맑은 공기가
축복처럼 내 온몸을 감싸 안는다

청명한 하늘 위로 성탑이 솟고
그 위로 흰 구름이 꽃처럼 필 때

오가는 할머니들 눈인사하며
선사하는 '구텐모르겐'이 상쾌도 하다

맑은 도랑 따라서 돌길 걸으면
중세에서 온 사제들도 지나쳐 가고

뒤따라 질주하는 자전거 위엔
미래에서 온 금발 아가씨가 콧노래 한다

동화책 갈피에서 빠져나온 듯

빠알간 전차가 멎고 문이 열리면

이런저런 사연들을 눈빛에 담고
삶의 주연들이 오르내린다

'드라이잠' 강길 따라 발길을 떼면
찰랑거리는 물소리가 함께 걷는데

돌아보면 이 물은 흑림에서 와
라인 강을 꿈꾸며 줄달음한다

물 따라 시름일랑 흘려보내고
다리 위 난간에서 나를 잊으면

아스라이 고향 강가가 되살아나고
지나온 시간들이 소설처럼 스친다

그 시간이 흘러흘러 미래로 가고
바람결에 내 머리가 은빛 날릴 때

같은 곳 같은 무렵 같은 사람이
추억을 밟는 길에 보게 되려나

유모차에 예쁜 아기 잠재워 놓고
벤치에서 한 젊은 엄마가 시를 읽는데

어쩌면 그 시집에 적혀 있는 게
내가 남긴 '프라이부르크의 일요일 아침'

이런 언어에 대해 '유치한 감상주의' 운운한다면 그거야 도리 없다. 하지만 나는 이런 문학적 감성과 철학적 이성의 결합 내지 조화를 나의 정체성으로 수립했다. 언젠가는 그리고 누군가는 미소로 화답해주리라 기대한다. 그리고 그것이 우리를 한걸음이라도 '인간다움' 쪽으로 이끌어주리라 확신한다.

이 글들은 쉽게 탄생한 것이 아니다. 이것이 가능하도록 기회를 주신, 이미 고인이 되신 하이델베르크 대학의 라이너 빌 교수님과 역시 고인이 되신 프라이부르크 대학의 프리드리히-빌헬름 폰 헤르만 교수님, 그리고 현지에서 나와 함께 놀아준 잊을 수 없는 친구 이성휘 목사와 정은해 박사를 비롯한 모든 지인들에게 진심에서 우러나오는 깊은 감사를 전한다. 그들의 얼굴이 떠오르면서 왠지 콧등이 시큰해진다.

2023년 초봄 서울에서

이수정

차례

제1부 하이델베르크 편

1-2 _ 겨울학기

제2부 프라이부르크 편

2-1 _ 여름학기

2-2 _ 겨울학기

제1부 하이델베르크 편

시작

1993년 눈 내린 1월, 하이델베르크 대학 철학과의 라이너 빌 교수님께 연구 체류를 부탁하는 편지를 보냈고, 벚꽃이 만개한 4월, 답신이 왔다. 발신지가 '독일'인 편지는 처음이었다.

Herrn Professor Dr. Sujeong LEE
7-103, C** Park-Mansion
422-1, S**-Dong
D**-Gu, SEOUL
132-031 Südkorea

RUPRECHT-KARLS-UNIVERSITÄT 6900 HEIDELBERG
PHILOSOPHISCHES SEMINAR
Schulgasse 6
Prof. Dr. Reiner Wiehl
DATUM 10. April 1993
TELEFON 0 62 23

Sehr geehrter Herr Kollege Sujeong Lee,

herzlich danke Ich Ihnen für Ihren freundlichen Brief von 10. Januar.

Sehr gern lade ich Sie von September 1993 bis August 1994 zum Philosophischen Seminar der Universität Heidelberg ein und sage auch, daß ich bereit bin, Sie bei Ihrer Arbeit zu unterstützen. Während Ihres Forschungsaufenthaltes können Sie hier als Gast an allen Lehrveranstaltungen unseres Philosophischen Seminars teilnehmen. Sowohl ist es Ihnen auch frei allen Einrichtungen der Universität zu benutzen einschließlich der Universitätsbibliothek und Fachbibliothek.

Ich glaube, daß Ihre hiesige Arbeit nicht nur für Sie sondern auch für unsere Fakultät eine große Hilfe sein wird, und ich hoffe, daß sie insbesondere zum akademisch−philosophischen Dialog zwischen Westeuropa und Ostasien beitragen wird.

Mit besten Grüßen
Ihr

Prof. Dr. Reiner Wiehl

친애하는 동료 이수정 교수님,

선생님의 1월 10일자 정중한 편지에 대해 저의 진심어린 감사를 드립니다.

아주 기꺼이 저는 선생님을 1993년 9월부터 1994년 8월까지 하이델베르크 대학 철학과에 초청하며 또한 제가 선생님의 연구를 뒷받침할 준비가 되어 있음을 알려드립니다. 선생님이 연구 체류하시는 기간 동안 선생님은 이곳 객원으로서 우리 철학과의 모든 수업에 자유롭게 참여하실 수 있으며 또한 대학도서관과 전공도서관을 비롯한 대학의 모든 시설들을 자유롭게 이용하실 수 있습니다.
선생님의 여기서의 연구가 선생님 자신을 위해서는 물론 우리 학부를 위해서도 큰 도움이 되리라고 믿으며, 특히 서유럽과 동아시아의 학문적–철학적 대화에 기여하리라고 기대합니다.

최선의 인사와 함께
선생님의

― 라이너 빌 교수/박사

간략했지만 답은 명쾌했다. 감격과 고마움이 한꺼번에 느껴졌다. 인생사는 누구에게나 대개 힘겹지만 이따금은 이렇게 '되는 일'도 있다. 누군가의 이런 호의와 도움으로 우리는 인생의 '푸른' 한 페이지를 써나가게 된다. 이 편지 한 통으로 나의 '하이델베르크 시대'가 돛을 올렸다.

1-1 _ 여름학기
Sommersemester

동경(憧憬 Sehnsucht)

하이델베르크에 도착했다. 꿈처럼 아름다운 세계였다.

서울을 떠나 대만 상공을 지나고 홍콩의 휘황찬란한 야경을 창밖으로 내려다볼 때부터 나는 이미 피터 팬이 된 느낌이었다. 팅커벨의 파닥거리는 날개 소리가 귀 뒤에서 들리는 듯도 했다. '설렘'이라는 단어를 실감했다. 그건 화려한 홍콩의 야경도 야경이지만 이 루프트한자가 내 오랜 동경의 땅인 독일 하이델베르크로 향하고 있다는 사실 때문이었다.

저 아득한 1970년대 초 풋풋했던 고교 시절 독일어 시간에 배웠던 소설 《황태자의 첫사랑》, 카알스부르크 공국의 왕자 카알 하인리히와 주점 여급 캐티의 아름답고 가슴 시린 첫사랑이 펼쳐졌던 그 무대가 바로 이 하이델베르크였다. 그곳이 이렇게 실제로 있었고 내가 그 왕자와 같은 대학에서 이제부터 1년을 지내게 되었으니 어찌 설렘이 없을 수 있겠는가.

기나긴 비행 끝에 프랑크푸르트Frankfurt am Main에 도착하고, 중앙역으로 이동, 다시 기차를 타고 하이델베르크로 향하는 동안, 연변에 펼쳐지는 독일의 첫인상은 '평원과 숲의 나라'였다. 그것을 배경으로 '동화의 나라', '철학의 나라', '문학의 나라', '음악의 나라', '기술의 나라'라는 이미지가 겹쳐졌다. 다름슈타트Darmstadt, 벤스하임Bensheim, 바인하임Weinheim을 거쳐 아침 8시 40분 하이델베르크에 도착했다. 산뜻한 공기, 찬란한 아침이 나를 맞이했다.

오는 내내 벅찬 감동의 느낌이 이어졌다. 빨간 모자의 역무원. 건물이며 자동차며 도로며 들판이며 하나도 버릴 것 없는 세련된 선들. 한국과 달리 산은 거의 보이지 않는다. 차창 밖에 스치는 풍경이 그대로 다 그림 같다. 액자만 있으면 풍경의 모든 장면이 다 작품이다. 아니 차창 자체가 이미 액자다. 라인 강을 포함해 산천이 그대로 온통 다 미술관이다. '와우' 탄성이 날 정도로 아름답다. 넓디넓은 황금 밀밭 한가운데 이따금씩 선 고목들, 그러다가 가도 가도 끝없는 전나무 숲들. 들과 숲의 경계도 줄을 그은 듯 가지런하다. 남쪽으로 오자 먼 곳엔 약간의 산도 장식처럼 배경에 등장한다. 그런데 중간중간에 보이는 도시들도 깔끔하기가 그지없다. 그림 같은 집들, 멋진 지붕들, 우뚝한 교회들. 깨끗함, 깔끔함, 단정함, 산뜻함. 똑같이 사람 사는 곳인데 이렇게 다를 수가 있는가. 그 도시들을 지나며 또다시 '와우'.

"몇 분 후 하이델베르크 중앙역에 도착합니다." 안내방송이 나오자 저 소설의 장면이 곧바로 떠올랐다. 거기서는 "5분 간 정차!" 하는 안내방송이었고, 그걸 들은 왕자의 가정교사 위트너 박사는 "1년간 정차(ein Jahr Aufenthalt)!" 하고 응수했다. 나도 마음속으로 그 말을 따라했다. 독일이니 독일어로.

유명한 돌다리 근처 좁은 골목 안, 예약한 호텔 '바이서 보크Weißer Bock'에 짐을 풀고 시내를 한 바퀴 돌아봤다. 크지 않은 알트슈타트(Altstadt: 구시가지)는 모든 것이 아기자기해 소설과 영화의 배경으로 정말 손색이 없다. 크지도 작지도 않은 네카아Neckar 강과 시가지를 남북으로 에워싼 높지도 낮지도 않은 아담한 산들, 그리고 그 중턱의 분위기 있는 고성…. 돌다리를 지나 건너편 산 중턱 '철학자의 길'에 올라가 보니 시가지와 고성과 교회가 한눈에 들어온다. 네카아 강변엔 우아한 백조들이 품위 있게 물살을 가른다. 강 건너 시가지 너머, 저 멀리 보이는 뒷산 몰켄쿠어 위로는 눈부시게 푸른 쾌청의 하늘과 새하얀 구름 몇 점…. 배경이 이러니 저 소설의 젊은 카알 하인리히도 어찌 사랑에 빠지지 않을 수 있었겠는가.

시차 때문이기도 하겠지만 설렘과 흥분이 겹쳐 늦도록 잠을 이루지 못한다. 밤 10시가 넘어도 아직 밤이 아니다. 6월

한여름, 일종의 백야다. 하이델베르크가 이렇게 위도가 높았던가? 이것도 신기하다.

자정이 넘었을까. 자리에 누워 이윽고 떠오른 달을 보며 한때 이곳의 주민이었던 저 대단한 이들의 이름을 떠올려본다. 괴테, 헤겔, 횔덜린, 브람스, 막스 베버, 리케르트, 야스퍼스, 한나 아렌트, 에리히 프롬 …, 그리고 지금 여기 어딘가에서 함께 저 달을 보고 있을 거철 가다며. 이러니 문학과 철학을 좋아하는 자로서 어찌 동경이 없을 수 있겠는가.

우리는 살면서 한 번쯤 '어딘가'를 동경한다. 마음속에 그곳을 담고서 '언젠가 거기에 가보고 싶다'고 생각하는 것이다. 예이츠의 시 〈이니스프리의 호수 섬〉(나 일어나 이제 가리, 이니스프리로 가리. I will arise and go now, and go to Innisfree.)도 아마 그런 동경을 읊은 것이리라. 괴테의 시 〈미뇽의 노래〉(당신은 아시나요? 저 레몬 꽃 피는 나라를. Kennst du das Land, wo die Zitronen blühn. / 오직 동경을 아는 자만이 내가 무엇을 고뇌하는지 아네. Nur wer die Sehnsucht kennt, weiß was ich leide!) 등등도 마찬가지다. 헨리 소로에겐 아마도 보스턴의 월든 호수가 그런 곳이었고, 콜럼버스에겐 인도가, 마르코 폴로에겐 중국이, 처용에겐 신라가 그런 곳이었으리라.

우리 인간은 애당초 무언가를 원하는 존재다. 바라는 존재다. 뭔가를 갖고 싶고 뭔가가 되고 싶고 뭔가를 하고 싶은 그

바람의 종류와 형태는 거의 무한정이다. 그중 가장 순수하고 고상한 그리고 아름다운 형태의 하나가 이 '동경'이 아닐까. 이것은 그 자체로 그것을 품은 사람에게 어떤 의미 내지 삶의 추동력으로 작용한다. 그 대상이 사람이나 상태일 수도 있지만 가장 일반적인 형태는 어떤 장소, 특히 미지의 어떤 먼 나라, 어떤 지역에 대한 동경이다. 가고 싶은, 그러나 쉽게 손닿지 않는 어떤 아득하고 아련한 곳이다. 하이델베르크가 바로 그런 곳이다. 전 세계 수많은 젊은이들이 지금도 이 하이델베르크를 동경하고 있을 것이다. 나도 그랬다. 고교 시절 저 소설을 읽은 이래로. 그것이 이제 내게는 현실이 되었다. 나는 이제 여기서 예이츠가 되어볼 것이다. 괴테가 되어볼 것이다. 그리하여 언젠가 먼 훗날, "나 일어나 가봤노라…", "나는 알았노라, 그 레몬 꽃 피는 나라를…" 같은 노래를 불러볼 것이다. 동경은 그것을 품은 자에게서 온갖 오탁들을 지워준다. 최소한 그의 마음 한 구석을 깨끗하고 은은한 파스텔 빛으로 칠해준다. 꿈은 흔히 이루어졌을 때 무너지고 만다고들 하지만, 하이델베르크의 꿈은 시간이 흘러도 좀처럼 깰 것 같지가 않다. 창밖의 저 달이 그렇게 말해주는 것 같다. 아름답다. 꿈처럼 아름다운 세계에서 나는 지금 새로운 꿈을 꾸기 시작한다. '나의 하이델베르크 시대'라는 꿈이다. 반갑다, 하이델베르크!

하이델베르크 알트슈타트 전경 – 강 건너에서

하이델베르크 알트슈타트 전경 – 고성 쪽에서

"신사숙녀 여러분"

　초청자인 라이너 빌Reiner Wiehl 교수님과는 일면식도 없었다. 학회 동료인 김진석 교수와 이런저런 사담을 나누다가 그가 하이델베르크 대학에서 유학한 사실을 알게 되었고 가볍게 '나도 가보고 싶다'는 말을 했더니 친절한 그가 '그렇다면' 하고 자신의 지도교수인 그분을 소개해준 것이었다. 편지로 그 의향을 전했고 그분은 흔쾌히 나를 받아주셨다.

　사무적인 일들은 모두 편지를 주고받으며 진행되었고 나는 독일 현지에 도착한 후 편지로 일단 도착 사실을 알렸다. 어떻게 인사를 드릴지 나름 생각한 끝에 학과를 찾아가 수업시간표를 구했다. 다짜고짜 수업시간에 찾아가 인사를 드릴 심산이었다. 시간표는 멋진 고급 책자였다.

　널찍한 대학 광장에 면한 강의동(NU: Neue Universität)에서 해당 교실(HS9)을 찾는 것은 어렵지 않았다. 나는 강의실 입구에서 기다렸다. 수업시간이 다가오자 학생들이 우르르 몰려와 강의실로 들어갔고 이윽고 한 인상 좋은 노인이 다가왔다. '아, 이분이구나.' 생각한 나는 정중하게 자기소개를 하며 인사를 드렸다. 그랬더니 뜻밖에도 그분이 어색한 웃음을 지으며 손을 가로저었다. 자신은 교수님이 아니라는 것이다. 나는 순간 당황했다. 응? 그런데 그분은 바로 그 강의실로 들어가는 게 아닌가. 머릿속이 혼란스러웠다. 수업시간표를 다시 확인해보니 그 강의실이 틀림없었다. 그 상태로 조금 더 기다렸더니 또 한 분의 노인이 다가왔다. '아, 이분인가 보다.' 하고 다시 그분에게 인사를 드렸다. 그런데 이분도 마찬가지였다. 역시 어색하게 손을 가로저으며 자기는 교수님이 아니라 했고 역시 그 강의실로 들어갔다. 교수님은 아직 오지 않았지만 시작 시간이 되었기에 나는 혼란스러운 채로 강의실로 들어가 자리를 잡고 앉았다. 아까 그 노인 두 분도 학생들 사이에 앉아 있었다.

들어간 후 의문은 해소되었다. 그 강의실은 복도 반대편 앞쪽에 교수용 출입구가 따로 있었다. 시간이 되자 그 문으로 빌 교수님이 들어오셨다. 호감이 가는 친절한 느낌의 신사였다. 인품이 얼굴은 물론 전신에서 자연스럽게 느껴졌다. 나는 일단 수업을 들었다. 독일 대학은 처음이다. 긴장과 설렘이 없을 수 없었다. 비록 '객원교수'의 신분으로 오긴 했지만 나는 오랜 꿈이기도 했던 이곳 독일 대학에서 '유학생'의 기분으로 자세를 가다듬었다. '독일 대학의 수업은 어떨까.' 나의 온몸이 그것을 궁금해했다. 일본에서 10년 가까운 세월 유학했지만 전공 분야가 독일 철학이다 보니 수업에 임하는 그 느낌이 일본과도 사뭇 달랐다.

그런데…, 교수님의 첫마디부터 나는 뒤통수를 한 방 얻어맞은 기분이었다. 부드러운 미소로 학생들을 한 번 둘러본 교수님은 역시 부드러운 어조로 입을 열었다. 그 첫마디가 뜻밖에 "마이네 다멘 운트 헤렌(Meine Damen und Herren: 신사숙녀 여러분)"이었다. 충격이었다. 신선했다. 맛있었다. 과연 독일…. 역시 뭔가 다르다는 느낌이 엄습했다. 일본에서도 이런 장면은 없었다. 나 역시 수년간 교수로서 강의를 해왔지만 이런 생각은 해본 적이 없었다.

강의가 진행되는 2시간 내내 학생들을 대하는 교수님의 태도는 시종 정중했다. 그야말로 신사숙녀를 대하는 태도였다. 비록 아까 그 노인 두 분이 있었고 객원교수인 나도 있었지만 나 역시 30대의 청년이고 대부분의 학생은 10대와 20대의 학부생들이다. 그런데도 그분의 태도는 정중했다. '신사숙녀 여러분'이라는 말이 형식적 인사가 아니었던 것이다. 실질을 반영하는, 후설의 표현을 빌리자면 내용으로 '충전된(adäquat)' 말이었던 것이다. 교수님을 대하는, 그리고 수업에 임하는 학생들의 태도도 뭔가 달랐다. 진지했다. 교수도 학생도 서로가 서로에게 그야말로 '신사숙녀'였다. 그 순간 나는 엄청난 것을 배웠다. 머나먼 이곳 독일까지 온 보람을 느꼈다. '문화적 충격(culture shock)'이라는 게 바로 이런 것이구나···. 실감했다. 정작 수업 내용*은 이제 아무래도 좋았다. 물론 니체와 르상티망(ressentiment)에 관한 그것도 흥미로웠지만.

교수님의 그 말에서 나는 예전에 본 명작 영화 〈마이 페어 레이디(My Fair Lady)〉를 떠올렸다. 여주인공 일라이자(오드리 헵번 분)는 길거리에서 꽃을 팔다가 우연히 언어학자 헨리 히긴스 교수(렉스 해리슨 분)를 만나고 그의 팬이자 친구인 피커링 대령(윌프리드 하이드 화이트 분)과 함께 교수의 집에서 6개월 간 '숙녀 되기' 특훈을 하게 되는데, 우여곡절 끝에 여왕 주최 무도회에서 헝가리 왕녀로 취급받으며 왕자와 춤을 추는 대성공을 거두지만 집에 돌아온 후 정작 주인공인 자신의 존재를 거들떠보지 않는 두 남자에게 실망하여 화를 내며 가출을 한다. 뒤늦게 호들갑을 떨며 그녀를 찾아 나선 헨리는 본가로 가 모친에게 투덜대며 일라이자를 욕하는데 그때 일라이자가 나타나 숙녀답게 차분히 그의 모친과 대화를 나누는 장면이 있다. 히긴스 부인이 그녀에게 "넌 어떻게 저런 내 아들한테 예절을 배웠니?" 하고 말을 건네자, 그녀는 이렇게

---

* 1993년 여름학기의 이 강좌명은 '심리학자로서의 니체'. 1993/94년 겨울 학기는 '칸트에서 하이데거까지 근대철학에서의 인간', 1994년 여름학기는 '철학과 학문 사이의 인간학'.

응수한다.

"쉽지 않았어요. 피커링 대령이 아니었으면 예의가 뭔지 몰랐을 거예요. 그분은 절 꽃 파는 소녀 이상으로 대해주셨어요. 히긴스 부인, 꽃 파는 소녀를 주워왔다는 건 중요치 않아요. 꽃 파는 소녀와 숙녀의 차이는 '어떻게 대접받느냐'의 문제예요. 히긴스 교수께 저는 평생 꽃 파는 소녀가 될 수밖에 없어요. 하지만 피커링 대령께 저는 항상 숙녀가 될 수 있죠."

이 말은 우리에게 어떤 중요한 사실을 알려준다. 우리가 '어떤 사람'이 되느냐 하는 것은 '어떻게 대접받느냐'에 따라 결정적으로 달라질 수 있다는 사실이다. 특히 '언어'가 그렇다. 저 영화의 주제도 결국은 '언어'였다. 언어의 작용력은 실로 지대하다. 언어가 사람을 만든다.

우리 사회는 지금 언어를 포함해 사람이 사람을 어떻게 대하고 있는가? 신사숙녀로 대하고 있는가? 그렇다고 자신 있게 말할 수 있을까? 어떤 언어들이 사람과 사람 사이를 오가고 있는가? 깊은 한숨이 절로 새어나온다. 사람을 신사숙녀로 대하지 않는 사람은 그 자신 이미 신사숙녀가 아니다. 사실 윤리 도덕의 핵심은 간단하다. 사람이 사람을 '어떻게' 대해야 하는가의 문제다. 여기에는 황금률이라는 게 있다. 새삼스러울 것도 없다. "자기가 원하지 않는 바를 남에게 베풀지 말라(己所不欲 勿施於人)"는 저 공자의 말과 "네가 남에게 대접받고자 하는 대로 남을 대하라"는 저 예수의 말이 바로 그런 것이다. 남을 대하는 기준이 바로 자기 자신 안에 있다는 말이다. 내가 원하는 것, 내가 원하지 않는 것, 그게 바로 행동의 기준이 되어야 한다는 것이다. 내가 원하는 것은 남에게도 해주고 내가 원하지 않는 것은 남에게도 하지 않는 것, 이 간단한 한마디를 실제로 자기 자신이 행하기가 그토록 어려운 것이다. 자기가 한번 상대방이 되어보는 것, 일종의 빙의, 역지사지, 입장 바꿔 생각해보는 것, 공자가 말한 '서(恕)', 그런 게 바로 윤리 도덕이라는 것이다. 그 체현된 모습이 바로 '신사숙녀'인 것이다.

빌 교수님은 그런 점에서 확실한 신사였다. 열강이 끝나고 학생들은 모두 주먹을 쥐고 꿀밤을 먹이듯 일제히 책상을 두드렸다. 독일식 박수인 셈이다. 그것도 참 특이하고 재미있었다. 나도 주먹으로 책상을 두드렸다.

나는 앞으로 나가 정중하게 자기소개를 하며 교수님께 인사를 드렸고 교수님은 반색을 하며 환영해주셨고 따로 만남의 약속(Termin)을 잡았다. 내가 이곳 하이델베르크에서 캐티 같은 여주인공을 만날 일은 절대 없겠지만, 그 대신 라이너 빌이라는 한 신사를 만나게 되었다. 이런 맹귀우목의 인연에 대해 깊이 감사하지 않을 도리가 없다. 독일에 오기를 참 잘했다는 생각이 거듭 든다.

라이너 빌 교수님

강의실의 할아버지들
– 발걸음의 철학

독일에서의 첫 수업은 참으로 인상적이었다. 수업 내용의 수준도 수준이려니와 교수와 학생의 정중한 태도, 진지한 분위기, 열띤 질의와 응답, 그리고 강의 종료 후 박수 대신 주먹으로 꿀밤을 주듯 책상을 두드리는 희한한 마무리…. 모두다 '뭔가 다른 신선함'을 느끼게 했다. 그런데 특히 나의 관심에 머문 것 중 하나가 그 강의실에 앉은 일반 시민들이었다. 처음에 나는 그분들을 교수님인 줄 알고 인사를 하는 실수를 저질렀다. 작은 해프닝이었다. 그래서 그분들의 존재에 관심이 머물렀다. 누구지, 저분들은? 왜 강의실에 앉아 있지?

매시간 같은 일이 반복되고 어느 정도 낯이 익은 후 나는 그분들과 자연스럽게 인사를 나누었고 학생들과 어울려 학교 앞 주점으로 가 이야기를 나눌 기회도 갖게 되었다. 한 분은 은퇴한 전직 의사였고 한 분은 역시 은퇴한 전직 은행원이었다. 철학에 관심이 있다고 했다. 역시 철학의 나라 독일. 뭔가 다르다고 느꼈다. 자기들 같은 청강생이 이 대학에는 꽤나 많다고 했다. 교수의 양해만 얻으면 오케이, 수강은 비교적 자유롭다고 했다. 하긴 한국에서도 아주 없는 일은 아니다. 몇 년 전 나의 수업에도 어떤 기관장 한 분이 들어와 한 학기 동안 청강한 일이 있었다. 연구실로 전화를 걸어와 문의하기에 나는 흔쾌히 허락을 했는데, 그분의 존재가 젊은 학생들에게 자극이 되었는지 그 학기 그 수업의 분위기는 다른 때보다 특별히 더 활기차고 진지했던 기억이 있다. 나는 그분에게 지금도 존경과 감사의 마음을 갖고 있다.

하이델베르크의 저 나이 든 청강생들도 마찬가지다. 자식뻘 혹은 손주뻘 젊은이들 틈에 섞여 앉아 수업을 듣는 것이 쑥스러울 수도 있으련만 저들은 아랑곳없이 앉아 그 '지성'을 '즐기고' 있는 것이다. 심지어 학생들과 함께 어울려 주점까지 가 토론에도 가담한다. 학생들인들 저들에게 덤으로 배우는 것이 없겠는가. 시끌벅적한 주점에서 젊은 아이들과 어울려 높은 톤으로 철학 토론을 하는 노인네들. 아름다운 풍경이라고 느꼈다. 강의동 현관 입구 위에 커다랗게 새겨진 "살아 있는 정신에게(DEM LEBENDIGEN GEIST)"라는 저 문구가 비단 교수와 학생들만을 위한 것이 아니란 생각이 들었다. 저들도 또한, 아니 늙어도 젊은 저들이야말로 '살아 있는 정신'의 한 표본이 아니겠는가.

그 풍경에서 나는 어떤 철학을 떠올렸다. 이름하여 '발걸음의 철학'. 우리 인간들은 각자의 관심에 따라 어딘가로 발걸음을 향한다. 보통은 그 발걸음이 집에서 나와 학교로 혹은 직장으로 갔다가 저녁에 다시 집으로 돌아간다. 그게 기본이다. '집에서 집으로'라는 것을 특별히 지적하면서 나는 집이라는 것을 '인생의 베이스캠프'라고 나의 인생론 수업에서 강조하기도 했다. 그런데 그 과정의 발걸음들은 사람에 따라 정말 각양각색 천태만상이다. 누군가의 발걸음은 도서관으로 향하기도 하고 운동장으로 향하기도 하고 오락실로 향하기도 한다. 또 누군가는 증권사 객장, 누군가는 부동산 중개소…. 또는 강으로, 또는 산으로, 또는 바다로. 또는 경찰서로, 재판정으로, 감옥으로 향하기도 하고, 또는 무대로, 서점으로, 주점으로…, 교회로 사찰로…, 하여간 한도 끝도 없이 다양하다. 그 발걸음을 누군가는 대학으로, 철학 강의실로 향하는 것이다. 그 밑바탕에 그 사람의 고유한 관심이 있음을 부인할 수 없다. 관심이 그 발걸음을 이끈다.

우리는 살면서 한 번쯤은 자신의 그 발걸음의 향배를, 그리고 그것이 남긴 발자국을 반성적으로 되돌아볼 필요가 있다. 나의 발걸음은 지금까지 어디를 거쳐서 지금 이곳에 머물고 있는 것일까? 어디에 그 발자국이 찍혀 있는 것일까? 언젠가 염라대왕이 보게 될 그 발자국들. 뭔가 어렴풋이 그림이 그려진다. 그러면서 문득 '가야 할 발걸음'이라는 말이

나의 가슴에 묵직하게 내려앉는다.

〈남은 발자국〉

마음에 지도를 펼쳐놓고
수십 년 다닌 자취를 표시해본다
어디에 발자국이 있는지
어디에 발자국이 없는지

마른 곳 진 곳
나의 정체가 고스란히 드러난다

찍지 못한 발자국들이 문득
스멀스멀 살아나 내 머리를
등을
꼬리를 밟으며 지나간다

내 안에서 뭔가가 슬금슬금
신발끈을 살핀다

푸른 곳으로 가야겠다

나는 가야 할 어떤 숭고한 곳을 그저 '푸른 곳'이라고 불러본다. 거기가 어딘지 그 색감이 어떤 것인지는 앞으로의 삶에서 점차 선명히 드러나리라. 적어도 그것이 수월하고 달콤하기만 한 곳은 아닐 것이다. 탄탄대로의 마른 곳이 아니라 질척질척한 진 곳일 수도 있을 것이다. 그럼에도 불구하고 가야 할 곳, 이를테면 부처의 발걸음, 예수의 발걸음, 공자의 발걸음이 향했던 곳, 최소한 소크라테스의 발걸음이 향했던 곳, 나도 언젠가는 그런 곳으로 가봐야 하지 않을까 하는 의무감 같은 것이 언뜻 가슴 한가운데를 가로지른다. '남은 발자국'이 있는 것이다. 물론 이 '남은'은 이중적인 의미를 갖는다. '이미 남은', 그리고 '아직 남은', 이 두 가지가, 그 종류와 방향이 우리의 철학적 사유에게 과제가 된다.

저 노인 청강생들은 어쩌면 그런 방향을 알려주기 위해 내 앞에 나타난 일종의 이정표 같은 것일지도 모르겠다. 우리 인간들에게는 아무튼 발걸음이라는 것이 있고, 그것은 각각 방향이라는 것을 갖고 있다. 인간의 종류가, 관심의 종류가 그 방향을 결정한다. 그리고 발자국을 남긴다. 그의 인격이 묻어 있는 발자국이다.

하이델베르크 대학 강의동 입구

《황태자의 첫사랑》, 작품의 힘

이곳 하이델베르크는 독일의 대표적 관광지 중 하나로 소문나 있다. 아닌 게 아니라 구시가지의 입구 격인 비스마르크 광장Bismarckplatz에서 그 출구 격인 카알스토어Karlstor까지 시내를 동서로 가로지르는 어림잡아 약 2킬로미터의 하우프트슈트라세Hauptstraße(중앙로)에는 언제나 세계 각지에서 온 수많은 관광객들로 북적거린다. 배낭을 멘 대학생들을 포함해 한국인도 의외로 많다. 그들은 백조들이 노니는 고즈넉한 네카아 강과 거기에 걸쳐진 돌다리(통칭 옛다리 Alte Brücke)는 물론, 고성과 성령교회와 대학 건물과 학생감옥 등지를 즐기는데, 좀 아는 사람들이 찾는 명소 중 하나에 '쭘 로텐 옥센Zum Roten Ochsen(붉은 황소집)'이라는 음식점/주점이 있다. 인근의 '쭘 제플Zum Seppl'이라는 가게와 함께 손님들의 발길이 끊이질 않는다. 중앙로 대로변에 위치해 있는데 내부의 분위기가 고색창연하기 이를 데 없다. 술기운이 오른 손님들은 때로 모두들 어깨동무를 하고 몸을 좌우로 흔들며 유쾌한 노래를 합창하기도 한다. "마셔, 마셔, 형제여 마셔(Trink Trink Brüderlein Trink)!"라는 전통 권주가는 단골 메뉴 중의 하나인데, 이런 분위기는 모두 저 유명한 소설/영화 《황태자의 첫사랑(Alt Heidelberg)》과 연관이 있다. 정확한 사실 여부는 확인할 수 없지만, 하이델베르크에서 공부하는 유학생들은 모두 이 가게가 바로 그 소설에 나오는 캐티Käthie의 가게, 정확히게는 그녀가 섬원으로 일했던 뉘르멜 부인의 그 가스트하우스의 모델이라고 알려준다. 원작자 빌헬름 마이어-푀르스터Wilhelm Meyer-Förster가 그 옛날 이 가게의 단골손님이었다는 것이다. (한국에서는 오토 쉬너러Otto Paul Schinnerer의 축약본(Geschichte von Alt-Heidelberg)이 《황태자의 첫사랑》이라는 제목의 독한 대역으로 나와 인기를 끌었다.) 이 가게가 1703년 창업이라니 충분히 그럴 수 있다. 정작 그 소설에서는 이 가게가 강 건너 산 중턱에 있는 것으로 되어 있지만, 현실의 이 가게는 시내 중심지 대로변에 있다. 하기야 어디에 있든 무슨 상관인가. 손님들이 '여기가 바로 거기'라고 믿는다면 그걸로 충분하다. 거기서 맥주를 마시고 식사를 하면서 손님들은 잠시 동안 자기가 그 왕자 학생 카알 하인리히Karl Heinrich(애칭 카알 하인츠)가 된 기분에 젖어들고 동아리 모자를 쓰고 동료 학생들과 어울리는 기분으로 노래를 부르게 되는 것이다. 그 가게에 앉아 있는 동안 사람들은 저 주방에서 앞치마를 걸친 어여쁜 캐티가 양손 가득 주문받은 맥주잔을 들고 나올 것 같은 착각에 젖어든다. 이 아니 유쾌한가! 이 설정이 손님 끌기용 상술인들 어떠하랴. 없는 것보다는 백배 낫다. 이른바 스토리텔링이 있는 것이다. 이왕이면 돌다리에서 네카아 강 상류로 거슬러가는 저 소설 속 켈러만의 쪽배 같은 것이 있다면 금상첨화이련만 아쉽게도 그런 게 있다는 소리는 아직 듣지 못했다. '붉은 황소집', 그 가게는 저 소설/영화 《황태자의 첫사랑》이라는 작품이 손님들에게 선사하는 잠시 동안의 타임머신 같은 것이다.

뿐만이 아니다. 이 소설과 영화가 우리에게 준 선물은 저 소박한 가게만이 아니다. 어떤 점에서는 이 하이델베르크라는 도시 전체가 그 선물일 수도 있다. 카알 하인츠와 캐티가 없는 하이델베르크는 그 매력의 거의 절반을 잃게 된다. 역시 확인할 수 있는 것은 아니지만, 우리가 지금 이렇게 이 도시의 곳곳을 즐길 수 있는 것은 이곳이 저 2차 세계대전 중 드물게 연합군의 폭격을 면했기 때문이기도 하다. 1944/45년, 전쟁이 끝나갈 무렵 가벼운 폭격을 당한 적은 있지만 큰 피해는 없었다고 한다. 고성도 성령교회도 학생감옥도 모두 전쟁의 참화에서 살아남았다. 왜 이곳만이 무사했을까? 바로 저 소설 한 권 때문이었다. 그리고 그 영화 한 편 때문이었다. 바로 그 무대가 이곳이었기에 그 작품을 사랑하는 미군의 당국자가 폭격의 대상지에서 이곳 하이델베르크만은 제외시켰다는 것이다. 물론 그 당사자에게 확인한 사실은 아니다. 그럼에도 사람들은 그렇게 '믿고 있다'. 빌 교수님도 지난번 식사 초대 자리에서 그런 이야기를 웃으며 들려주셨다. 그게 만일 사실이라면 우리는 그 미군 관계자의 안목을 실로 높이 사지 않을 수 없다. 전쟁의 와중에서도 그는 '문화적인 행위'를 한 것이다. 사실이 아니라도 사람들이 그것을 사실로 '믿고 있다'는 것은 그만큼 사람들이 저 작품을 사랑하고 있다는 증거가 된다. 실제로는, 폭격을 하지 않은 깃이 여기기 독일에서 가장 오래된(1386년 창립된) 순수한 대학도시이기 때문이라는 설도 있고, 점령 후 막사나 수용소로 쓰기 위해서였다는 설도 있고, 심지어 전쟁이 길어질 경우 원폭 투하를 하기 위해 남겨두었다는 설도 있다. 참 낭만이 없는 삭막하고 끔찍한 가설들이다. 그런 소문들은 그게 비록 사실에 근거하고 있다 하더라도 모조리 거두어 저 네카아 강에 흘려보낼 필요가 있다. 환상을 깨는 말들이기 때문이다. 작품이란, 그것이 소설이건 영화이건, 하나의 세계다. 하나의 아름다운 세계다. 그것은 책이나 필름에만 남는 것이 아니고 사람들의 가슴속에 새겨진다. 그렇게 새겨진 것은 세월의 풍화를 견뎌내며 오래도록 살아남는다. 우리 모두가 늙어갈 때도 카알 하인츠와 캐티는 늙지 않을 것이며 100년, 200년 후 우리 모두가 죽어 없어진 다음에도 저 둘은 언제까지나 젊고 예쁜 청춘남녀로서 이 하이델베르크의 거리를 활보하거나 노래하고 춤을 추거나 혹은 네카아 강에서 뱃놀이를 즐길 것이다. 그리고 어느 날 갑자기 위급한 전보를 받고 떠나고 왕위를 계승하고 정략결혼을 하고 그리움에 갑자기 다시 찾아오고 끌어안고, 그리고 어느 일요일 아침, 다시 떠나는 그의 뒷모습을 보며 길모퉁이에서 눈물짓기도 할 것이다. 언제까지나. 그런 오래 감은 작품이라는 것의 위대한 힘이 아닐 수 없다.

"마셔, 마셔, 형제여 마셔!" 오늘 저녁, 친구 이 목사, 조화선 교수님 등과 함께 저 붉은 황소집에서 들었던 그 노랫소리의 여운이 아직도 귓가를 맴돌고 있다.

쭘 로텐 옥센

《황태자의 첫사랑》 소설책과 영화 DVD

야스퍼스와 헤겔의 흔적
– 가변의 시간과 불변의 공간

하이델베르크의 모든 것에 어느 정도 익숙해지면서 생활도 안정적인 궤도에 올라탔다. 거처인 고성 바로 밑 플랑켄가세Plankengasse 3의 신학부 기숙사와 시내 한복판 강의동을 오가며 수업을 듣고, 베드로 교회 바로 앞 궁전같이 화려한 대학 도서관에서 논문을 쓰고, 그 1층에 있는 멘자(Mensa: 학교식당)에서 점심을 먹고, 가끔은 슐가세Schulgasse 길에 면한 아담한 철학부 도서관으로 가 사서인 바겐파일Dietlinde Wagenpfeil 여사와 수다를 떨다가 중정이 내다보이는 현대철학서실에 앉아 책을 읽기도 하고, 이따금 창밖으로 '헥센 투름Hexenturm(마녀탑)'이 있는 중정의 벤치에서 여자친구와 키스하는 젊은 독일 학생을 흐뭇하게 바라보기도 하고, 그리고 귀가하는 길에 장터 광장에 면한 난츠에 들러 시장을 보기도 하고, 어느 날은 돌다리로 향하는 슈타인가세Steingasse 길에서 기막히게 향기롭고 맛있는 독일 주먹빵 '몬 브뢰헨Mohn Brötchen'을 사기도 하고…. 이 유명하고 멋스러운 고도의 주민이 된 묘한 만족감이 나의 전신을 휘감는다.

그중 어쩌면 가장 특별한 것이 멘자에서 점심을 먹은 후 이곳에서 사귄 친구들과 어울려 도서관 대각선 맞은편 플뢱 거리Plöck 66의 카페에서 커피를 한잔하며 수다를 떠는 것이다. 그런데 이 카페가 그냥 보통 영업점이 아니다. 그 유명하고도 유명한 실존철학의 한 축, 카알 야스퍼스Karl Jaspers 가 살았던 곳이다. 그가 살았던 집을 한 학생단체가 매입해 그대로 자율카페로 운영하는 것이다. 그 집 앞 입구 위쪽에는 "카알 야스퍼스가 그의 하이델베르크 시절 1923년 1월부터 1948년 3월까지 이곳에서 살았다(Hier wohnte Karl Jaspers während seiner Heidelberger Zeit von Januar 1923 bis März 1948)"라는 사각 기념판(Gedenktafel)이 붙어 있다. 학생들은 흔히 이곳을 그냥 '야스퍼스 하우스'라 부르며 애호한다. 2층 거실에서 준비된 커피나 홍차를 스스로 타서 마시며 즐기고 준비된 통에 돈을 넣는다. 한 잔에 단돈 50페니히(0.5마르크)! 우리 돈으로 약 250원이다. 거의 공짜나 다름없다. 특히나 안뜰이 내려다보이는 발코니 자리는 마음껏 떠들고 토론하기도 좋아 여럿이 온 학생 손님들이 특별히 선호한다. 이러니 학생들에게 인기가 없을 수 있겠는가. 단, 자기가 마신 커피 잔은 나올 때 자기가 설거지를 해야 한다. 그것도 일종의 재미다. 더욱이 사모님이 쓰시던 그 주방에서다. 좀 과장하자면 역사의 현장이다. 그 사모님 게어트루트 야스퍼스 Gertrud Jaspers(결혼 전 성은 마이어 Meyer)는 비교적 잘 알려진 대로 친구의 여동생이었고 유대인이었다. 그 때문에 야스퍼스는 히틀러의 나치로부터 이혼을 강요당했고 그것을 거부했고 그로 인해 나치의 감시 대상이 되어 고초를 겪었다. 종전 후 나치의 마수는 벗어났으나 유대인에 대한 일반의 편견은 그대로 남아 있어 야스퍼스는 결국 항의 삼아 이곳을 떠나 스위스의 바젤Basel로 이주했다. 그때끼지 살았던 집이 바로 이곳이다. 그러니 거기서 마시는 커피 한잔이 특별하지 않을 수가 없다. 야스퍼스와 하이데거가 주고받은 서간집에 보면 어느 날 야스퍼스가 하이데거에게 "이제 구시가지에 있는 제법 넓은 집으로 이사했으니 당신이 하이델베르크에 오면 우리 집에서 묵어갈 수도 있게 되었다"고 은근히 자랑하는 편지가 있는데, 이 집이 바로 그 집이다. 하이데거가 정말 이 집에서 묵은 적이 있는지는 살펴보지 않았다. 적어도 방문한 적은 있을 것이다. 어쩌면 내가 앉았던 그 자리에 그가 앉았을 수도 있다. 이런 곳을 수시로 드나들 수 있다는 것은 적어도 철학을 하는 사람에게는 하나의 '특별한 사건'이 아닐 수 없다. 어쩌면 바로 이 집에서 저유명한 그의 철학들, 한계상황(Grenzsituation: 죽음, 고뇌, 책임, 투쟁 등), 암호의 해독(Chiffrelesen), 실존(Existenz), 철학적 세계정위(Philosophische Weltorientierung), 형이상학(Metaphysik), 포괄자(das Umgreifende), 교제(Kommunikation), 애정 있는 다툼(liebender Kampf), 실존해명(Existenzerhellung), 철학적 신앙(philosophisches Glauben) …, 그런 것들이 구상되었을지도 모르는 것이다.

그 야스퍼스 하우스에서 서쪽으로 몇 미터 더 가면 같은 플뢰크 거리 48/50에 철학자 헤겔이 살았던 집이 있다. 단 '쿠노 피셔 하우스Kuno-Fischer-Haus'라 불리던 원래 집은 1974년 해체되어 개축되었다. 개축된 이 집에는 지금 다른 사람이 살고 있다. 그 전에는 프리드리히 거리Friedrichstraße 10에 살았다. 헤겔 역시 한때 이 하이델베르크 대학에서 가르쳤는데 그 기념인지 대학 강의동에는 '헤겔 강의실Hegel Saal'이라는 방도 따로 있다.* 그의 흉상이 한구석에 놓여 있다. 그가 살았던 그 집(개축한 집)에도 야스퍼스 하우스처럼 기념판이 붙어 있다. "여기서 1817년 1월부터 1818년 9월까지 게오르크 빌헬름 프리드리히 헤겔이 살았다(Hier wohnte von Januar 1817 bis September 1818 GEORG WILHELM FRIEDRICH HEGEL)." 하여간 독일 사람들은 이런 것을 놓치지 않는다. 일반 주택이라 카페처럼 드나들 수는 없지만, 나는 운 좋게도 이 집에 들어가볼 기회가 있었다. 일본에서 유학할 때 알고 지내던

---

* 이 대학과 인연이 없는 '칸트실'도 있기는 하다.

선배 타카야마 高山守 교수가 마침 이곳 하이델베르크 대학에 같은 객원으로 오게 되었는데, 그가 바로 그 집의 주민이 된 것이다. 그도 입주하기 전까지는 몰랐다고 한다. 와서 보니 헤겔이 살았던 곳이라고 해서 엄청 놀랐다고 한다. 그의 전공이 우연히도 헤겔 철학이다. 그 집에 초대받아 갔을 때, "정말 기연이죠?" 하고 그는 반쯤 자랑스레 말했다. 비록 헤겔이 살았던 그 건물은 아니라지만 그 집 구석구석을 둘러보며 나는 마치 헤겔의 초대를 받은 듯한 느낌에 사로잡혔다. 내가 전공한 하이데거가 그랬던 것처럼 나도 헤겔의 사변철학을 썩 좋아하지는 않았지만, 그 집을 다녀온 뒤로 특별한 친근감을 느끼게 됐다. 그가 제시한 '변증법', '정신', 특히 '시대정신'이라는 개념이나 "이성적인 것은 참된 것이고 참된 것은 이성적인 것이다(Was vernünftig ist, das is wirklich; und was wirklich ist, das ist vernünftig)"라는 명제는 심히 추상적이지만 부인할 수 없는 실체성을 지니고 있다.

헤겔도 야스퍼스도 이미 한참 전에 세상을 떠나 역사 속으로 들어갔다. 우리는 그들을 교과서에서 만나고 있다. 그렇게 시간은 흐르고 그 시간 속에서 모든 것은 변한다. "모든 것은 흐른다(πάντα ρεί / panta rhei)"라는 저 헤라클레이토스의 유명한 명제도 그것을 알려준다. 시간도 변하고 그 시간 속의 모든 것도 다 변한다. 야스퍼스가 살았던 집도 카페가 되었고 헤겔이 살았던 그 건물도 개축되었다. 그러나! 변하지 않는 것도 있다. 그들이 머물렀던 공간은 즉 자리는 시간의 흐름과 무관하게 변하지 않는다. 그들이 머물렀던 '거기'가 바로 '여기'인 것이다. 가변과 불변은 이렇게 함께 있다. 같은 동전의 양면인 것이다. 그 불변의 장소에는 그들의 이름만 남는 것이 아니다. 그들이 행한 모든 것도 그들의 삶의 흔적으로 함께 남는다. 나는 그것을 '기념'이라는 존재론적 개념으로 규정한다. 그 기념이 갖는 철학적 의미를 강조하고 싶다. 기념은 그 '의미'의 기념이기 때문이다. 의미란, '인간의 가슴이 인정하는 특별한 그 무엇'이다. 모든 것은 시간과 함께 흘러가지만 시간 속의 일체는 흘러 가버리는 것이 아니라 흘러 '고이는' 것이다. 그렇게 고인 것을 우리는 역사라는 이름으로 부르기도 한다. 그렇게 일체는 '존재의 기념으로' 남는 것이다. 그것은 평가의 대상이 되기도 한다. 무엇을, 어떤 것을 생각하고 말하고 행했는가 하는 것이 곧 철학의 대상이 되는 것이다. 우리가 헤겔이나 야스퍼스의 집에서 특별한 감회를 느끼는 것은 그들이 여기에 그만한 뭔가를 즉 의미를 남겼기 때문이다. 좀 거창하게 말하자면 불변하는 진리다.

나는 여기서, 저들이 살았던 그 집을 드나들면서 어떤 과제를 받아든다. 저들 못지않은 어떤 의미를 기념으로 남겨야 한다는 과제다. 언젠가 긴 세월이 지난 후, 저들의 집 앞에 붙은 그 기념판 아래에 또 하나의 기념판이, 비록 보이지 않는 판이지만, 붙게 되기를 기대한다. 거기엔 아마도 "1993년 6월부터 1994년 8월까지 한국의 철학자 이수정이 이곳을 드나들었다"라는 말이 새겨져 있을 것이다. 이 집은, 이 공간은 아마 100년 후에도 500년 후에도 불변의 것으로서 이 자리에 그대로 있을 것이다. 그리고 그때도 아마 먼 한국에서 온 어떤 젊은 철학 선생이 이 집 앞에서 그 보이지 않는 기념판을 보며 특별한 감회로 20세기의 철학자 이수정을 아련히 회고할 것이다.

플뢱 거리의 야스퍼스 하우스

헤겔 집터의 기념판

현관 위의 야스퍼스 기념판

쿠노 피셔 하우스

철학자의 길 – 철학과 산책

　하이델베르크에 도착한 지 한 달도 채 못 되어 골목들을 포함해 안 걸어본 길이 거의 없다. 평소에도 워낙 걷는 것을 좋아하지만 예쁜 길들이 내 발길을 유혹하는데 안 끌릴 재간이 없다. 칸트가 한평생 규칙적인 산책을 해서 동네 사람들이 그가 지나는 걸 보고 시계를 맞추었을 정도라는 유명한 이야기가 있는데, 독일에 직접 와보고 그것을 단박에 이해했다. 워낙에 걷기 좋은 환경이기 때문이다. 게다가 여기 하이델베르크엔 강도 있고 산도 있다. 칸트의 쾨니히스베르크보다 훨씬 더 낫다.

　칸트의 산책도 물론이지만, 저 아리스토텔레스의 제자들을 '페리파토스 학파(소요학파, 산책파)'라 부르는 것도, 저 루소가 《고독한 산책자의 몽상》을 쓴 것도 철학과 산책이 무관하지 않음을 알려준다. 산책을 하며 우리는 아주 자연스럽게 철학적 사색에 젖어든다. 의학은 잘 모르지만 걷는 동안 아마도 우리 뇌가 최고도로 활성화될 것이다. 저 덴마크의 실존주의자 쇠얀 키에케고가 방 안에서 하루 동안 4킬로미터인가를 왔다 갔다 했다는 것도 아마 일종의 산책에 해당할 것이다. 물론 코펜하겐의 거리도 걸었을 테지만. 하이델베르크를 거쳐 간 저 철학자들도 그렇게 산책을 즐겼다.

그래서 이곳에는 '철학자의 길 Philosophenweg'이라는 것이 있다. 지금은 거의 빠트릴 수 없는 관광 코스의 하나이기도 하다. 고성 바로 밑 플링켄가세 Plankengasse에 있는 나이 기숙사에서 하우프트슈트라세로 나와 100미터쯤 거리의 시청과 시장 광장과 성령교회를 지나 곧바로 우회전하여 좁은 골목길 슈타인가세 Steingasse를 잠시 걸으면 유명한 돌다리 '알테 브뤼케 Alte Brücke'가 나온다. 네카아 강의 산뜻한 강바람을 맞으며 운치 있는 그 다리를 건너면 바로 강변북로가 있고,[*] 그 길 건너 곧바로 산이 있다. 아주 높지도 낮지도 않은 아담한 산이다. 거기에 꼬부랑 슐랑엔베크 Schlangenweg(뱀길)가 있다. 모양이 그래서 그렇지 실제로 뱀이 나오지는 않는다. 약간 숨이 찰 정도로 그 꼬부랑길을 올라가면 그 산 중턱에 이내 평탄한 산책로가 나온다. 이게 그 유명한 '철학자의 길'이다. 산 중턱이라 강 건너 시가지가 한눈에 내려다보인다. 건너편 산 중턱의 우람한 고성, 성령교회, 브뤼켄 투름

---

[*] 하이델베르크는 북향 도시다.

(다리의 탑), 대학 건물, 그 뒤편에 병풍처럼 둘러쳐진 산과 그 위의 눈부시게 푸른 하늘과 새하얀 구름…. 널리 알려진 사진들로 이미 유명한 그림 같은 그 풍경이 실제로 눈앞에 펼쳐진다. 사진에서는 느끼지 못하는 새소리와 신선한 바람, 그리고 그 분위기…. 그게 '철학자의 길'이다. 삭막한 자동차 도로인 저 아래 강변도로(찌겔호이저 란트슈트라세Ziegelhäuser Landstraße / 슐리어바허 란트슈트라세Schlierbacher Landstraße)보다 훨씬 낫다. 일본 유학 시절 이 길을 본뜬 저 교토의 '철학의 길 哲学の道'을 걸어본 적이 있으나, 벚꽃 만발한 그 길도 분위기는 이것에 한참 못 미친다.

아마 저 고명한 헤겔도 야스퍼스도 막스 베버도… 이 길을 걸었을 것이다. 머리가 복잡할 때, 혹은 식후의 소화를 위해. 어쩌면 그 유명한 개념들, '정신', '실존'… 그런 것도 바로 이 길에서 산책을 하며 떠올랐을지 모를 일이다.

여러 차례 나도 그들처럼 이 길을 걸으며 철학적 사색에 빠져든다. '인간은 걷는 존재다', '걸음에는 방향이 있다', '인간은 사색하는 존재다', '사색에는 지향이 있다', '인간에게는 '어떤'이라는 질의 지향이 있다'라는 것도 어쩌면 저들의 저 유명한 개념 못지않은 철학적 의미가 없지 않을 것이다. 강 건너 풍경을 바라다보면 '인간은 아름다움을 추구하는 미적 존재다'라는 생각도 자연스럽게 떠오른다. 산책하는 사람들은 물론 분주히 오가는 자동차들과 배들을 보면 '삶은 움직임이다'라는 명제도 떠오른다. 모든 움직임은 각각 고유한 방향과 행선지를 갖는다. 그 종류가 참으로 다양하다. 각각 다다르다. 그 저변에는 각각의 욕망들이 작용하고 있다. 그 욕망의 종류가 그 사람들의 정체를 알려준다. 모든 움직임에는 '어떤'이라는 질이 있는 것이다. 나의 움직임은 서울을 떠나 이곳 하이델베르크로 향했고 지금 철학자의 길에 올라와 있다. 왜? 무얼 하러? 굳이 대답을 하지는 않겠다. 많은 답들이 이 물음표에 달릴 것이다. 거기에도 어떤 철학적 의미가 있다. 그것은 아마 언젠가 '이수정 철학'이라는 명칭으로 체화될 것이다.

슐랑엔베크를 올라가 보통은 서쪽 노이브뤼케Neu Brücke (새 다리, 즉 테오도어 호이스 브뤼케Theodor-Heuss-Brücke) 쪽으로들 걷는다. 반대편 동쪽으로도 물론 길은 이어진다. 분위기는 상당히 다르다. 상류 네카아게뮌트Neckargemünd 쪽으로 이어지는 그 길은 숲길이다. 산간도로도 아주 잘 조성돼 있다. 하지만 사람의 왕래는 적어 좀 으슥한 느낌이 들기도 한다. 나도 주로 서쪽으로 걷는다. 서쪽 끝자락에서 베르크슈트라세Bergstraße 길을 내려와 네카아 강으로 가면 그쪽엔 제법 드넓은 푸른 잔디의 강안이 있고 우아한 백조들이 그림처럼 물살을 가른다. 거의 알몸으로 일광욕을 즐기는 남녀도 드물지 않다. 테오도어 호이스 브뤼케를 건너고 조피엔슈트라세Sophienstraße를 지나 다시 관광객들로 붐비는 하우프트슈트라세를 한참 걸어 그 끝자락 부근에 있는 기숙사에 돌아오면 몸은 땀으로 촉촉이 젖는다. 충분한 운동이 된다. 샤워를 하고 책상에 앉으면 뭔가 철학의 결정체가 글로 모습을 드러낸다.

분위기가 이러니 독일에서는 철학이 이토록 자연스러운 것이다. 과연 철학의 나라다. 나의 거주지인 서울에도 그리고 근무지인 창원에도 교토보다 더 멋진 '철학자의 길'을 만들어 거닐고 싶어진다. 아, 그전에 먼저 나 자신이 그 길을 걸을 만한 '철학자'가 되어야겠지. 여기에 있는 동안 더 열심히 저 길을 걸으며 그 철학의 근육을 키워야겠다.

철학자의 길

학생감옥 카르쩌와 낙서

　다른 대학에도 이런 것이 있는지 모르겠다. 별로 들어본 적이 없다. 그런데 내가 머물고 있는 이 하이델베르크 대학에는 학생감옥(Studentenkarzer)이라는 곳이 있다. 아니 정확하게는 '있었다'. 1777년부터 1914년까지 실제로 운영되었다고 한다. 하우프트슈트라세에서 살짝 들어간 좁은 골목 아우구스티너가세Augustinergasse 2에 있다. 구체적인 것은 잘 모르겠지만, 예컨대 결투를 했다든가 학칙을 어긴 학생들에 대한 '처벌'로 이 감옥에 구금을 했던 모양이다. 설마하니 여기에 갇혔다고 그 학생들이 과오를 참회하고 개과천선했을 가능성은 희박하다. 절반쯤은 오히려 재미 삼아 이 구금 생활을 '즐기지' 않았을까 짐작된다. 그 증거가 바로 '낙서'다. 이 3층짜리 감옥에는 제법 많은 구류실이 있는데 쇠창살도 제대로 갖춰진 엄연한 감옥이다. 그런데 이 감옥은 어느 방 할 것 없이 낙서들로 빼곡하다. 사방 벽면은 말할 것도 없고 어떻게 손이 닿았는지 천장까지도 온통 낙서 천지다. 나무 테이블은 낙서가 아예 조각으로 파여 있고 복도도 예외가 아니다. 바로 이 낙서들 때문에 이 감옥은 하이델베르크의 대표적인 관광 명소의 하나가 되어 있다.

오래된 곳인 만큼 그 낙서들은 지난 세기의 학생 모자(뮈쩨 Mütze)를 쓴 학생들의 옆얼굴이 무수히 그려져 있기도 하고 심지어 사진도 있다. 빨간 모자, 파란 모자, 노란 모자도 있다. 그 아래엔 날짜도 쓰여 있다. 1905, 1914, 이런 건 예사고 1870이라는 숫자도 보인다. 우리로 치면 조선시대다. 대부분은 자기 이름이다. 루돌프, 쾰러, 마이어, 베커, 헤스, 하우서, 되프너 … 별의별 녀석들이 다 다녀갔다. 젊은 청년 학생답게 구호 같은 것도 보인다. "고독/한적(Solitude)"이라는 것도 있고, "불안 없는(für Schwindelfrei)"이라는 것도 있고, "모두를 위한 하나, 하나를 위한 모두(Einer für Alle, Alle für Einen)", "학문적 자유를 향하여(Zur akademischen Freiheit)" 같은 것도 보인다. 짜~식들! 보고 있노라면 미소가 피어난다. "3주"라는 것도 보이고 "8주"라는 것도 보인다. 아마도 갇힌 형량일 것이다.

저것도 다 저들에게는 한때의 실존이었을 것이다. 젊은 혈기에 한잔하고 패싸움을 했을 수도 있다. 그리고 갇혔을 것이다. 당연히 답답하고 무료했을 것이다. 뭐 대단하다고 '옥중서신' 같은 것을 쓸 생각이야 했겠는가. 안중근처럼 휘호를 남기는 대신 저들은 벽에다 천장에다 낙서를 했을 것이다. 그것은 그것대로 남아 세월이 흐른 후 이렇게 일종의 '문화유산'이 된 것이다. 그렇다. 엄연한 문화유산이다.

사람이 살다 보면 이런저런 연유로 감옥에 갇히는 일도 있다. 누군가처럼 옥중서신이나 휘호를 남기기도 하고 저 학생들처럼 낙서를 남기기도 하고 저 〈쇼생크 탈출〉의 앤디처럼 벽을 뚫기도 한다. 춘향이처럼 오매불망 이도령을 기다리기노 한나. 그 시산노 8주든 8년이든 임연힌 인생이다. 그 시간을 '어떻게', '무엇으로' 채우느냐 하는 것은 실존의 문제가 된다. 물론 그런 일은 없는 것이 가장 좋다.

7월에 접어들면서 여름방학이라서인지 한국의 젊은 배낭족들이 대거 하이델베르크에 나타났다. 아는 지인들의 방문도 있었다. 어느새 이곳 주민이 된 나도 그들에게 이곳의 명소들을 안내하는 처지가 되었다. 어느 날 우연히 거리에서 알게 된 대학생 몇을 데리고 그 학생감옥을 안내했다. 그런데 2층 계단으로 올라가다가 나는 얼굴이 화끈 달아오르는 경험을 했다. 중간 층 정면으로 보이는 벽면에 작은 '체텔(Zettel: 벽보)'이 한 장 붙어 있는데, "친애하는 한국인 여러분!"이라고 되어 있어 눈이 번쩍 떠졌다. 순간 '많이 찾아줘서 고맙다는 인사인가?' 하는 생각이 스쳐갔다. 아니었다. 내용인즉슨 "이곳은 소중한 문화유산을 간직한 공공의 공간이므로 부디 이 벽면에 사사로이 낙서를 하지 말아주시기 바랍니다. 문화재 훼손으로 처벌될 수 있습니다. 관리자 드림" 대략 그런 것이었다. 한글도 병기되어 있었다. 바로 그 위에 자랑스럽게도(?) 한글로 된 낙서가 여럿 적혀 있었다. "○○ ♥ △△ 다녀가다. 19××년 ×월 ×일" 그런 종류였다. 이곳은 세계 각국의 손님들이 찾는 곳이다. 국제적인 망신이다. 그러고 보니 내가 거의 매일 산책을 즐기는 저 산 중턱의 고성난간에도 한글 낙서가 즐비했다. 중국어와 일본어 낙서도 함께 있는 것은 그나마 다행일까?

　낙서가 아무리 즐거운 행위라고는 해도 장소는 가려야 할 것 같다. 거기는 괴테가 거닐기도 한 장소인데 그가 저 한글 낙서들을 봤다면 낯선 그 문자를 그저 신기해했을까? 다음에 그곳을 찾게 될 한국의 누군가를 위해 그 관리자의 쪽지를 꼭 기억해서 남겨야겠다고 생각했다. 그리고 공공성(Öffentlichkeit)을 강조한 저 하버마스의 철학을 한국에 널리 알려야겠다고 생각했다. 하이델베르크 대학 학생감옥의 벽면은 여느 화장실의 벽면과 다르다. 아니, 그 화장실의 벽면도 사실 낙서는 금지다. 독일의 곳곳에는 눈에 보이는/보이지 않는 '금지(Verboten)'가 가득하고 그것은 비교적 잘 지켜지고 있다. 그게 '이성'이고 '공공성'이다.

우스갯소리지만, 문득 예전에 들었던 화장실 낙서 이야기가 생각난다. 어느 대학 화장실 문짝에 이런 낙서가 있었다고 한다.

"신은 죽었다. — 니체"

"니체야 까불지 마라. 나는 죽지 않는다. — 신"

"니체도 신도 까불지 마라. 나한테 걸리면 다 죽는다! — 청소 아줌마"

정의로운 그 청소 아줌마를 여기 하이델베르크 대학 학생 감옥에도 모셔와야겠다.

하이델베르크 대학 학생감옥과 한글 경고문

세컨드핸드, 벼룩시장, 미트파르
– 아낌이라는 철학

독일 생활이 날수를 쌓으면서 몇 가지 흥미로운 사실들을 접했다. 그중 하나.

실용성에 기반한 독일식 합리주의? 명칭은 뭐 아무래도 좋다. 주목을 끄는 것은 그 정신이다. 일종의 절약정신 혹은 활용정신. 대충 그런 종류다. 그런 것이 있다. 단어로 하자면 '슈파렌(Sparen: 절약/검약/아낌)'이 그에 해당할지도 모르겠다. 물건이든 돈이든 쉽게 버리거나 낭비하지 않는 것이다. 특히 전쟁을 겪은, 그 궁핍을 아는 노인들에게서 이 단어를 여러 차례 들은 적이 있다. 아마도 그래서일까? 이들은 부유한 선진국임에도 불구하고 물건을 쉽게 버리지 않는다. 돈도 함부로 쓰지 않고 가능한 한 아껴 쓴다. 거의 철학이다.

독일에 온 것이 6월 말, 여름이었다. 짐을 최소한으로 가져왔기에 정작 생활을 하면서 불편한 것이 한두 가지가 아니었다. 빌 교수님에게 저녁 초대를 받았는데 제대로 된 정장이 없었다. 내가 아무리 젊은이라고는 해도 나이 드신 교수님의 초대인데 청바지에 셔츠 차림으로 갈 수는 없었다. 한국의 체면도 있다. 친하게 지내는 신학 전공의 이 목사에게 의논했더니 독일 생활이 오래된 사람답게 '세컨드핸드(secondhand)'에 가보라고 권했다. 일종의 재활용품 판매장이다. 구시가지에도 '딩에와 잉에Dinge & Inge*'를 비롯해 몇 군데기 있었다. 그의 단골집 한 군데를 소개받아 가봤더니 웬만한 생활용품은 없는 게 없었다. 무엇보다 매력적인 것은 저렴한 가격이다. 나의 눈에는 거의 새 옷처럼 보이는 정장 한 벌을 50마르크(약 25,000원)에 샀다. 훌륭했다. 운동화를 신고 왔기에 구두도 한 켤레 샀다. 17마르크(약 8,500원)로 거의 공짜나 다름없었다. 내친김에 식칼도 하나 샀다. 물론 아주 고급은 아니지만 겉보기에 멀쩡했고 쓸 만한 물건들이었다. 이제 겨울이 되면 장갑이며 목도리며 외투며 다 여기서 조달할 수 있을 것 같았다. 마음이 든든했다.

　세컨드핸드와 그 종류와 의미는 좀 다르지만 이곳에는 벼룩시장(Flohmarkt)도 활성화되어 있다. 격주로 키르히하임Kirchheim의 메쓰플라츠Messplatz에서 장이 열리기도 하고, 에밀-마이어 거리Emil-Maier-Straße, 키르히하이머 길

* 딩에는 '물건들'이라는 뜻이고 잉에는 대표적인 여성 이름 중 하나다.

Kirchheimer Weg 등 길거리에서도 수시로 장이 선다. 유럽 어디서나 그렇다지만, 여기에서는 옷, 신발, 가방, 그릇은 물론 그림, 전등, 촛대 등등 온갖 잡동사니가 다 나와 그냥 구경하는 것만 해도 재미가 쏠쏠하다. 심지어는 옛 나치나 동독 시절의 군복이나 훈장 같은 것도 나다닌다. 이런 데서는 귀중한 골동품을 뜻밖에 싸게 구해 횡재를 하는 경우도 가끔 있다고 이 목사는 알려줬다. 나도 골동 촛대 몇 개와 전통 맥주잔 등을 이 벼룩시장에서 싸게 구입한 적이 있다.

또 하나 신선했던 경험이 '미트파르(Mitfahr)'이다. '함께 타기', 일종의 동승 혹은 합승, 아니 정확하게는 편승 제도다. 원하는 지방 행선지가 있을 때, '시티네츠Citynetz'라는 회사 혹은 사무소(?)에 전화를 걸거나 방문해서 그날 그 시간에 그쪽으로 가는 차편이 있는지를 문의한다. 없으면 할 수 없지만 운 좋게 있으면 예약을 하고 약속한 시간, 약속한 장소에서 만나 그 차에 편승하는 것이다. 일반 기차나 버스에 비해 절반 이하로 저렴하다. 편승자도 차주도 서로 이익인 것이다. 빈자리가 있는데 혼자 여행하기 싫은 사람들이 흔히 이 사무소에 등록해서 편승자를 구한다. 어차피 가는 길에 심심치도 않고 용돈벌이도 되니 일석이조다. 웬만큼 유명한 여행지라면 대개는 알맞은 차편을 만나게 된다. 낯선 사람끼리 만나지만 함께 여행하며 친구가 되기도 한다. 이 얼마나 멋진 제도인가. 드물지만 이렇게 '미트파르'로 만나 사랑이 싹트고 결혼에 이르는 남녀도 있다고 역시 이 목사가 웃으며 알려줬다. 물론 나에게 그런 일이 일어날 가능성은 제로겠지만 이성일 경우 독신자들에게는 모종의 설렘도 없지 않을 것이다. 나도 이 목사 등 지인들과 에얼랑엔–뉘른베르크로 갈 일이 있어 이 편승 제도를 이용한 적이 있다. 기차 요금은 87마르크(약 43,500원)로 너무 비싸 결국 포기하고 이 미트파르 편을 이용했는데, 1인당 단돈 30마르크를 지불했다. 차는 고급형 메르체데스–벤츠였다. 속도제한 없는 아우토반을 시속 200킬로미터 가까이 내달리는데도 흔들림이 거의 없고 안정적이었다. 순진자도 유쾌하고 재미있는 아저씨였다. 동승한 7살짜리 아들도 잘 생기고 똘똘한 친구였다. 빵빵한 에어컨 때문인지 가다가 "에취" 재채기를 하기에 책에서 배운 대로 "게준트하이트(Gesundheit: 건강)"라고 했더니 "당케" 하고 인사말도 할 줄 알았다.

세컨드핸드에서 양복과 구두를 샀을 때, 여기가 독일이라 그런지 자연스럽게 하이데거의 저 '도구(Zeug)'론이 떠올랐다. 그의 《존재와 시간》에 따르면, '세계내존재'인 '현존재' 즉 우리 인간은 인간인 존재자(자기 자신, 타인)와 인간이 아닌 존재자에 대해 그때그때 어떤 태도를 취하는 존재방식을 갖는데, 그중 인간이 아닌 '비현존재적 존재자'를 그는 사물적 존재자와 도구적 존재자로 구별한다. 그런데 이 중 후자에 대한 이른바 '도구 분석'에 참 흥미로운 부분이 있다. 도구란 결국 '무엇을 위한(um … zu)'이라는 사용이 관건인데 명백한 도구라도 안 쓰거나 못 쓰게 된 도구는 다시 한갓 '사물적 존재자'가 되며, 한갓 사물적 존재자도 그것을 어떤 용도로 사용한다면 그 순간 그것은 엄연한 '도구적 존재자'가 된다는 것이다. 이를테면 부러져 창고에 처박힌 빗자루는 전자에 해당하고, 놀이를 위해 집어든 돌멩이는 후자에 해당하는 것이다. 그런 눈으로 바라보면, 저 세컨드핸드의 물건들은 사물적 존재자로 될 뻔했다가 구사일생으로 다시 살아나 도구적 존재자의 생명을 유지하게 된 것이다. 만일 그런 가치관이 없다면 그중 많은 것은 이미 폐기처분돼 쓰레기로 전락하고 말았을 것이다.

물론 저 가게의 주인들이 하이데거의 철학을 알고 그런 사업을 하는 것은 아닐 테고 하이데거 자신도 그런 절약의 가치관으로 도구 분석을 한 것은 아니겠지만, 그렇게 보면 그렇게 보일 수도 있는 것이다. 독일에서는 이렇게 도구라는 것도 철학적인 의미를 갖게 된다. 그 내재적 가치를 '소중한 것'으로서 아끼는(사랑하는) 것이다. 철학 선생이랍시고 좀 유난을 떨고 있는 건 아닌지 모르겠다. 그러나, 적어도 한 가지, 우리가 여기서 분명히 배워야 할 것은 있다. 그것은, 무언가 가치 있는 것을 함부로 버리지 않는다는 것이다. 아무리 풍족한 시대라지만 자원은 어차피 한정돼 있다. '아낌'이 항상 '선'인 까닭이 거기에 있다. 아껴야 한다. 그게 '사람'이라면 더더욱 그렇다. 우리는 사람을 너무나 쉽게 '버려둔다'. 주변에 그렇게 버려진 아까운 인재들이 너무 많다. 오랜 세월에 걸쳐 만들어진 그 소중한 가치가 제대로 빛을 보지 못하는 것이다. 정말이지 국가 단위의 거대한 낭비가 아닐 수 없다. 인재의 벼룩시장 혹은 세컨드핸드 같은 것이 필요할지도 모르겠다.

중고가게 정장

벼룩시장

시티네츠의 미트파르 사무소

튀빙엔에서 – 반짝이는 순간들

7월 21일 수요일, 튀빙엔Tübingen에서 전화가 걸려왔다. 사사키 카즈야佐々木一也, 도쿄에서 7년 세월을 함께 동문수학한 일본 친구다. 그 시절 공식적으로 나의 튜터였기에 그와의 우정은 더욱 각별했다. 각자 교수가 된 후 우연히도 같은 시기에 객원으로 독일에 오게 된 것이다. 엄청 반가웠다. 간단한 인사를 나누고 그동안의 이야기도 나누고 "튀빙엔에 꼭 놀러오라"며 전화를 끊었다.

8월 6일 금요일, 튀빙엔으로 떠났다. 튀빙엔은 처음이다. 유명한 대학도시고 주민 대다수가 대학생이라 독일 전역에서 평균연령이 가장 낮은 곳이기도 하다. 그 대학은 헤겔-셸링-횔덜린의 우정으로 유명한 곳이고, 카알 바르트, 디트리히 본회퍼, 위르겐 몰트만 등 신학의 거장들을 배출한 곳이다. 1970년대, 철학과 학생들에게 많이 읽혔던 《사람됨

의 뜻》, 《말의 힘》, 《현대철학의 이해》 등을 썼던 이규호 선생*이 이곳 출신이라 귀에 익은 곳이기도 했다. 들뜬 기분으로 IC(이체: 준특급)를 탔다. 직통편이 없어서 슈투트가르트 Stuttgart를 경유했다. 34마르크(약 17,000원), 차비가 다소 신경 쓰였지만 미트파르 편이 잡히지 않아 달리 선택지가 없었다. 모처럼 혼자 여유를 갖고 차창의 경치를 즐겼다. 어쩌면 전 국토가 이렇게 티끌 하나 없이 잘 정비되어 있는지. 깔끔한 숲과 도로 그리고 끝없이 광활한 황금 밀밭. 이따금씩 그림 같은 마을들과 농화적인 집들. 이것이 전형적인 독일의 시골 풍성이다. 나지막한 구릉지라 그런지 하늘도 더 크게 느껴진다. 12시 15분 튀빙엔 행 급행(E-zug)으로 환승, 1시 16분 튀빙엔 도착. 승강장에서 사사키의 마중을 받았다. 반가운 포옹. 그의 차로 시내로 이동. 스파게티로 점심 후 걸어서 튀빙엔의 명소들(교회, 성, 대학 철학부와 기숙사, 네카아 강변의 횔덜린 탑Hölderlinturm 등)과 숲을 구경하면서 이것저것 철학을 토론했다. 독일에서는 왜 이토록 자주 그리고 자연스럽게 철학이 입에 오르는가. 역시 동기인 타카하시가 빠리에 와 있다는 소식도 들었다. 현지 와인(Württemberger)을 한 병 사들고(5.30마르크, 약 2,650원) 그의 집으로 향했다. 부인의 환영을 받으며 짐을 풀고 발코니에서 자정 가까이까지 맥주, 와인, 소시지, 샐러드, 면 요리 등을 대접받았다. 독일에 와서도 하여간 일본인의 '모테나시(持て成し:

* 이규호(1926-2002): 전 연세대 교수, 문교부 장관.

대접)'는 알아줘야 한다. 오래된 친구라 해도 보통 정성이 아니다. 호젓한 튀빙엔 시내를 내려다보며 많은 이야기를 나누었다. 저녁 무렵의 기구 비행과 맑은 밤하늘의 무수한 별이 인상적이었다. 쾨니히스베르크는 아니지만 칸트가 말한 그 "내 머리 위의 별 반짝이는 하늘(der bestirnte Himmel über mir)"이라는 구절이 생각났다.

6시 반경 잠이 깼다. 일본식으로 아침을 대접받고 그의 차로 인근 베벤하우젠Bebenhausen의 수도원(Kloster)을 구경했다. 아침 햇살 속에서 수도원의 벤치에 앉아 새소리를 들으며 하이데거를 논했다. 독일에서 하이데거를 논하는 기분은 특별하다. 11시경 역에서 그의 배웅을 받으며 아쉬운 작별을 고했다. "다음엔 하이델베르크에 꼭 놀러오라"며 인사말도 잊지 않았다.

돌아오는 기차에서 특히 어제 본 튀빙엔 대학의 기숙사와 네카아 강변의 횔덜린 투름이 떠올랐다. 그 잔영이 강하게 남아 있었다. 그 기숙사에서 저 거철 헤겔과 셸링 그리고 천재 시인 횔덜린이 깊은 우정을 나누며 함께 지냈다. '튀빙엔 삼총사'라고나 할까. 역사에 이름을 남긴 거물들이 셋씩이나 한 공간에 모여 친구로 지내는 건 흔한 일이 아니다. 그러나 실제 역사에서는 가끔씩 이런 일이 있어 이야깃거리를 만들어낸다. 특히 셸링은 다섯 살이나 아래임에도 그 천재성으로 인해 친구들 중 가장 먼저 두각을 드러내며 승승장구했다. 그는 피히테의 뒤를 이어 독일 관념론의 거성으로 떠올랐다.

그러나 그의 말년은 그리 대단하지 못했다. 반면 헤겔은 취직도 결혼도 늦으며 초반에 일이 잘 풀리지 않았으나 뒤늦게 운이 트여 좋은 여성(마리 폰 투허Marie von Tucher)과 결혼도 하고 하이델베르크 대학, 베를린 대학의 교수가 되고 총장이 되며 학생들에게도 엄청난 인기를 누렸다. 친구 셸링과의 관계는, 그가 그를 치고 나감으로써 아주 서먹해져버렸다. "모든 소가 검게 보이는 밤(Eine Nacht, in der alle Kühe schwarz sind)"이라는 말로 친구 셸링의 동일철학을 비판한 것은 유명하나, 훗날 온 천에서의 어색한 재회 이야기도 멍달아 유명하다. 헤겔 본인은 그것(셸링 비판)을 별로 마음에 담지 않았지만 당한 셸링의 섭섭함은 끝내 풀리지 않았다. 한편 휠덜린은 가장 뛰어난 자질을 보였음에도 생전에 빛을 보지 못했고 주제테 공타르Susette Gontard와의 불륜 및 그녀의 죽음 이후 정신착란으로 긴 세월(1809-1843) 저 강변의 탑에서 유폐된 듯 지내야 했다. 20세기 초 릴케, 첼란, 하이데거가 그를 재발견해서 비로소 세상의 주목을 받기까지 그도 그의 작품들도 망각의 커튼 뒤에 가려져 있었다.

역시 사람의 인생은 끝까지 살아봐야 안다. 아니 그 사후까지도 지켜봐야 안다. 셸링은 그의 생애 초반에 빛을 봤고 헤겔은 후반에 빛을 봤고 휠덜린은 그의 사후에 빛을 봤다. 어느 것이 더 나은지는 쉽게 가늠할 수 없다. 우리는 각자 자신의 운명 같은 삶을 그때그때 그냥 살아낼 뿐이다. 각자의 힘겨운 무게를 짊어지고서.

귀로. 슈투트가르트에서 또다시 환승을 해야 했다. 하이델베르크로 가는 차편이 많지 않아 한참을 기다려야 했다. 그 시간을 활용해 헤겔 생가를 방문하기로 했다. 여기가 거기라고 알고 있었기에 일종의 모험에 나선 것이다. 역 앞에서 사람들에게 헤겔 생가가 어디냐고 물었더니 의외로 아는 사람이 없었다. '택시 기사라면 잘 알겠지.' 나름 머리를 굴려 줄서 있는 택시를 찾아가 물었는데 그도 잘 모르겠다며 다른 친구 기사를 하나 소개해줬다. 그는 잘 알고 있었다. 걸어서 가기엔 좀 멀다기에 버스 편을 물어보니 한참 설명을 하는데 초행길이라 도통 감이 잡히지 않았다. 난처한 표정을 지었더니 그가 답답했던지 "어차피 지금 손님도 없으니 그냥 타슈. 내가 거기까지 태워다 드릴 테니." 하고 나섰다. 그래서 얼떨결에 그 택시를 탔다. 독일의 택시는 어딜 가나 거의 대부분 다 벤츠다. 느낌이 묘했다. 헤겔 생가는 그리 멀지 않았다. 고맙고 미안해서 요금을 지불하려 했더니 그는 "받을 수 없어요. 내가 한 약속인데…" 하며 한사코 손을 가로저었다. 할수 없이 주머니 속에 있던 모나미 볼펜을 꺼내 감사의 표시라며 건네줬다. "당케 쉔(Danke schön)", "비테 제어(Bitte sehr)"를 서로 주고받으며, 그리고 웃음과 악수를 주고받으며 그 기사와 헤어졌다. 아름답고 흐뭇한 '슈투트가르트의 추억'이 될게 틀림없다. 시간이 늦어 헤겔 생가(기념관)는 이미 문이 닫혀 있었다. 아쉽지만 내부 관람은 포기했다. 그 앞에서 한국인답게 '찰칵' 증명사진을 찍고 발걸음을 서둘러 약간 어두워지는 역으로 돌아왔다. 9시 42분 승강장 8에서 직행(D-zug)을 탔다. 객실에는 함부르크 출신이라는 한 독일 청년과 단 둘. 이것저것 이야기를 나누었다. 슈테판이라고 했다. 그는 남아공에서 휴가를 보내고 돌아오는 길이라 했다. 30일의 휴가! 한국에는 없는 선진국형 제도다. 내가 독일을 한참 칭찬했더니 그는 독일에서 너무 좋은 것만 보지는 말라고 했다. 외국인들은 대개 그럴듯한 외관(Fassaden)만 보고 그 지지분한 뒷면을 잘 보지 못한다고 했다. 나는 속으로 웃으며 "그것만 해도 어디야"를 중얼거렸다. 그가 콜라를 사줘서 잘 마셨다. 현대차, 종교, 아프리카 이야기… 제법 많은 이야기를 나누었다. 그가 좀 잠잠해진 후, 나는 규칙적인 기차 바퀴 소리를 자장가처럼 들으며 포근한 잠에 빠져들었다. 밤늦은 11시 5분 하이델베르크에 도착했다. 고향에 돌아온 기분이다. 어두운 밤. 역 앞에서 한참을 기다렸다가 11시 27분 익숙한 33번 버스를 타고 숙소에 돌아왔다. 복도에서 알베르토Alberto와 마주쳤다. "할로! 늦었네요." 베네수엘라에서 온 선량한 그의 인사가 반갑다. 늘 친절한 안트예 뮐러Antje Müller 양도 지나다 보고 웃어주었다. 그녀는 이것저것 생활 팁들을 잘 알려준다. 기숙사는 이런 게 좋다.

생각해보니 헤겔도 헤겔, 횔덜린도 횔덜린이지만 슈투트

가르트에서의 그 택시기사가 더 강한 인상으로 기억에 남아 있다. 알베르토와 안트예의 인사나 미소를 포함한 그런 작은 친절들은 우리의 어느 한순간을 기쁨의 색깔로 칠해준다. 그 특유의 빛들이 이것저것 시간 속에서 사금처럼 반짝거린다. 우리에게는 그런 빛들이 모인 또 하나의 하늘이 있다. 우리의 마음속 그 어딘가에. 말하자면 '선(善)의 세계'다.

일본이 아닌 독일에서, 아름다운 추억의 한 페이지를 만들어준 사사키 군에게 새삼 감사한다.

튀빙엔의 횔덜린 투름

역 앞에 늘어선 벤츠 택시

슈투트가르트의 헤겔 생가

꼴마흐, 꽃동네에서 꽃을 생각하다

　'주말은 하여간 나다니면서 구경을 하자.' 여기 와서 세운 이 원칙이 지금까지는 대체로 잘 지켜지고 있다. 주말에는 쉬는 것이 당연히 필요하고 좋겠지만, 여기는 머나먼 독일이고 나는 아직 30대 청춘이다. "노세 노세, 젊어서 노세." 그런 것은 아니지만, 길지도 않은 1년, 많이 봐두지 않으면 어렵게 와서 지내는 이 시간과 장소가 너무나 아깝지 않은가.

　우연히 프랑스의 꼴마흐Colmar가 그렇게 예쁘다는 소리를 들었다. 이곳 하이델베르크에서 학위를 하고 런던 대학에서 교수를 하다가 모교인 이곳에 나처럼 객원으로 와 강의하고 있는 미술사 전공의 박영숙 교수님이 꼭 가보라고 권했다. 독불 국경에 가까운, 저 알퐁스 도데Alphonse Daudet의 《마지막 수업(La Dernière Classe)》으로 유명한 소위 알자스Alsace 지방이다. 와인의 고장으로 2차 세계대전 중 기적적으로 폭격을 피해 중세의 분위기를 간직한 오래된 건물들이 많다고 했다. 아직 프랑스에는 가본 적이 없기에 솔깃했다.

8월 1일 일요일, 친구 이 목사와 둘이서 꼴마흐 행 버스를 탔다. 첫 프랑스라 약간의 설렘. 라인 강을 건너 프랑스 땅으로 진입했다. 옛 검문소의 흔적과 도로 표지판의 언어가 바뀐 것 외에, 국경은 거의 느끼지를 못했다. 바다와 휴전선뿐, 국경이라는 게 없는 사실상 섬나라인 한국에서 온 자로서 감회가 좀 특별했다. 나로서는 처음 국경이라는 것을 넘는 역사적 순간이라 시계를 보니 5시 14분. 새벽 시간이지만 이미 밝다. 접경지고 국경이 왔다 갔다 해서인지 풍광에서 독일과 큰 차이는 느끼지 못했다. 길 양옆 넓디넓은 옥수수밭이 인상적이다. 하여간 유럽은 평원이 많아 광활한 느낌이 든다. 그들판에 이따금씩 마을이 있다. 아담하고 예쁘기가 이를 데 없다. 자연과 건물이 이토록 잘 조화되고 있다는 것이 볼 때마다 놀랍다. 독일 국경의 브라이자하Breisach에서 잠시 정차했고 이윽고 목적지 꼴마흐 역에 도착했다. 시간을 확인하니 8시 55분. 하차하니 주변에 갑자기 프랑스어가 난무한다. 언어에 따라 주변 분위기가 엄청 다르게 느껴진다. 독일어가 직선의 느낌이라면 프랑스어는 곡선의 느낌? 배운 적이 없어 알아듣지는 못하지만 하여간 아름다운 느낌이다. 일본에서 친했던 프랑스 여사친 마리—뽈 게랑이 언뜻 생각났다. 꼴마흐의 골목골목을 걸었다. 집마다 창마다 거의 예외 없이 꽃장식이 되어 있다. 도로도 다리도 마찬가지다. 너무나 예뻤다. 8월, 계절이 여름이라지만 이 꽃들은 그냥 핀 꽃이 아니라 사람들의 마음이 피운 꽃이다. 그래서 꼴마흐의 첫인상은 '꽃마을'이다. 듣기로는 알자스의 3대 도시라지만 너무나 아기자기해 '마을'이라는 말이 더 어울린다. 시가지를 가로지르는 로슈 강에서 보트도 탔다. 유쾌한 들뜸을 느낀다. 여름 햇살이 전혀 뜨겁지 않다. 잠시 신선놀음이다. 동행한 친구 이 목사의 제안으로 한 뒷골목의 조그만 책방에 들어갔다. 예전 1970년대의 청계천 헌책방처럼 좁디좁은 공간에 천장까지 책들이 가득 꽂혀 있다. 예쁜 그림책들이 많았다. 읽지를 못해 아쉽지만 사지는 않고 구경만 하고 나왔다. 주인아저씨는 싫은 표정 대신 싱긋 웃어주었다. 생선을 좋아하는 나를 위해 이 목사가 뜬금없이 장보기를 제안했다. 독일에서는 생선 요리를 먹기가 쉽지 않다. 비록 '노르트제Nordsee(북해)'라는 생선 요리 전문 체인점이 있긴 하지만 연어 요리를 포함해 가격이 만만치 않다. 시장에 들러 농어(achigan)를 한 마리 샀다. 저렴했다. 프랑스에서 저녁 찬거리를 사서 독일로 가져가다니, 이것도 신선한 체험이다.

신나게 꼴마흐를 즐기는 사이에 돌아갈 시간이 되었다. 그런데 이런! 길을 좀 헤매었다. 지나가는 행인들에게 "역이 어디에요?"라고 물어봤지만 독일어가 통하지 않는다. 국경이 가까워 통할 줄 알았는데… 좀 당황했다. 영어로 다시 물어 봤는데도 마찬가지다. 역시 안 통한다. 프랑스에서는 영어가 안 통한다는 말을 들은 적이 있지만 실제였다니! 그걸 확인한 것은 좋지만 지금 나는 차 시간이 급하다. 어떻게든 길을 알아내서 역으로 가야 한다. 궁여지책으로 주머니에서 볼펜을 꺼내 쪽지에다 기차 그림과 역 비슷한 그림을 그려 보여주었다. 그랬더니 "Aha, gare(아하, 갸르(역)요)?" 하는 반응이 돌아왔다. 기억의 저 한쪽 구석에서 예전 어렴풋이 들었던 그 단어가 되살아났다. "Oui, gare. Ou est la gare(네, 역이요. 역이 어디에요)?" 하고 어설픈 프랑스어로 대답했더니 그 아저씨는 친절하게 역까지 직접 안내해줬다. "메르씨 보꾸(Merci beaucoup)!" 너무나 고마워 구세주를 만난 기분이었다. 다행히 역 창구엔 "영어/독일어 가능"이라는 팻말이 붙은 곳이 있어서 무난히 차표를 구입하고 아슬아슬하게 하이델베르크 행 기차에 오를 수가 있었다. "휴~" 객실에 앉게 되자 이 목사와 나는 서로 마주보며 너털웃음을 웃을 수밖에 없었다. 스트라스부르Strasbourg를 거쳐 밤 11시 넘어 카알스루에 Karlsruhe에서 한 번 갈아타고 12시경 하이델베르크에 도착했다. 밝은 달이 우리를 마중 나와 있었다.

첫 프랑스 여행의 흥분도 좀 차분해진 뒤, 기억에 남은 꼴마흐의 가장 강렬한 인상은 역시 '꽃'이다. '꽃'이라고 하면 나

뿐 아니라 아마 많은 한국인이 저 김춘수의 시 〈꽃〉을 떠올
릴 것이다.

〈꽃〉

내가 그의 이름을 불러주기 전에는
그는 다만
하나의 몸짓에 지나지 않았다

내가 그의 이름을 불러주었을 때
그는 나에게로 와서
꽃이 되었다

내가 그의 이름을 불러준 것처럼
나의 이 빛깔과 향기에 알맞는
누가 나의 이름을 불러다오
그에게로 가서 나도
그의 꽃이 되고 싶다

우리들은 모두
무엇이 되고 싶다
너는 나에게 나는 너에게
잊혀지지 않는 하나의 눈짓이 되고 싶다

멋지고 훌륭한 시다. 이 시는 한때 나의 졸시 〈숨바꼭질〉과 함께 부산 지하철 서면 역에 대문짝만하게 마주 보고 전시돼 있었기에 나와는 개인적으로 특별한 인연이 있다. 그러나 이 시가 이론의 여지없는 명작임에도 불구하고 이 시가 읊고 있는 꽃은 좀 의미 과잉이라는 느낌이 없지 않다. 그 꽃은 '너와 나'의 관계 속에서만 비로소 꽃이다. 그러나 내가 없다고, 내가 불러주지 않는다고 그 꽃이 꽃이 아닌 걸까? 그럴 리가 없다. 김춘수의 꽃은 불러준 '나의 꽃'이지 '꽃 그 자체'가 아니다. 철학 공부를 하다 보면 인간들이 곧잘 그런 착각을 하는 경우를 확인하게 된다. 인간의 소위 '인식 대상', '경험 대상'이 아니면 사물의 실재를 인정하지 않는 것이다. "존재는 지각이다(esse is percipi)"라는 저 버클리의 명제가 그런 입장의 한 대표적 상징이다. 칸트의 소위 '물 자체(Ding an sich)'나 조지 무어의 '관념론 논박(refutation of idealism)'은 그런 입장에 대한 반대 입장이다. "내가 그의 이름을 불러주기 전에는 그는 다만 하나의 몸짓에 지나지 않았다"는 건 인간의 오만이다. 인간이 부르건 부르지 않건 꽃은 이미 꽃이다. 인간이 봐주지 않더라도 그것은 이미 아름답다. 벌−나비가 찾지 않더라도 그게 아름다운 꽃의 자격을 상실하는 건 아니다. 내가 죽어 없어져도 세계는 세계로서 계속 여기에 존재하는 것이다. 소중한 수많은 사람들이 떠나 사라진 지금도 계속 이렇게 이 세계의 존재가 확인되는 것처럼. 그런 객관적인 존재는 우리 인간의 소유가 아닌 것이다. 그런 '인정과 겸손'의 철학이 우리 인간들, 특히 현대인들에게 필요해 보인다. 현대의 적지 않은 문제들이 바로 그런, 존재의 주인이 된 듯한, 인간의 오만에서 기인한다는 것을 인간 자신들은 잘 모른다.

물론 김춘수 선생의 의도가 그런 게 아니라는 것이야 난들 모르겠는가. 부르고, 가고, 무엇이 되고, 잊혀지지 않고…, 그런 관계 내지 관계함의 철학은 그것대로 너무나 소중하고 유의미하다. 굳이 시비를 걸자면 그런 점이 있다는 것이다.

각각의 존재는 그 자체로서 존재하며 각각의 고유한 의미가 있다. 그런데 참으로 묘하고 묘한 것이 그 각각의 요소존재들이 "창이 없는" 일단 완결된 존재로서 존재함에도 불구하고, 또한 서로 얽혀 연결되고 있다는 것이다. 눈이 있고 보이는 것이 있고, 귀가 있고 들리는 것이 있고, 코가 있고 냄새가 있고, 입이 있고 먹을 것이 있고…, 그리고 그렇게 세상 만유가 유기적으로 얽힌다. 나비가 꽃을 찾아 날고 남자가 여자를 보고 고개를 돌리는 것도 그런 종류다. 너무나 당연하지만 우주적인 신비가 아닐 수 없다. 라이프니츠는 그것을 "모나드는 우주를 비추는 거울이다(La monade comme miroir vivant de l'univers)"라고 표현했고 하이데거는 그것을 "윤무 (Reigen)"라고 표현했다. 꽃은 꽃으로 있지만 그 꽃은 예쁘다고 감탄하는 인간의 감성과, 그리고 벌-나비의 감각과 연결

됨으로써 비로소 꽃으로 완성되는 것이다. '홀로'와 '함께', 둘 다 각각 철학적인 의미를 지니는 것이다.

꼴마흐의 꽃들은 나와 아무런 상관없이 꼴마흐에 피어 있었지만 어느 날 저 먼 한국에서 온 이수정이라는 한 청년의 눈과 만남으로써 그에게 하나의 의미를 남긴 것이다. 물론 그것은 인간인 그의 의미다. 그렇게 하나의 장면이 완성된 것이다. 그 장면은 아마도, 적어도 그에게는 오래도록 지속되는 '아름다운 추억'으로 남게 될 것이 틀림없다. 그는 그 꽃들과 그 꽃들을 피워준 꼴마흐와 그 배경이 되어준 예쁜 집들–거리들–다리들에게 진심에서 우러나오는 "메르씨 보꾸"를 보내고 있다.

꽃동네 꼴마흐

1-2 _ 겨울학기
Wintersemester

찌겔하우젠 – 어디서 살 것인가?

10월 신학기가 시작되면서 나는 임시로 거주하던 신학부 기숙사(Plankengasse 3 Ökumenisches Wohnheim)를 나와 새 거처를 마련해야 했다. 처음 도착한 날, 호텔에 머물면서 아무 연고가 없던 나는 학교 구내식당을 찾아가 검은 머리의 한국인을 찾았고 운명처럼 만난 한 친구를 통해 방학 동안 '운터미텐(Untermieten)'*으로 나온 신학부 기숙사의 한 방을 거처로 얻을 수가 있었다. 그리고 거기서 하이델베르크의 소중한 첫 경험들을 얻었다.

이번에도 그 친구 이 목사가 고맙게도 나서주었다. 대개의 한국 유학생이나 연구자들이 그러듯 인근 노이엔하임 Neuenheim, 한트슈스하임 Handschuhsheim, 베스트슈타트

---

* 세입자가 다시 세를 내놓는 것. 독일에서는 기숙사 입주 학생들이 방학 동안 곧잘 이렇게 자기 방을 세로 빌려주고 용돈 벌이를 한다.

Weststadt, 베르크하임Bergheim 등지를 알아보았으나 거리나 교통이나 환경 등이 마땅치가 않았다. 가장 좋은 구시가지(알트슈타트)는 오래돼 시설이 낙후되어 있음에도 워낙 아름다워 독일인들도 선호하는 곳이지만 역시 가격이 만만치가 않았다. 결국 네카아 강 상류 쪽 그가 사는 슐리어바하Schlierbach 와 찌겔하우젠Ziegelhausen에서 찾다가 찌겔하우젠의 이 집 (Mittlerer Rainweg 63a)으로 결정했다.*

여기 역시 가격은 높은 편이고 교통도 버스밖에 없어 불편하지만, 환경이 너무 좋다. 강변의 산동네인데 소문난 부촌이다. 저 대철 가다머도 이곳에 산다고 들었다. 동네 사람들에게 들으니 그 옛날 음악가 브람스도 이곳에 산 적이 있다고 했다. 그리고 매일매일 33번 버스로 등하교를 하며 보는 네카아 강변의 풍경도 아름답고 주말에 비탈진 동네를 산보하는 것도 너무 좋다. 아마 저 브람스도 걸었고 가다머도 걷고 있을 그 길이다. 주말에는 산길을 시내 쪽으로 조금 걸어 마우스바하Mausbach 개천을 끼고 있는 노이부르크Neuburg 수도원에도 가본다.

무엇보다도 집주인 프란츠 필롭Franz Fülop 씨 부부가 너무 좋다. 아저씨는 얌전한 타입이고 아주머니는 시원스러운 성격이다. 경사지라 아래층 위층 입구도 따로여서 둘 다 1층

---

* 그 후 하이델베르크 시대 마지막 두 달은 Neckargemünd의 Peter Schnellbach Str.34에서 보내다가 귀국했다.

같은 독립된 구조이지만 학교에 갔다 오면 언제나 널찍한 방 안이 깨끗하게 청소돼 있고 새로 덮인 테이블보 위에는 매번 와인 한 병이 놓여 있다. 샤워를 하고 TV를 보며 그것을 홀 짝거리고 있으면 천국이 따로 없다. 탁 트인 창밖에 바로 보 이는 커다란 전나무(Tannenbaum) 고목이 아주 일품이다. 아랫 집 굴뚝에서 가끔씩 오르는 흰 연기조차도 그림 같다. 이사 온 이후 울창한 녹음과 예쁜 단풍과 쓸쓸한 낙엽과 눈 쌓인 가지를 다 지켜봤다. 동네 전체가 다 조용하고 분위기 있지 만 이 집은 길 맨 끝집이라 특히 조용하다. 버스 정류장까지 조금 걸어야 하지만 그것도 불편이라기보다는 즐거움에 속 한다.

해가 바뀌고 2월이 되자 마을 축제가 벌어졌다. 적극적인 주인아주머니의 권유로 그 축제에 함께했다. 동화에서 나오 던 풍경이었다. 악대와 함께 동네를 한 바퀴 도는 가장 행렬 도 구경했다. 고깔모자에 빨간 주먹코를 단 삐에로도 등장했 다. 초록 상의, 노랑 치마, 하양 스타킹으로 치장한 꼬마 아 가씨들의 행진도 있었고 전통의상을 차려 입은 아기들의 유 모차 행진도 있었다. 그리고 커다란 붉은색 꽃마차에서 흰 색 축제 의상을 입은 아가씨들이 사방으로 사탕을 던지며 붉 은 꽃술을 흔드는 행렬도 있었다. 정말 유쾌했다. 일본에서 보던 으쌰으쌰 하는 마쓰리와는 분위기가 완전 딴판이다. 행 렬이 지난 후 역시 아주머니의 손에 이끌려 이웃집에도 들어가봤다. 동네 사람들이 다 모여 북적이고 있었다. 그 집은 주인 내외 두 분 다 얌전한 타입이었지만 축제 분위기라 즐거운 표정이 역력했다. 닥치는 대로 술과 음식을 내왔다. 손수 구운 쿠헨(Kuchen: 케이크)도 있었다. 맛이 일품이었다. 나도 동화에서나 보던 빨강–노랑 깃털 달린 검정 실크해트를 쓰고 권하는 대로 술을 받아 마시며 거나하게 취해버렸다. 모두 함께 어깨동무를 하고 좌우로 몸을 흔들며 노래를 불렀다. 나도 술기운에 저 영화 〈사운드 오브 뮤직〉의 주제가 〈에델바이스〉와 한국 가곡 〈고독〉을 신나게 불렀는데, "분더바(wunderbar: 원더풀)!", "징어(Singer: 가수)!" 박수를 치며 난리도 아니었다. 거나하게 취해 불그레한 얼굴로 차가워진 달빛 아래를 걸어 집으로 돌아오자니 한순간 너무 행복해 콧등이 시큰했다. 아니, 기실 그 절반은 사정상 함께 오지 못한 서울의 가족들이 너무 보고 싶어서이기도 했다. 돌아와 샤워를 하고 좀 차분해진 마음으로 시를 한 편 긁적이기도 했다. 일종의 낯간지러운 연시라 여기 적지는 않겠다.

너무나 당연한 이야기겠지만 우리는 살면서 어딘가에 주거를 마련하고 거주를 한다. 내가 전공하는 하이데거는 이 '거주(Wohnen)'라는 것을 우리 인간존재의 중요한 존재방식 내지 존재의미의 하나로 논하기도 한다. 그런데 나는 하이데거보다도 더욱 '단순한 것', '기본적인 것'의 철학적 의미를 주목하는지라 그 '어디'라는 것을 나의 인생론에서 다루기도 했다. 나 나름의 독자적인 장소론(Topologie)이다. 방대한 이야기를 다 풀어놓을 수는 없지만 나는 대략 '집', '마을/동네', '학교', '직장', '국가', '세계', '세상', '자연/환경/지구', '천지/존재계' 등을 철학적으로 주제화한다. 너무 당연한 이야기들이라 나의 학생들 이외에 별로 세간의 주목을 받지는 못하지만 나는 나의 이 철학이 하이데거의 거주론 못지않은, 아니 그보다도 더 중요하고 의미 있는 철학이라고 확신한다.

'여기'라는 그 장소/공간의 '어떤'이라는 것이 우리네 삶/존재의 '어떤'을 결정하기 때문이다. 방금 나열한 단어들이 다 해당한다. 우리는 우리 자신의 삶으로써 그 '어떤'의 '질'을 제고해야 할 의무가 있다. '집'과 '동네'도 당연히 포함된다. 그런 철학을 나는 이곳 하이델베르크 찌겔하우젠에서 다시 한번 확인한다. 찌겔하우젠, 이 좋은 곳이 한순간, 일정 시간/기간의 질을 높여 나의 삶에 행복이라는 것을 선사해줬다. 그리고 아마 추억으로 기념으로 오래 기억되리라. 감사하지 않을 도리가 없다. 주인아저씨 아주머니에게도, 동네 이웃들에게도, 초청해준 빌 교수님에게도…. 아, 그리고 이 집을 알아봐준 친구 이 목사에게도.

신학부 기숙사

필롭 씨네 집

찌겔하우젠

찌겔하우젠 동네 축제

오펜부르크의 어느 일생
– 마지막에 남는 것

　하이델베르크에서의 주말은 쉴 틈이 없다. 이렇게 멀리까지 온 만큼, 그리고 기간도 한정된 만큼, 되도록 많은 것을 봐두자는 욕심에서 거의 매주 '구경'을 다녔다. 고성, 철학자의 길 등 구시가지의 구석구석은 말할 것도 없고, 산길도 올라 남쪽으로는 몰켄쿠어Molkenkur, 강 건너 북쪽으로는 하일리겐베르크Heiligenberg까지 둘러봤다. 그리고 인근의 카알스루에Karlsruhe, 만하임Mannheim, 슈파이어Speyer, 슈베찡엔Schwezingen, 그리고 라인 강변의 케취Ketsch에도 진출했다. 케취에서 도도히 흐르는 라인 강을 처음 가까이서 보았을 땐 묘한 감동이 있었다. '라인 강의 기적', 독일의 한 상징이 아니었던가. 그래서 나는 케취의 멋진 숲길을 지나 그 물가에서 일부러 쪼그려 앉아 손을 씻었다. 라인 강물에 '손을 담근' 것이다. 혼자서 딩켈스뷜Dinkelsbühl, 슈배비쉬 할

Schwäbisch Hall, 콤부르크Comburg로 버스 여행을 다녀오기도 했다. 가도 가도 아름다운 차창의 풍경들, 끝없는 보랏빛 꽃밭, 황금빛 밀밭···. 일본 유학 시절, 북해도 후라노富良野의 풍광을 엄청 좋아했었는데 그 원형이 여기에 있었다. 아름답고 평화롭고 조용한 그 고도들은 감동적이었다. 또 한 번은 친구 이 목사, 김판임 선생, 박희영 선생 등과 함께 자동차로 네카아 강 상류의 네카아게뮌트Neckargemünd를 지나 밀텐베르크Miltenberg, 그리고 이웃 헤센 주의 미헬슈타트Michelstadt를 다녀오기도 했다. 동화 속에 나올 법한 그림 같은 옛 건물들···. 어딜 가도 감동이 있는 풍경이었다.

이번 주는 좀 멀리까지 진출했다. 저 대단한 철학자 후설과 하이데거의 본거지 프라이부르크에 살짝 못 미친, 프랑스 스트라스부르 인근의 작은 도시 오펜부르크Offenburg까지 발을 뻗은 것이다. 88올림픽이 결정되었던 유명한 바덴바덴Baden-Baden 바로 다음이다. 기차 여행이었다. 비싼 차비가 아깝지 않았다. 예쁜 도시였다. 시간이 넉넉한 터라 친구 이 목사의 조언을 참고로 공동묘지를 찾아갔다. 독일의 공동묘지는 우리가 아는 저 '월하의 공동묘지' 같은 것과는 그 이미지가 전혀 다르다. 피 철철 흘리는 귀신과는 거리가 멀다. 기본적으로 예쁜 공원이다. 그 이름도 프리트호프Friedhof, 즉 평화의 궁정이다. 묘비들은 하나하나 다 예술작품급이다. 더욱이 그 묘비명들은 짧은 시처럼 울림이 있다. 나는 그것들을 하나하나 음미하며 천천히 걸었다. 그러다가 어느 한 묘비 앞에서 딱 발걸음이 멎었다. 거기에 새겨진 묘비명이 나를 멈춰 세운 것이다. 거기엔 이렇게 적혀 있었다. "프리츠 베크만 박사, 한평생 마리아를 사랑했던 그, 여기 그녀 곁에 잠들어 있다(Hier schläft Dr. Fritz Beckmann, der Maria sein Leben lang liebte, bei ihr)." 와우, 이건 감동이었다. 그 바로 곁의 묘비에는 이렇게 적혀 있었다. "마리아 베크만(옛 성 바이스), 사랑 속에 태어났고, 사랑 속에 살았고, 사랑 속에 숙었다(Marla Beckmann (geb. Weiß) In Liebe geboren. In Liebe gelebt. In Liebe gestorben)." 나는 한동안 감동으로 얼어붙었다. 너무나 멋진 묘비명이었다. 둘 다 거의 완벽했다. 깔끔했다. 완성도 10점 만점이었다.

그 감동을 가슴에 안고 하이델베르크로 돌아왔다. 그들 부부의 행복했던 생전의 모습이 영화처럼 그려져 나까지 덩달아 행복해지는 느낌이었다. 그래서 그걸 거의 그대로 별 장식도 없이 시로 옮겼다.

〈오펜부르크의 어느 묘비명〉

오펜부르크의 묘지공원을 산보하다가
문득 눈에 들어온 어느 묘비명

한평생 마리아 베크만을 사랑했었던
철학박사 프리츠 베크만 씨는
1882년 3월 10일 생
1969년 11월 5일 몰
그녀와 함께 여기 고이 잠들어 있다

본 적도 없는 한 사내의 핑크빛 영혼이
내 시간의 짧은 한 자락을 즐겁게 했다

이곳 독일에서 이런 시간을 가질 수 있었던 건 축복이라는
느낌이 들었다. 하늘에 감사했다.

생각해보면 우리 인간은 누구나 영문도 모르고 태어나 영
문도 모르고 살다가 영문도 모른 채 죽어간다. 그게 우리의
운명이다. 결과적으로 보면 허망하기가 그지없다. 그 과정을
보면 누구든 엄청난 수고와 고생으로 점철된다. 모두가 다
똑같다. 그러나, 마지막에 남는 것도 그럴까? 아니다. 그 마
지막에 남는 것은 사람마다 다 다르다. 엄청난 업적을 남기
는 사람도 있고 부끄러운 오명만을 남기는 사람도 있다. 그
렇게 남긴 것이 그 사람의 삶이라는 것을 평가하는 기준이
된다. 묘지가 보여주듯 이곳 독일에서도 이렇게 무수한 사람
들이 태어나 그들의 삶을 살고 갔지만, 이를테면 베토벤이나

괴테의 삶과 히틀러나 힘러의 삶이 같을 수 있겠는가.

우리는 누구나 다 죽지만 죽음이라고 다 같은 죽음은 아니다. 죽음에도 종류와 모양이 있다. 어떤 삶을 살았느냐가 그 죽음의 종류와 모양을 결정한다. 엄청난 업적은 아니더라도, 위대한 흔적은 아니더라도, 저 오펜부르크의 프리츠와 마리아 같은 삶을 남기고 간다면 나름 아름다운 인생이었다고 말할 수 있지 않을까. 언젠가 먼 훗날 한국 어딘가에 세워질 나와 아내의 묘비에도 저들과 같은 묘비명이 새겨진다면 나쁘지 않겠다는 생각을 하게 된다. 물론 이런 생각을 하기에는 아직 너무 젊지만. 지금부터 해야 할 일들이 너무 많지만.

오펜부르크의 공원묘지

괴팅엔으로 부친 편지

친애하는 김 선생님

오늘 이 목사님을 통해 뜻하지 않게 선생님의 편지를 전달받고 무척이나 기뻤습니다. 저의 주소도 말씀드릴 기회가 없었는데 이렇게 c/o로* 편지를 받다니 좀 황감하기도 합니다. 어떠한 형태이건 이국땅에서 살며 이렇게 누군가로부터, 특히 여성으로부터 편지를 받는다는 것은 그 자체만으로도 영화 같은 장면이 아닐 수 없습니다. 더욱이 현상학의 제창자 후설이 한때 몸담았던 괴팅엔Göttingen에서 온 편지를 받으니 그것을 전공한 자로서 특별한 느낌이 없을 수 없습니다.

지난번 하이델베르크에 오셨을 때, 이 목사님으로부터 소개를 받고 다 함께 어울려 여행을 하고 특히 야스퍼스 하우

---

* care of. '누구누구 방', 편지 전달.

스에서 인간적이면서도 철학적인 대화를 나누었던 것은 저에게는 두고두고 소중한 추억이 될 것 같습니다. 새삼 감사를 드립니다.

말씀하신 대로 저는 이곳 하이델베르크에서 기대 이상으로 뜻있는 시간들을 보내고 있습니다. 다만, 이런 소중한 체험들이 곧바로 작품화되지 못하고 조금씩 그냥 과거 속으로 흘러가버리는 것 같아 아쉽고 안타까울 따름입니다. 어쩌면 먼 훗날, 제가 나이를 먹고 백발의 노신사가 되었을 때쯤, 먹먹한 가슴으로 이 시절을 회상하며 감상에 젖고 그때 모든 것이 생생하게 되살아나 한 권의 책으로 재탄생하게 될지도 모르지요.

장 보프레Jean Beaufret의 질문 서한에 대한 하이데거의 저 유명한 답신 《휴머니즘에 대하여》까지는 아니더라도, 먼저, 몇 가지 보내주신 말씀에 대한 대답은 드려야 할 것 같습니다.

우선, "어떤 의미에서 하이데거가 인생을 걸고 연구할 만한 사람이며, 니체는 그렇지 못하단 말인가?" 하고 선생님은 약간쯤 질책하듯 물어오셨습니다. 지난번 만남 때의 대화 중에 제가 그와 관련된 말씀을 이미 드렸는지 기억이 분명치 않습니다만, 저의 그런 평가는 물론 당연히 저 자신의 개인적 성향을 기준으로 한 것입니다. 철학자 및 그 철학에 대한 평가에 절대적–객관적 기준이나 정답은 있을 수 없습니다. 특히 니체나 하이데거 같은 거장들의 경우는 더욱 그렇습니다. 니체의 천재성, 세계와 인간, 그리고 그 삶에 관한 뛰어난 통찰력, 거기에 덧붙인 예술성, 그것들은 이미 한 아카데믹한 교수의 평가 대상이 아니라고 저는 봅니다. 더욱이 그의 언어들이 갖고 있는 힘찬 생동감은 어떤 점에서 Ek-sistenz니, Ge-stell이니, Ereignis니, Sage니, Gegnet니 … 독일인도 고개를 갸웃하고 머리를 쥐어짜는 그런 요상한 언어를 남발하는 하이데거보다 훨씬 탁월하다는 평가도 가능할 것입니다. '망치를 든 철학자', '신은 죽었다', '동일자의 영원회귀', '운명애', '노예도덕과 주인도덕' … 그의 철학들 중 어느 것 하나 시선을 끌지 않는 것이 없습니다. 확실히 매력적입니다. 특히 우리 같은 젊은이들에겐 더욱 그렇습니다. 그럼에도 불구하고 저는, 철학의 근본문제인 존재에 대한 그의 무관심, 전통적 가치에 대한 지나친 적대, 권력에의 의지에 대한 과도한 강조, 자신에 대한 과도한 도취(vgl. ecce homo) 등등에 대해서는 쉽게 동조하기가 어렵습니다. 저는 기본적으로 그의 적인 예수에 대해 호의적이니까요. 거기에 더해, 니체의 현실적인 삶이 보여주었던 어두운 그림자도 저의 가치관으로서는 쉽게 공유하기가 어렵습니다. 루 살로메에 대한 이상한 집착, 코지마에 대한 부적절한 연모, 바그너에 대한 열광과 비난 등등이 저에게는 몹시도 낯설고 불편합니다. 물론 하이데거도, 어설픈 나치 입당, 비겁한 변명, 제자인 하나 아렌트와의 부도덕한 관계 등등 실수와 잘못은 니체에 비해 크게 나을 것도 없긴 합니다. 실제로 세간의 엄청난 비난을 받기도 했지요. 그럼에도 불구하고 어쨌거나 가정을 온전히 유지하며 비교적 건강하게 장수했고 교수로서 엄청난 성과물을 내놓았던 하이데거의 삶이 결과적으로는 훨씬 더 인간적인 것이 아니었던가, 신이 애초에 당신의 모습으로 인간을 지었을 때 보고자 했던 인간적 삶의 모습은 바로 그런 것이 아니었을까 하고 저는 생각했던 것입니다. 노년에 부인 엘프리데Elfriede와 마주 보며 절무지처럼 웃고 있는 하이데거의 사진을 처음 보았을 때 저는 흐뭇한 감동을 느낀 적이 있었습니다. 닮고 싶다면 그쪽인 것이지요.

물론 가장 결정적인 이유는 '존재(Sein)'라는 그 주제입니다. 저는 '있음'이라고 하는 이 근원적 현상에 대한 경이를 대학 시절 이래 백 퍼센트 하이데거와 공유합니다. "왜 도대체 존재자가 있으며 도리어 무가 아닌가(Warum ist Seiendes und nicht vielmehr Nichts)?"라는 저 라이프니츠의 의문은 곧 저 자신의 것이기도 합니다. 그것은 영원히 풀 수 없는 최고의 수수께끼입니다. 이 세상의 있음, 시공간의 있음, 만물의 있음, 그 만물의 오묘한 법칙들, 그 상호연관 … 모두 입을 다물 수 없는 신비들입니다. 저 노자가 '중묘(衆妙)'라 했던 그것이지요. 이런 것에 대한 철학적 관심은 아마 일생으로도 부족할 것입니다. 하이데거의 철학도 마찬가지일 거라고 저는 봅니다. 사유하는 이성에게는 너무나 자연스러운 것이지요. 물론 '존재사유(Seinsdenken)'라고 하는 그의 철학은 대학 내지 교수직이 보호하고 보장해주는 정신적-경제적 여유(scholē) 속에서 비로소 가능한 순수무구한 현상학, 그 이상도 그 이하도 아닙니다. 그 점은 사유의 이웃 봉우리인 '시작(Dichten)'도 마찬가지지요. 세상에 대한 '신세' 위에서 비로소 성립 가능한 부르주아적 정신활동, 그건 저도 인정합니다. 그런 한계 내에 있어서는 그래도 최고의 성실성과 엄밀성, 그리고 철학성을 지닌 것이 바로 하이데거라고 저는 보고 있는 것입니다. 무엇보다도 '존재'는 최고의 신비인 만큼 최고의 주제입니다. 그건 분명합니다. 철학에게는 어떤 형태로든 그것과의 대결이 불가피합니다. 우선은 그것에 대한 공감입니다.

물론 언제부턴가 저는 참된 철학은 현상학 이상의 어떤 것이어야 한다는 강한 요구 앞에서 고민해오고 있기도 합니다. 그것은 "존재론-현상학이 철학의 최종단계라고 생각하는가?"라는 선생님의 질문에 대한 답변이기도 합니다. 그건 아닌 거지요. 결국은 구체적 삶으로 되돌아와야 합니다. 현상학의 학은 logos요 legein이요 Rede이며, 그리고 Denken이며, 그것은 삶의 작은 한 부분일 따름이 아닌가, 그것은 내가 그토록 중요시하는 좋음과 나쁨, 옳음과 그름에 대해 한마디도 언급이 없지 않은가 하는 생각입니다. 그래서 저는, 아직은 좀 막연하고 소박하지만, '산다'는 것 즉 '인생'이라는 것이, 그리고 그 의미인 '가치'라는 것이 (이를테면 공자의 철학, 부처의 철학, 소크라테스의 철학, 예수의 철학 같은 것이) 철학의 궁극적 주제가 되어야 하지 않을까, 그렇게 보고 있습니다. 이 것이야말로 철학의 구체적 내용(Gehalt) 내지 재료(Stoff)라는 것, 그 중심에는 '나' 그리고 '나들'로서의 '우리'가 있다는 것, 그 '나'들이 수많은 규정성으로서의 '신분'적 존재라는 것, 그 신분들이 수많은 관계를 형성한다는 것, 그 관계는 생동적인 상호 '관계함'이라는 것, 그 '관계함' 속에서 삶의 실질적 내용으로서의 '문제'들이 그리고 이른바 '희로애락'이 생성된나는 것, 이 '문제'들에서 좋음과 나쁨, 좋음과 싫음이, 그리고 이른바 행복과 불행이 비로소 문제된다는 것, 그 '좋음'을 보호하고 향유케 하고 그 '나쁨'과 '싫음'을 제거하며 치유케 하는 것, 바로 이런 작업이 철학의 과제로 되어야 하지 않을까, 그렇게 저는 생각하고 있는 것입니다.

주신 글 가운데서 "남을 의식하고 남과 더불어 협력하는 인간관–가치관을 제시해야 한다는 점에 대해 어떻게 생각하는가?"라는 말씀이 있었는데, 저로서도 백 퍼센트 전적으로 공감하는 바입니다. 레비스트로스, 푸코, 데리다 등 20세기 프랑스 철학의 공통적인 기저가 사실 그런 것이었지요. 특히 야만, 비정상, 주변 등을 포함하는 '타자(l'autre)'라는 것에 대한 따뜻한 시선, 관심, 옹호, 변호 …. 너무나 소중한 가치임에 틀림없습니다. 특히 극단적 이기주의, 나만주의, 패거리주의가 지배하는 작금의 한국에서는 더욱 그러합니다. 다만 저로서는, 구름 위에 있는 일반적 도덕원리 혹은 칸트식 '정언명령'만으로는 무의미하며, 출발은 어디까지나 신이 우리 마음 안에 심어주신 가능적인 '욕구'들, 그것을 인정하는/인정해주는 것이어야 한다고 믿고 있습니다. 자기에 대해서도 타자에 대해서도. 철학의 역할은 그 '욕구'들을 '조정'하는 '원리'(정의? 도?)들의 제시에 있는 것이 아닌가, 그런 생각을 해봅니다. 그런 점에서 저 소크라테스, 플라톤, 롤스를 비롯한 철학자들의 정의론은 대단히 중요합니다. 저 자신 성장과정에서 체험했던 수많은 자기 억제들 또는 외적 통제들, 예컨대 경제적 욕구, 성적 욕구, 문화적 욕구, 사회관계적 욕구(예컨대, 명예나 출세의 지향), 삶의 재미 내지 의미가 될 수 있는 그런 욕구들에 대한 무조건적 억압들, 혹은 죄악시, 그런 것들이 얼마나 부자연스럽고 무사려한 것이었던가 하는 점을 지금의 저는 깨닫고 있습니다. 이런 깨달음이 세월의 흐름 속에서 생겨나는 단순한 타락이요 세속화라고 비난할 수 있을까요? 결코 그렇지는 않습니다.

문제는 욕구의 인정을 보편화시키는 것입니다. 즉 나(Ich)만의 욕구가 아니라 너(Du)의 욕구도 인정하는 것입니다. 양보와 배려에 기반하는 일종의 '너도주의'? 맹자가 말한 사양지심? 거기서 모든 질서가 생겨나며 거기서 우리는 정의로운 '좋음'을 향유할 수 있습니다. 소위 선진사회는 바로 이 점을 실현시키고 있기 때문에 많은 사람들이 거기서 상대적으로 만족과 편안함을 느끼고 있다고 저는 봅니다. 그것은 이곳 독일 사람들의 '표정'에서도 묻어납니다. (지나친 독일 편들기일까요? 하긴 이곳에서 사귄 함부르크 친구 슈테판은 여기서 너무 좋은 것만 보지는 말라고, 그건 외면(Fassaden)에 불과할 수 있다고 조언해주었습니다만.) 물론 이런 욕구의 보편화는 결코 쉬운 일은 아닙니다. 왜냐하면 "네가 남에게 대접받고자 하는 대로 너도 남을 대접하라"는 예수의 말씀이나, "네가 원하지 않는 바를 남에게 베풀지 말라"는 공자의 말씀이 바로 이것을 이야기하고, 그것이 결코 쉽게 실현되지 않았다는 것을 역사 자체가 보여주고 있기 때문입니다. 그러나 아무튼, 가능한 욕구의 조화, 그 속에서의 인간들의 만족스러운 삶이 우리를 창조하신 신에 대한 최대의 '효도'인 것은 분명합니다. 마치 형제들이 서로 싸우지 않고 중간선을 지키며 제가끔 저할 일을 잘하며 만족한 삶을 사는 것이 부모에 대한 최고의 효도이듯이.

이제 화제를 좀 바꾸겠습니다. 주신 글 중 "한국사회가 참으로 안타까운 방향으로 치닫고 있는 것을 보았는데, 무슨 방책이 없겠는가?"라는 말씀은 참으로 저를 안타깝게 만들었습니다. 왜냐하면 우리에게는 분명히 그런 안타까운 현실이 있기 때문입니다. 저 자신도 13년 전, 처음 '일본'이라는 외국을 체험하면서 인간사회라고 다 똑같은 것은 아니었구나 하는 것을 일종의 분노와 더불어 느낀 적이 있었습니다. (특히 그때 1980년대는 일본이 최고의 호시절을 구가할 때였고, 한국은 아시다시피 신군부가 득세한 때였습니다.) '한국'이라는 것이 어쩔 수 없는 나의 운명이고 그것이 내 '살(肉)'의 일부라는 것을 느낄 때마다 그 분노는 커져만 갔습니다. 그러나 누구를 탓하겠습니까? 실은 나 자신도 그 '한국'의 일부인 것을. 그렇게 생각해보면 한 가지 구제 가능성이 없는 것도 아닙니다. 즉, 내가 외국에서 체험했던 바로 그 '좋음'을 다름 아닌 내가 '한국'의 땅 위에 실현시켜놓는 것입니다. 비록 그 공간이 '5천만 분의 일'에 불과할지라도 그것도 엄연한 한국이 아니던가요. 그 작은 공간만이라도 선진화시켜놓지 못한다면, 이미 한국을 나무라고 탓할 자격이 내게는 없는 것입니다. 저는 그렇게 생각하고 있습니다. 예컨대, 약속시간이나 교통법규를 잘 지킨다든지, 사람을 함부로 대하지 않는다든지, 세련된 언어를 구사한다든지, 아름다운 자연을 훼손시키지 않는다든지, 뭔가 좋은 글을 남긴다든지… 기타 등등. 나 자신에게 요구되고 있고 또 나 자신에게 가능한 그런 일들이 얼마든지 있는 것입니다. 그리고 두 명, 세 명, 그 공유 공간을 한 뼘이라도 늘려가는 것입니다. 저는 그런 것(선의 전염)을 이 삭막한 세상 사막에서 '오아시스 만들기' 혹은 '인간 녹화 사업'이라 개념화하고 있습니다. 물론 주변의 저항이 만만치 않지요. 속도 많이 상하지요. 그러나 또 한편 생각해보면, 흔히들 말하듯이, 그렇게 여건이 나쁜 만큼 희망도 있는 것이 아닐는지요. 오늘 이 목사님과도 그런 이야기를 나눴습니다만, 우리 한국도 우선 세련된 건축과 세련된 의식, 이 두 가지만 어떻게 되면 굳이 독일, 일본 부러울 게 없을 겁니다. 한국사회가 그토록 고약한 사회라면, 그 고약한 사회를 치유하기 위한 한 알의 밀알이 되기 위해서라도 김 선생님처럼 선진사회를 잘 아는 분이 한국사회의 한 부분을 확고히 차지해야만 합니다. 거기서 '세련된 삶이란 바로 이런 것이다'라는 것을 제대로 한번 보여주어야만 합니다. 눈먹한 성신을 가진 사람들이 미처 그것을 못 보더라도, 그 흔적은 어디엔가 남게 되지 않을까요? 그것도 한 멋진 한국인의 삶으로서 말입니다. 응원하고 기대하겠습니다.

늘 건강하시고 연구에 좋은 성과 있으시기를 빕니다.

하이델베르크에서 이수정 드림

편지

에얼랑엔 – 뉘른베르크에서

  강의 없는 주말을 이용해 친구 이 목사와 둘이서 에얼랑엔 – 뉘른베르크Erlangen-Nürnberg를 다녀왔다. 바덴뷔르템베르크Baden-Württemberg 주를 벗어난 이웃 바이에른Bayern 주이니 하이델베르크에 도착한 이후 가장 멀리까지 진출을 한 셈이다. 나의 하이델베르크 시대에 또 하나 잊을 수 없는 추억의 한 페이지가 채워졌다.

  7월 23일 금요일, 여유 있게 일어나 11시경 11번 버스를 타고 하이델베르크 역으로 갔다. 전날 시티네츠에서 미트파르 편을 예약했기에 미지의 인물 차에 편승이다. 역 앞 맥도날드에서 간단히 점심을 미리 때웠다. 운전자는 소냐Sonja라는 젊은 프랑스 아가씨였고 그녀의 흑인 남친이 함께 있었다. 인사를 나누고 뉘른베르크를 향해 출발했다. 발랄한 그들과 유쾌한 대화를 하며 주변의 경치를 즐기며 2시 30분경 뉘른베르크에 도착했다. 둘 다 독일어가 유창해 대화에는 전혀 불편이 없었다. 중앙역 앞에서 차를 내려 "살뤼(salut)!" 하고 기껏 아는 프랑스어로 작별인사를 했더니 그녀는 "취스(Tschüß)!" 독일어로 되받으며 웃었다. 산뜻하게 각자의 길로 헤어졌다. 역의 코인로커(Schließfach)에 짐을 넣어두고 구시가지를 둘러봤다. 처음이니 일단 관광이다. 중세 때의 환형 성곽으로 둘러싸인 분위기 있는 고도다. 양옆에 흥미로운 가게들이 늘어선 길들도 매력적이었고, 북쪽 끄트머리 부분 언덕을 올라간 곳에 솟은 고성도 교회와 함께 확실한 구경거리였다. 패그니츠Pegnitz 강과 막스브뤼케Maxbrücke 다리와 헹커 투름Henkerturm도 옛 정취가 느껴졌다. 이 아름다운 고도가 어떻게 저 나치의 발흥지가 되었는지, 그 부조화가 단번에 느껴져 묘한 느낌이었다. 하기야 악이라고 처음부터 드러나는 악은 세상에 없다. 고성으로 가는 길 초입에 커다란 고목이 있고 그 옆 한 가게에 사람들의 줄이 길게 늘어서 있었다. 호기심에 물어보니 "엄청 유명한 소시지 전문식당인데 몰랐어요?" 한다. 즉석 제조, 즉석 구이라기에 우리도 줄을 섰다. 거기서 우연히 소냐를 다시 만나 서로 웃었다. 우리나라에는 주로 프랑크푸르트 소시지와 비엔나 소시지가 알려져 있지만 정작 많은 독일 사람들은 이 뉘른베르크 소시지를 더 선호한다고 했다. 하여간 독일 사람들의 소시지(Wurst)

사랑은 못 말린다. 독일 특유의 마이스터Meister 제도를 통해 정점에 도달한 최고의 장인(독일 사회에서 이들은 박사급 존경의 대상이 된다고 했다)이 만든 제품이니 그 맛이 없을 수 있겠는가. 그 유명한 뉘른베르크 소시지를 현지에서, 그것도 소문난 가게에서 먹은 것은 특기할 만한 행운이었다. 자우어 크라우트(Saur Kraut: 절인 양배추, 말하자면 독일식 김치)와 함께 먹은 그 숯불구이 소시지는 정말 환상적인 맛이었다. 아름다운 개천과 키르헤 거리Kirchestraße를 유유히 둘러보고 구시가지를 나왔다. 시간 관계상 아쉽게도 가까운 교외에 있다는 그 유명한 나치의 전당대회장은 가보지 못했다.

5시 조금 넘어 기차를 타고 에얼랑엔으로 이동했다. 북쪽으로 거의 붙어 있다시피 한 동일권역 도시라 금방 도착했다. 창원과 마산−진해 같다. 버스를 타고 고등학교 선배이기도 한 김상현 선생 댁을 방문했다. 그는 10년 넘게 이곳에서 나처럼 하이데거를 연구 중이다. 독일 하이데거학회 회장을 역임한 만프레트 리델Manfred Riedel 교수의 문하다. 엄청 반가웠다. 우리나라에서 고등학교 동문이란 보통 관계가 아니다. 더욱이 이곳은 지구 반대쪽 독일이 아닌가. 진하게 허그를 했다. 닭볶음, 홍합 등으로 술과 식사를 대접받으며 회포를 풀고 선배에게 빌린 자전거로 시내를 한 바퀴 돌았다. 포이어바하Feurbach의 모교이자 셸링Schelling의 직장이기도 했던 에얼랑엔 대학도 가보았다. "인간은 인간에게 신이다",

"자아의 본질은 자유이다"라고 한 저들의 음성이 그 강의실에서 들릴 것도 같은 현장감을 느꼈다. 마치 주민처럼 자전거로 돌아보는 시내의 모습은 더욱 친근하게 느껴진다. 밤늦은 시간 한 주점(Lokal)에서 맥주와 버번코크(버번위스키와 콜라를 섞은 음료)를 마시며 김 선배의 그곳 지인들과 정담을 나누었다. 학교 앞 술집 분위기는 어디나 다를 바 없이 유쾌하고 시끌벅적하다. 다만, 하이델베르크에서도 느꼈지만 안주도 없이 맥주만 한 잔 시켜놓고 몇 시간을 떠드는 것과 벽에 여러 장 붙은 '토론회(Debatte)'라는 포스터는 한국과 달라 인상에 남았다. 김상현 선생 댁으로 돌아와 한밤 3시경까지 이야기하고 하룻밤 신세를 졌다.

7월 24일 토요일, 7시 30분 에얼랑엔의 김상현 선생 댁에서 잠이 깼다. 늦도록 술 마시고 이야기한 탓에 간단히 빵 한 조각과 차 한 잔으로 아침을 때웠다. 자전거를 타고 대학으로 가 리델 교수의 수업을 청강했다. 하이데거학회의 전 회장인 만큼 비중 있는 인물이라 바짝 긴장했다. 김상현 선생이 미리 그에게 나를 소개했다. 저명한 한국 하이데거 연구의 한 대표자라고 좀 허풍을 떨었다. "방문해줘서 대단히 기쁘다. 의미 있는 방문이 되기를 기대한다." 그의 말이 묵직하게 들렸다. 수업이 시작되자 느닷없이 그가 학생들에게 나를 소개해서 순간 당황했다. 하지만 고마웠다. 일어나 간단히 인사를 하고 자리에 앉아 수업을 들었다. 그는 비교적 차분한 편이었지만 눈빛과 말투에서는 내공이 느껴졌다. 괜히 유명한 게 아니구나 싶었다. 김상현 선생은 그가 '진정한 사유가'라고 극찬을 했다. 와우, 그런데… 수업이 무려 4시간이었다. 휴식(Pause)은 중간에 딱 10분. 독일 대학 수업의 본때를 보여주겠다는 그런 느낌? 하여간 교수도 학생들도 대단했다. 괜히 '철학의 나라'가 아니구나 싶었다. 그 수업의 '맥'을 따라가기가 쉽지는 않았지만, 근대 정신과학과 그 방법론의 발생사를 들여다봄으로써 현대의 저 해석학적—분석적 사유방식 사이의 강압적 양자택일에서 벗어나는 출구를 모색하는 그의 철학적 방향은 나름 흥미로웠다.

수업이 끝난 후 세 독일 학생(Herald Seubart, Richard Lange, 그리고 보고서를 읽었던 Georg Löhr)과 함께 한 그리스 식당에서 양머리 고기를 먹었다. 맥주도 함께. 뜬금없이 '양두구육'이란 말이 생각났다. 물론 그게 '구육'은 아니었다. 어감과 달리 요리는 맛있었다. 생각해보면 인간세상에서 이렇게 이름과 내실이 일치하는 경우도 많지는 않다. 특히 우리 한국 사회에서는 표리부동이, 겉 다르고 속 다른 게 얼마나 많은가. 공기는 맑고 시원했다. 그들과 헤어진 후 에얼랑엔의 명소들(성정, 식물원 등등)을 둘러봤다. 열심히 사진을 찍었다. 7시경 역시 철학을 전공하는 하병학 선생의 집으로 갔다. 그의 집 정원에서 하이데거의 존재, 노자의 도, 물음이라는 것,

언어라는 것 등등 철학에 대해 열띤 대화를 나누었다. 하여간 못 말리는 철학도들이다. 나는 노자와 하이데거의 접점에 대해 열변을 토했다. '유와 자인(Sein)', '무와 니히츠(Nichts)'는 사실상 별개가 아니라고. 고대 중국과 현대 독일이 동일한 '문제'로 서로 연결된다는 것은 시간—공간을 초월해 동일한 그 문제의 초월성을 알려줘 대단히 흥미롭다. 그런 것을 노자는 '상도(常道)'라고 표현했고, 하이데거는 '항상적인 것(das Bleibende)'이라 표현했고, 헤라클레이토스는 '저물지 않는 것(τὸ μὴ δῦνόν)'이라고 표현했다. 철학적 대화노 좋시만 징원이라 그런지 무방비라 독일에 와서 처음으로 모기에 물렸다. 역시 가렵다. "독일 모기도 한국과 다를 바 없네. 이것도 시공간을 초월한 보편성인가?" 긁으며 한마디 하자 하하 다들 웃었다. "도는 모기 침에도 있다." 장자가 그 자리에 있었다면 그렇게 말했을지도 모르겠다. '시뇨(屎尿: 똥오줌)' 속에 도가 있다고도 했으니까. 하긴 그의 그 말은 부인할 수 없는 백퍼센트 진리다. 나도 인정한다. 한밤중, 다들 걸어서 주점을 찾아갔다. 무려 3차, 세 집을 돌면서 맥주, 콜라, 레몬 보드카 등을 마셨다. 역시 못 말리는 젊은이들이다. 두 번째 주점에서는 홀에서 서빙하는 아르바이트 아가씨가 뜻밖에 엄청난 미인이었다. 독일에 온 이래 그렇게 예쁜 여성을 본 적이 없다. 독일 여성들은 예쁘다기보다는 대체로 좀 씩씩한(?) 인상이다. 다들 호기심에 말을 걸어보았더니 아니나 다를까 그녀는 폴란드에서 온 유학생이었다. 슬라브 인종. 어쩐지 독일 여자 같지 않게 예쁘더라니…. 아무리 철학을 논하는 도덕군자라도 미인을 보고 시선이 가지 않으면 그건 인간이 아니다. 그런 것도 확실한 보편성이다. 거기서 한 걸음 더 나가 수작을 건다면 그건 다른 문제다. 윤리-도덕-인격의 문제가 된다. 다행히 일행 중에 그런 모험가는 없었다. 세 번째 주점의 분위기는 아주 인상적이었다. 좁은 무대에서 보컬의 생음악 연주가 1시간 이상 이어졌는데 대부분 미국 노래들이었다. 독일 주점에서 들리는 미국 음악…. 패전국에서 듣는 승전국 음악. 뭔가 묘한 느낌이었다. 하긴 한국에서도 비슷하니 어쩌면 그냥 시대적 현상인지도 모르겠다. 새벽 2시 30분경, 하 선생의 집으로 돌아갔다. 그것도 자전거로. 아, 이건 음주운전인가? 독일사회의 가장 대표적인 언어라는 '금지(Verboten)'라는 단어가 언뜻 떠올랐다. 다행히 그 시각 에얼랑엔 거리엔 사람도 차도 아무것도 없었다. "음주운전 금지"라는 경고문도 없었다. 어두워서 잘 안 보였을지도 모르겠지만. 그래도. 권할 바는 못 된다.

다음 날, 손님이라는 사실도 잊고 9시 30분까지 늦잠을 잤다. 10시 30분경, 부인이 해주신 한국식 '김치-낙지 볶음밥'으로 아침을 먹었다. 11시 30분경, 비가 내리는 가운데 그의 지인 김명철 씨가 찾아왔고 그의 차로 김상현 선생의 지인인 김명호 교수 댁을 방문했다. 에얼랑엔 대학의 한국인 총집결이다. 반갑게 인사하고 환담을 나누다가 경악했다. 통성명을 하다 보니 그 양반은 나와 같은 학교 동료 교수였다. 전혀 모르고 있었다. 부임한 지 둘 다 6년이 넘는다. 교수도 다 합쳐 3백 명 정도밖에 안 되지만, 그는 공과대, 나는 인문대, 건물이 한참 멀리 떨어져 있어서 만날 일이 거의 없다. 서로 어이없이 너털웃음을 웃었다. 다른 지인들도 모두 웃었다. 같은 직장 동료가 6년이 넘어 이 머나먼 독일 땅에 와서, 그것도 우연히 찾은 방문지에서 첫 인사를 나누다니…. 세나가 그분은 내 형과 같은 대학 동기이기도 했다. 참으로 기묘한 인연이 아닐 수 없다. 우리는 더욱 힘 있게 손을 흔들며 악수를 했다. 그 댁에서 점심을 대접받았다. 3시경, 에얼랑엔의 지인들과 아쉬운 작별을 나눈 뒤, 기차를 타고 다시 뉘른베르크로 이동했다. 워낙 가까운 거리라 10분 정도밖에 걸리지 않았다. 거의 같은 시내 같은 느낌? 떠나기 전 뉘른베르크 역 앞에서 '찰칵' 기념사진을 찍었다. 4시 10분경, 현지 시티네츠에서 조달된 차편에 편승해서 하이델베르크로 돌아왔다. 차주는 바이로이트 출신의 학생이었다. 바그너 극장/음악제로 유명한 바이로이트는 철학자 니체와도 인연이 있는 곳이라 니체를 화제 삼아 오는 내내 수다를 떨었다. 하이델베르크에 도착하자 피로가 몰려왔다. 여행지에서 밤늦도록 퍼마시고 떠들어대고 했으니…. 단골이 된 고성 밑 그리스 식당에서 '학생정식'으로 저녁을 먹고 돌아와 자리에 들었다.

다음 날(7월 26일) 월요일 아침 9시 20분경, 에얼랑엔의 김상현 선생께 전화를 걸었다. 심심한 감사인사를 전했다. "선배님 덕분에 평생 에얼랑엔의 시간들을 잊을 수 없을 것 같습니다." 그런데 이분 참, 그 전화 통화에서도 전날 하던 철학 이야기가 계속된다. 솔깃한 이야기도 있었다. 독일인도 잘 알아보지 못하는 하이데거의 악필 원고를 드물게 해독하고 타이핑 작업을 하는 프라이부르크의 티트옌Hartmut Tietjen과 하이데거의 사상을 누구보다 철저하고 정확하게 이해-해석하고 그 원의를 한 치도 벗어나지 않으려는 전 개인 조교이자 전집의 책임 편집자인 폰 헤르만von Herrmann의 충직한 역할을 인정한다는 것, 그리고 리델의 저서 《두 번째 철학(Die zweite Philosophie)》, 《언어를 듣기(Hören auf die Sprache)》등이 주목을 받고 있다는 것, 그리고 요즘 젊은 친구 중에 비토리오 회슬레Vittorio Hösle가 차기 '철학자'로 기대된다는 것 등등 여러 정보들도 얻었다. 나보다도 5년쯤 더 젊다는 이 친구가 앞으로 어떻게 큰 거목으로 자라게 될지는 관심 있게 지켜봐야 할 것 같다. 칸트도 헤겔도 하이데거도 한때는 모두 다 젊은 애송이였다. 그렇게 철학의 역사는 지금도 미래를 향해 흘러가고 있다. 나도 그 강물에 쪽배라도 한 척 띄워야 한다는 의무감을 이곳 하이델베르크에서 강하게 느낀다.

뉘른베르크

에얼랑엔–뉘른베르크 대학

빠리에서
– 환대는 가슴에 새겨진다

빠리의 타카하시 테쓰야 高橋哲哉와 연락이 닿았다. 그도 일본 유학 시절의 동기 친구다. 동기들 중 특별히 인품도 훌륭하고 실력도 두드러졌던 그는 졸업 후 모교의 교수로 남게 되었다. 교수가 된 후 일본의 '전후 책임'을 공론화하며 그는 일약 '일본의 양심'으로 주목받았고 한국에도 제법 그 이름이 알려졌다. 친구로서 무척 자랑스럽기도 했다. 그는 후설, 하이데거 등 독일 철학이 주 전공이었지만 영어, 독일어뿐만 아니라 프랑스어도 능통해 세미나 때도 곧잘 프랑스 철학을 언급하더니 아니나 다를까 프랑스에서 연구년을 보내게 된 것이다. 하이델베르크에서 친해진 친구 이 목사와 전부터 빠리 여행을 계획하고 있었는데, 빠리에 일본 친구가 와 있다니 겸사겸사 빠리 여행 계획을 서둘렀다. 튀빙엔 때와는 달리 이번엔 겨울 여행이다.

2월 3일 목요일, 함께 가기로 한 이 목사와 슐리어바하 Schlierbach에서 만나 구시가지 입구인 비스마르크 광장으로 이동했다. 카우프호프Kaufhof 백화점에서 빠리의 지인들에 게 선물할 와인, 인형, 초콜릿 등을 사고 하이델베르크 역으로 향했다. 11시 1분 오랜만에 기차를 타고 만하임Mannheim 으로. 30여 분 시간이 있어 만하임 역 구내를 서성이다가 11 시 46분 빠리 행 에체EC*를 탔다. 차비는 175마르크(약 87,500 원). 일단 국제선이라 그런지 싸지는 않다. 이것저것 이야기 를 나누는 사이 라인 강과 국경을 넘어 프랑스로 들어갔다. 자아브뤼켄Saarbrücken 근처부터 산들이 보이기 시작했다. 날씨는 흐림. 국경을 넘자 안내방송도 프랑스어로 바뀌었 다. 호기심에 독일과 무엇이 다른지 유심히 창밖을 내다보며 몇 갠가 역을 지나갔다. 표지판이 프랑스어인 것 외에 차이 는 잘 모르겠다. 도중에 차내 표 검사. 빠리가 가까워지며 아 담하고 예쁜 돌집들이 눈에 들어온다. 접경지인 꼴마흐 때와 는 달리 뭔가 미묘하게 독일과 다르다. 약간은 대도시의 어 수선함도 없지 않다. 마치 한국에서 중앙선을 타고 망우리를 지나 청량리로 들어가는 느낌이라며 대도시 빠리의 첫인상 을 서로 이야기했다. 작고 차분한 하이델베르크나 튀빙엔과

---

* EC(Euro City: European Intercity Express)는 편안함, 속도, 취사 및 청결을 포함하여 20가지 국제 서비스 표준을 충족하는 유럽의 장거리 국 제특급 기차다. IC급.

는 사뭇 분위기가 다르다. 프랑크푸르트보다 더 번화한 느낌이다. 5시 8분 이윽고 빠리 동역. "빠리 동역, 빠리 동역(Paris Est, Paris Est)!" 하는 안내방송이 이국의 정취를 느끼게 해주었다. 역은 프랑크푸르트와 같은 전형적인 유럽의 역 모습이었다. 거대했다. 아름답고 분위기가 있었다. 빠리에 사는 이 목사의 동생 이성철 선생이 마중 나와 있었다. 형과 모습은 좀 다르지만 선해 보이는 좋은 인상이다. 가늘게 비가 내리고 있었다. 첫 빠리의 비…. 〈셰르부르의 우산(Les Parapluies de Cherbourg)〉이 떠오른다. 뭔가 낭만적이다. 그의 씨트로엥으로 빠리 시가지를 달렸다. 에펠탑, 센느 강, 루브르, 노트르담므, 개선문 등 낯익은 이름들을 설명으로 들으며 그리고 눈으로 확인하며, 샹젤리제의 한 지하 주차장에서 내려 첫 샹젤리제를 걸었다. 영화 같은 장면…. 화려하고 낭만적인 느낌. 얼떨떨한 채로 어두워지기 시작한 개선문을 카메라에 담고 걷는데 이 목사 동생을 아는 사람들이 한 까페 2층에서 우연히 보고 손짓하기에 들어가 인사를 나누며 '쁘띠 까페(petit café)'를 한잔 마셨다. 금방 나와 다시 차를 타고 어두워진 빠리 시내를 달려 이 목사 동생 집으로 향했다. 뱅센느 숲 근처, 센느 강변의 분위기 있는 집이다. 어려 보이는 부인이 고맙게도 환대를 해주었다. 레비나스의 철학에 나오는 '환대(hospitalité)'라는 개념이 떠올랐다. 남편과 똑같이 착한 인상. 대구 출신의 한 여학생이 세 들어 살고 있다며 인사했다. 어린

두 딸들도 얌전하고 인상이 좋았다. 문틀 등 파란색이 유난히 두드러진 프랑스 빠리의 개인 주택에서 첫 밤을 보냈다. 피곤하고 낯선 환경 탓인지 어수선한 꿈을 꿨다.

2월 4일 금요일, 젊은 안주인이 동네 베이커리에서 사온 갓 구운 프랑스 바게트와 커피로 아침을 대접받았다. 진짜 '빠리 바게트'다. 기막히게 맛있다. 처음 경험하는 맛이고 평생 잊지 못할 맛이다. 이 목사와 집을 나와 쫑빌르-르-뽕Joinbille-Le Pond(RER) 역에서 시내로 향했다. 리용Riyon 녁에 짐을 넣어 두고서는 퐁뇌프Font-neuf, 시떼cité, 노트르담므Notre Dame 부터 구경을 시작했다. 꽁시에르주리, 앵발리드, 국회, 루브르, 바스티예 광장, 콩코르드 광장 등을 정신없이 돌아다녔다. 오페라 극장 근처 한 일본 우동집에서 키츠네소바로 점심을 했다. 오랜만이라 맛은 있었지만 좀 짜고 양이 적었다. 오후도 강행군으로 관광을 했다. 볼 것이 너무 많은 빠리…. 뤽상부르Luxembourg 공원에서 휴식을 취했다. 루브르에서 그 유명한 모나리자도 보고 카드를 샀다. 에펠탑과 샤이요 궁도 보았다. 에펠탑은 현장에서 보니 더욱 경이로운 선이다. 이들의 예술적 감각이 참으로 존경스럽다. 단 이것은 멀리서 봐야지 가까이 가면 그냥 흉한 철골 구조물이다. '적당한 거리'의 중요성을 알려주는 최적의 사례가 아닐까 한다. 실비가 내렸다. 샤이요 앞에서 버스를 타고 가다 교통 혼잡으로 거북이라 중간에 메트로로 갈아타고서는 다시 리용 역으로. 역이 복잡해 짐 넣은 곳을 못 찾아 한참 헤매다가 에스컬레이터 지나 건너편에서 겨우 찾아 서둘러 타카하시의 집이 있는 시떼Cité internationale universitaire de Paris(빠리 국제 대학 도시)로 향했다. 사립 공원이자 재단인데, 1925년부터 일드프랑스 지역에서 약 6천 명의 학생을 수용할 수 있는 수십 개의 거주지와 방문학자를 포함하여 일반 및 공공 서비스를 제공하는 시설이라고 한다.

6시 30분인데 겨울이라 밖은 이미 어두웠다. 약속한 시간보다 약간 늦게 도착했다. 입구에서 집을 못 찾아 한참 헤매다가 마중 나온 타카하시와 마주쳤다. 3층 그의 집으로 안내받아 들어갔다. 부인이 환대해주었다. 세상의 너무나 많은 '박대' 내지 '학대'들을 생각하면 레비나스가 왜 '환대'를 철학에서 다루는지 자연스럽게 이해되었다. 부인과는 초면이다. 두 딸들도 인상이 좋았다. 이것저것 이야기를 나누며 그동안의 회포를 풀었다. 대화 중 "하이데거 영상 본 적 있어요?" 하기에 본 적 없다고 했더니 하이데거 인터뷰 비디오를 보여주었다. 감동적으로 보았다. 사진은 보았지만 그의 영상과 음성은 처음이다. TV에서 우연히 보고 녹화한 것이라고 자랑스레 말했다. 엄청난 거철이지만 체구는 의외로 작고 음성도 좀 탁한 느낌이다. 표정과 눈빛은 예사롭지 않다. 그도 나도 하이데거 전공자이니 할 말이 많았다. 프랑스 빠리의 시떼에서 한국인과 일본인이 독일 철학자 하이데거를 논하자니 참 묘한 장면이라는 느낌이 들었다. 그야말로 국제적이다. 국경이나 국적, 그런 건 무용이다. 하긴 철학이라는 게 애당초 시간과 공간을 초월하는 보편적인 게 아니던가. 이상할 것도 없다. 와인, 연어요리, 일본식 치라시즈시 등으로 배를 채웠다. 온갖 정성. 친구지만 역시 일본인. 튀빙엔의 사사키 집을 방문했을 때처럼 손님 대접이 예사롭지 않다. 그의 초청교수를 물어보았다. 그는 회심의 미소를 띠더니 "자크 데리다Jacques Derrida"라고 했다. 놀랐다. 세계적인 서닝 철학자가 아닌가. 저 엄청난 거물에게서 초청을 받았다니. "와우!" 나는 일부러 좀 과하게 놀라는 반응을 하며 그의 근황을 물어보았다. 그는 요사이 '부정', '메시아적'이라는 이야기를 많이 한다고 했다. 현재진행형 근황에 대한 생생한 증언이다. 신선했다. 유대인으로서 원점을 지향하고 있다는 느낌이 들었다. 나는 당초 도쿄에서 이 사람의 철학을 처음 접했을 때, 인상이 썩 좋지는 않았다. 내가 전공한 존재론에 대한 그의 시비, 특히 전통적인 '현존의 형이상학'에 대한 그의 '해체주의'에서 어떤 몰이해를 감지했기 때문이다. 정곡을 굳이 에둘러 말하는 프랑스 철학 특유의 표현법들도 마음에 들지 않았다. "명료하지 않은 것은 프랑스 철학이 아니다"라고 프랑스 철학자들 스스로는 말한다지만, 천만에. 실상은 정반대가 아닌가! 그러나 오기로 읽고 또 읽고 하면서 어느 순간 그 모호한 문장들 사이에서 '까꿍' 하듯 어떤 선명한 의미가 모습을 드러내는 순간이 있었다. 이른바 거만한 '중심'에게 밀려났던 '주변'을 위한 그의 따뜻한 시선, 그런 것이 있었다. 이를테면 음성언어에 대한 문자언어, 에크리튀르, 그런 것의 복권, 그런 건 매력적이었다. 특히 나처럼 글은 좀 쓰지만 말은 영 못하는 사람에겐 분명히 와 닿는 부분이 있다. 정상에 대한 비정상을 옹호한 푸코, 문명에 대한 이른바 야만을 변호한 레비스트로스처럼 이른바 동일자에 대한 '타자'의 옹호라는 공통점이 저들에게는 있었다. 거기에 따뜻함이라는 인간적 체온이 있었다. 프랑스 철학자들이 '휴머니즘'을 강조한 까닭이 있는 것이다. 공감이 갔다. 그래서 나는 한동안 나의 수업에서 열심히 그와 그들을 선전하는 나팔수 역할도 마다하지 않았다. '지금 이 빠리 어딘가 가까이에 그도 있겠지.' 그런 생각이 들자 묘한 친근감이랄까 현장감 같은 것이 느껴졌다. 그 밤늦은 시간, 몇 잔 와인 덕분에 충분히 좋아진 기분으로 작별하고 시떼를 나왔다. 메트로를 이용해 쟝빌의 이목사 동생 댁으로 돌아왔다. 빠리의 달밤, 마치 영화 속의 한 장면처럼 예술적인 잠에 빠져들었다.

빠리는 특별한 느낌을 주었다. 거대한 구조물들과 그 미감, 그 규모에 압도당할 듯했다. 더구나 그런 것들로 가득한, 그런 것들로 이루어진 거대한 대도시. 이건 그 자체로 하나의 종합 예술품이었다. 또한 바스티예와 프랑스 대혁명이 인류 전체에 끼친 영향을 생각하니 역사의 현장이라는 실감이 나기도 했다. 수많은 인종들, 조그맣고 귀엽고 친근감을 주는 프랑스 사람들, 빠리지앵, 삶의 여유, 문화적 향기….

2월 5일 토요일, 푹 쉬고 일어나 또다시 맛있는 진짜 '빠리 바게트'로 아침을 대접받고 이 목사 동생의 차로 빠리 교외의 베르사예Versailles로 향했다. 차창 밖을 유심히 내다보며 프랑스의 고속도로를 달렸다. 이윽고 베르사예 도착. 거대한 궁전과 루이 상이 눈에 들어오면서 사정상 함께 오지 못한 서울의 가족들 생각이 간절하게 났다. 함께 왔더라면 얼마나 좋아했을까. 특히 아이들이 좋아하던 《베르사이유의 장미》 그 배경이었던 곳이다. 오스칼과 앙드레, 마리 앙투아네트와 루이가 살았던 곳. 그 화려함과 비운의 현장을 실감한다.

화려한 거울의 방과 마리 앙투아네트의 방, 그리고 드넓은 정원을 관람했다. 압도하는 분위기지만 정원에 큰 나무가 없는 것은 좀 의외였다. 약간은 삭막하고 건조한 느낌. 겨울이라 그런가. 나무 자체가 아예 없다. 되돌아 나와 바르비종barbizon으로 갔다. 그림에서 보던 그 풍경이다! 밀레Milet의 집을 관람하고 근처의 한 식당에서 닭고기 요리를 먹었다. 55프랑(약 9,000원). 맛있었다. 목가적인 바르비종 거리를 산보하고 다시 차로 뽕뗀블로Fontainbleau를 향했다. 숲길로 가니 도중에 큰 바위들과 숲들이 아주 인상적이다. 소풍 나온 차들도 많다. 뽕뗀블로의 특이한 계단과 샤토, 정원 등을 둘러보고 나와 도중에 잠시 길을 잃고 헤매다가 빠리로 되돌아왔다. 맛있는 저녁밥을 한식으로 대접받았다. 김치도 맛있었다. 장쯔이가 나오는 중국 영화 〈붉은 수수밭(紅高粱)〉을 보았다. 독일에서 놀러와 빠리에서 중국 영화를 보는 한 한국인, 역시 국제적. '80일간의 세계일주' 때와는 정말 시대가 한참 다르다. 이런 경계선 소멸은 앞으로 점점 더 가속화될 게 틀림없다. 부디 미래에 그 반동의 움직임이 없기를. 원심력은 구심력과 짝을 이룬다는 사실이 왠지 좀 두렵다.

2월 6일 일요일, 밥으로 아침을 먹고, 원래는 혼자서 나가 타카하시와 빠리 시내를 돌아다닐 예정이었으나 이 목사도 시간이 있다며 일단 함께 집을 나섰다. 약속시간이 급해 차로 역까지 배웅을 받았다. 뤽상부르Luxembourg 역에서 타카하시를 만나 이 목사를 소개하고 함께 까르티에 라탱Quartier Latin에서 소르본느 대학, 프랑스 학술원, ENS(고등사범학교), 튈르리 박물관, 빵떼옹Pantheon 등을 돌아보았다. 특히 이 대학들은 베르크손, 사르트르, 푸코, 데리다 등 쟁쟁한 프랑스 철학의 거물들이 배우고 가르치던 곳이라 역시 감동이 있었다. 따로 볼일이 있다는 이 목사와 헤어지고 타카하시와 둘이서 뤽상부르 공원 벤치에 앉아 여러 가지 철학 이야기를 나누었다. 실력을 익히 알고는 있었지만 그의 철학적 사유가 생각보다 더 넓고 깊은 것을 느꼈다. 역사의 '상처' 아우슈비츠, 하나 아렌트, 레비나스, 데리다, 유대사상 등 많은 이야기가 그의 입에서 흘러나왔다. 나는 하이데거뿐만 아니라 공자, 부처, 소크라테스, 예수 등 내가 '궁극의 철학'이라 평가하는 것들, 그리고 내가 구상하는 '본연의 현상학'과 '인생론', 그리고 학부 졸업논문에서 다루었던 박종홍의 이야기를 들려줬다. 앉아 있으니 제법 추워 그 길로 몽마르트로 갔다. 입구의 한 모퉁이에서 오믈렛으로 점심을 했다. 푸니쿨라Funikular로 몽마르트 언덕을 올라 사크레 꿰르 사원을 보았다. 시리도록 푸른 겨울 하늘에 새하얀 교회가 너무나도 인상적이었다. 겨울인데도 초록빛이 선명한 잔디밭이 특이했다. 화가 광장의 붐비는 풍경, 위트릴로Utrilo의 골목 등을 보고 내려와 오페라 극장의 라멘정에서 4프랑짜리 모야시라멘, 그는 차슈멘을 먹었다. 일본 음식점인데 흑인 요리사인 것이 흥미로웠다. 벽면 가득 유명 연예인의 사인이 걸려 있었다. 엄앵란, 요시나가 사유리, 야마구치 모모에, 니타니 히데아키 등등 이루 헤아릴 수 없었다. 거기서 타카하시와 작별했다. 메트로로 조르주 상끄George V 역에서 내려 샹젤리제 맥도날드 앞으로. 약속한 8시보다 약간 늦었는데 이 목사는 기다리고 있었다. 함께 피갈르Pigalle로 가서 뮐랭 루즈Mulin rouge와 그 거리를 보고 몽마르트 언덕으로 다시 갔다.

밤에는 사람도 없고 추웠다. 그러나 사크레 꾀르의 밤 모습은 그 나름대로 좋았다. 왼쪽으로 가 한 까페에서 그는 식사를 하고 나는 쇼콜라 올레(chocolat au lait)를 마셨다. 동생 집에 돌아와 샤워를 한 후 그는 TV로 앤도신느Indochine를 보고 나는 관광 안내서를 보다가 자리에 들었다.

2월 7일 월요일, 매일 먹어도 맛있는 그 동네 빵으로 아침을 먹고 작별을 하고 동생의 차로 라데빵스La Defence로. 거대한 신시가지와 구조물을 구경하고는 빠리의 한 상징인 멋진 개선문을 지나 복잡한 빠리 시가지를 이리저리 누벼 동역으로 갔다. 동생에게 고맙다는 인사로 작별을 했다. 그의 환대는 고맙다는 말 한마디로는 부족하다. 나의 가슴에 새겨졌다. 그의 덕분에 '빠리의 환대'를 받은 느낌이었다. 이 목사 권유로 서울에 빠리 기념엽서를 띄우고, 점심용 빵과 물을 사서 독일 행 에체EC에 올랐다. 중년으로 보이는 프랑스 남자 한 명과 아주머니 한 명이 객실의 옆자리에 앉아 있었다. 그들은 메츠Metz에서 내렸다. 차창 밖의 풍경을 보며 이런저런 이야기를 나누는 사이 다시 독일로 들어왔다. 국경을 넘고 독일어가 들리기 시작하니 뭔가 고향에 돌아온 느낌. 6시 48분 하이델베르크에 도착했다. 익숙한 33번 버스를 타고 익숙한 그리스 식당으로 향했다. 아는 유학생 김경○, 김건○가 있었다. 식사에 맥주 한잔을 곁들였더니 얼큰하게 기

분이 좋았다. 집에 돌아오니 집주인 필롭Fülop 내외가 반겨
준다. "빠리는 어땠어요?" "너~무 좋았어요." 선 채로 몇 마
디 빠리 이야기를 나누고 들어와 샤워하고 쉬었다. 며칠만의
내 방이 반가웠다. 또 TV에서 들려오는 며칠만의 독일어도
반가웠다. 밤늦게 북한 특집이 있기에 호기심이 발동해서 늦
게까지 보고서 잠이 들었다. 통일된 독일에서 분단된 조국의
반쪽을 보고 있자니 가슴이 무겁고 한숨만 나온다.

개선문

에펠탑

사크레 꾀르

노트르담므 사원

《소피의 세계》 – 넌 누굴까?

　최근 새로 나온 한 철학책이 엄청난 인기라기에 볼프강 빌란트Wolfgang Wieland 교수의 하이데거 수업이 끝난 뒤 강의동에서 가까운 서점 레만스Lehmanns에 들러봤다. 그 책을 찾아볼 필요도 없었고 물어볼 필요도 없었다. 이미 상당한 입소문을 타고 있어서 그런지 들어가자마자 잘 보이는 진열대 위에 그 책이 수북이 쌓여 있었다. 《소피의 세계(Sofies Welt)》라는 책이다. '철학의 역사에 관한 소설'이라는 부제도 그렇지만, 표지도 예사롭지 않다. 창턱의 탁자에 망원경이 말없이 놓여 있고 그 창틀 밖으로 신비로운 청보랏빛 우주 공간에 가득한 별들과 함께 역시 말없이 떠 있는 푸른 지구의 그림이 인상적이다. 아마도 이 책의 표지 디자이너는 지구를 중심에 둔 '세계'라는 것과 그 세계를 바라보는, 특히 거시적으로 바라보는 누군가의 눈, 즉 우리 '인간'의 눈을 상징하고 싶었을 것이다. 그건 '철학'이라는 것이 결국 "'인간'과 그 인간이 사는 이 '세계'에 대한 근원적이고도 종합적인 관심과 이성적 이해와 언어적 설명"이라는, 나 자신이 내린 정의와도 뭔가 통하는 것이었다. 엄청 두툼하다. 두꺼운 책을 그다지 선호하지 않지만 망설임 없이 샀다. 독일 철학 전공이라고는 해도 그 분량을 독일어로 읽기가 만만치는 않다. 어차피 정독은 후일을 기약하고 아는 단어들만 연결해 읽으며 몇 날 며칠을 매달려 단숨에 독파했다.

좀 충격이었다. 너무 잘 썼다. 내용은 부제복 그대로 '철학사'를 다룬 책이다. 고대에서 현대 초까지 무려 2,600년을 거의 다 건드렸다. 더구나 형식이 소설이다. 그것도 아주 흥미진진하다. 약간의 미스터리이기도 하다. 작가는 유스타인 고더 Jostein Gaarder,* 노르웨이 사람이다. 번역서인 것이다(원제는 Sofies verden). 더구나 고등학교 철학교사란다. 철학사에 대한 지식이랄까 이해가 웬만한 대학교수 뺨친다. 지구의 변방처럼 멀고 낯설기만 했던 노르웨이에 대해 호기심과 존경심이 생겨났다. 신문에 나온 그의 사진을 보니 인상도 아주 좋다.

소설의 주인공은 소피 아문센, 14세 소녀. 어느 날 학교에서 돌아와 이상한 편지 한 장을 받으면서 이야기는 시작된다. 발신인도 없는 그 편지에는 달랑 한 줄 "넌 누굴까(Hvem er du)?"라는 말이 적혀 있다. '물음'이라는 게 예사롭지 않다.

---

* 흔히 독일식으로 '요슈타인 가아더'라고 하는데 이는 바람직하지 않다.

그게 철학의 요체라는 걸 작가는 의식한 것일까? 그렇게 궁금증을 유발한다. 그 편지는 계속되면서 물음은 "세계는 어디에서 생겨났을까?"로 이어진다. 그리고 '신의 존재'도 건드린다. 역시 철학의 대주제가 인간, 세계(자연), 신이라는 것을 이 작가는 잘 알고 있다. 근대철학의 대주제는 알다시피 '이성/경험' 즉 '인식'이다. 이윽고 그 편지의 발신인이 드러난다. 철학 선생님 알베르토 크녹스였다. 아마도 작가 자신의 투영일 것이다. 그 선생님의 안내로 소피는 시간여행을 하면서 2,600년을 다 둘러본다. 제대로 현장감 있는 철학 공부를 하는 것이다. 독자들도 읽는 동안 소피가 되어 자연스럽게 철학사 공부를 하게 된다. 나는 일단 박사까지 받으며 그것을 다 공부했고 더구나 가르쳤던 사람이니 복습인 셈이다. 백 퍼센트 수긍은 아니지만 상당한 실력임을 인정하지 않을 수 없었다. 단, 나에게는 그 철학사보다 더 흥미로운 것이 소설적 구성이었다. 발상이 참신하다. 기본적으로는 알베르토 크녹스 선생님이 소피 아문센에게 철학을 가르쳐주는 이야기지만, 마지막 부분에서 대반전이 일어난다. 실은 이 소설 전체가 평화유지군으로 레바논에 파견된 알베르트 크낙 소령이 딸 힐데 묄레 크낙의 15세 생일 선물로 쓴 소설이라는 게 드러난다. 소피와 알베르토 크녹스는 결국 유스타인 고더가 쓴 소설 속에서 알베르트 크낙이 딸 힐데에게 써준 소설 속의 등장인물이었던 것이다. 물론 '소설 속의 소설'이라는 이런 구도가 문학에서 아주 없는 것도 아니다. 저 김동리의 《등신불》도 그런 구도였다. 어쨌든 재미있다. 마지막에서 소피 자신이 피노키오나 성냥팔이 소녀 같은 가공의 인물임을 스스로 자각하고 알베르토와 함께 그 가공의 세계를 탈출하려는 시도를 하며 이 소설은 마무리된다. 영원의 생명을 얻게 되는 것이다. 그것도 의미심장하다. 유스타인 자신을 비롯해 우리 인간은 결국 언젠가 유한한 삶을 마치게 되지만 백설공주, 홍길동, 손오공, 로미오와 줄리엣, 톰 소여 등등 저 소설 속의 주인공들은 오히려 독자들의 기억 속에서 영원한 생명력을 갖는 것이다. 그 작품세계의 영원한 주민들은 동서고금을 통틀어 거의 밤하늘의 별들처럼 많다. 작가 유스타인이 언젠가 세상을 떠난 다음에도 소피 아문센은, 그리고 알베르토 크녹스 선생님과 편지를 전한 개 헤르메스와 친구 요룬 등도, 여전히 이 세상에 남아 있을 것이다. 어쩌면 힐데 묄레 크낙도 함께. 그의 아버지 알베르트 크낙 소령도 함께.

이 소설이 우리에게 남기는 여운은 제법 강력하다. 그 내용은 사람마다 다르겠지만, 나의 경우는 저 첫 장에 나오는 편지 속의 질문 "넌 누굴까?"가 가슴속에 파문을 그린다. 이 물음은 사실상 2,600년 철학사를 관통하는 핵심 주제다. 이른바 '인간학'도 그 대답의 일종이지만 그것조차도 하나의 대답일 뿐이다. 아리스토텔레스의 '이성적 동물'도 아우구스티

누스의 '죄인'도 데카르트의 '에고 코기탄스'도 칸트의 '이성'도 헤겔의 '정신'도 니체의 '초인'도 마르크스의 '노동자-무산계급'도 키에케고의 '고독한 단독자'도 하이데거의 '현존재'도 … 다 이 물음에 대한 그들 나름대로의 대답이었다. 그것을 다 거론하려면 책 100권으로도 모자랄 것이다.

나는 요 몇 년 사이, 인생을 영위하는, 따라서 생로병사와 희로애락을 감당하는 '신분적 존재'라는 것을 나의 철학적 주제로서 진지하게 사유하고 있다. 출생에서 사망까지 우리를 지배하는 무수한 생적 행위들, 그 근저에 놓인 무수한 욕망들, 그 성취와 좌절들, 그로 인한 행복과 불행들 … 그 실질을 구성하는 것이 우리의 지극히 구체적인 '신분들'이라는 것이다. 전통사회의 이른바 양반-상놈, 사농공상, 브라만-크샤트리아-바이샤-수드라, 통치자-수호자-생산자, 그런 것만이 신분은 아니다. 살아가면서 갖게 되는 '누구누구'라는 것이 다 우리의 삶을 구체적으로 규정하는 '신분'인 것이다. 타고나는 선천적 신분도 있고 살아가면서 갖게 되는 후천적 신분도 있다. 한국인, 아들-딸, 여자-남자 등등이 전자고, 학생-선생, 군인, 공무원, 회사원, 실직자, 상인, 농민, 죄수, 사장, 작가, 기자, 의사, 환자 등등이 다 후자다. 거의 무한대로 다양하다. 그 무수한 이름들이 우리의 삶이라는 것의 구체적인 모양새를 그때그때 만들어주고 그 이름들로 인해 우리는 온갖 형태의 희로애락을 인생이란 이름으로 살아나가는 것이다. 이런 것이 철학적 진리—진실이 아니고 무엇이겠는가.

얼마 전 한국에서 정말 우연히 김광규라는 분의 시집에서 〈나〉라는 시를 보고 경악했다.

살펴보면 나는 / 나의 아버지의 아들이고 / 나의 아들의 아버지고 / 나의 형의 동생이고 / 나의 동생의 형이고 / 나의 아내의 남편이고 / 나의 누이의 오빠고 / 나의 아저씨의 조카고 / 나의 조카의 아저씨고 / 나의 선생의 제자고 / 나의 제자의 선생이고 / 나의 나라의 납세자고 / 나의 마을의 예비군이고 / 나의 친구의 친구고 / 나의 적의 적이고 / 나의 의사의 환자고 / 나의 단골 술집의 손님이고 / 나의 개의 주인이고 / 나의 집의 가장이다 / 그렇다면 나는 / 아들이고 / 아버지고 / 동생이고 / 형이고 / 남편이고 / 오빠고 / 조카고 / 아저씨고 / 제자고 / 선생이고 / 납세자고 / 예비군이고 / 친구고 / 적이고 / 환자고 / 손님이고 / 주인이고 / 가장이지 / 오직 하나뿐인 / 나는 아니다 / 과연 / 아무도 모르고 있는 / 나는 / 무엇인가 / 그리고 / 지금 여기 있는 / 나는 / 누구인가

전혀 모르고 있었는데 나의 철학과 백 퍼센트 완전히 일치한다. 지적 소유권이 문제될 정도다. 죄송하지만 그분의 존재도 잘 모르고 있었는데 〈희미한 옛사랑의 그림자〉를 쓰신 엄청 유명한 분이라고 한다. 그럼. 이 정도라면 당연히 유명

해지셔야지. 수긍했다. 이곳 독일에서 유학하신 교수님이고 이곳에도 번역−소개되어 인정받는 분이라고도 했다. 자랑스러웠다. 세상에 이처럼 쉬운 시도 드물고 그러면서 이처럼 중요한 철학적 의미를 담은 시도 흔치 않다.

《소피의 세계》는 그런 철학을 다시 한 번 내게 환기하고 확인시켜주었다. 이 책은 아마 이곳 독일뿐만 아니라 한국을 포함해 세계 여러 나라에서도 번역되어 큰 인기를 끌 것이 틀림없다. 베스트셀러에 스테디셀러가 될 것이 틀림없다. 이미 이분에게 선수를 빼앗기기는 했지만 나도 언젠가 다른 형태로 이런 수준 있는 철학사 책을 한 권 써야겠다고 다짐을 했다.* 참으로 좋은 자극이 되었다. 노르웨이의 유스타인 고더 선생님에게 감사와 존경을 전한다.

《소피의 세계》 작가 유스타인 고더와 노르웨이어 원본/독일어 번역본/한국어 번역본

---

* 그 후 나는 《편지로 쓴 철학사》와 《시로 쓴 철학사》(에피파니, 2017)라는 책을 썼다.

베를린, 역사의 현장

대학 외사과(Akademisches Auslandsamt)에서 마련한 학내 외국인들을 위한 특별 여행 프로그램이 있다기에 신청을 했다. 행선지는 베를린Berlin이다.

1994년 2월 18일, 외사과 앞에 집결해 버스로 출발했다. 직원 한 분이 안내자로 동승해 마음이 든든했다. 베를린은 처음이다. 독일이 비록 가장 모범적인 지방 분권 국가의 하나라곤 하지만 어쨌든 수도가 아닌가. 더욱이 4년 전 역사적인 동서독 통일을 이룩하고 분단 기간의 임시수도였던 본Bonn을 떠나 이제 명실상부한 수도의 지위를 회복한 터가 아니던가. 또한 히틀러가 나치를 지휘했던 본부였고 전후 케네디가 방문해 "이히 빈 아인 베를리너(Ich bin ein Berliner: 나는 베를린 시민이다)!"를 외쳤던 곳이 아니던가. 어디 그뿐인가. 그곳은 저 대단한 철학자들의 연고지이기도 하다. 키에케고가 유학했고, 피히테, 셸링, 헤겔, 마르크스가 배우고 혹은 가르쳤던 곳이다. 또한 내가 전공한 하이데거를 두 차례 초 빙했고 그가 사양한 곳이기도 하다. 관심과 설렘이 없을 수 가 없었다.

하이델베르크에서 베를린까지의 아우토반Autobahn(고속도 로)과 그 연변의 풍광은, 이제 어느 정도 익숙해졌지만, 언제 봐도 감탄이 나올 만큼 정갈하고 아름답다. 우연히 옆자리에 앉은 한 포르투갈 여학생은 연신 "아름답다(Ach Schön)!" "정 말 깨끗하다(Wirklich sauber)!"를 외친다. "같은 유럽인데도 어 떻게 이렇게 깔끔할 수 있는지 처음 왔을 때 충격을 받았어 요"라는 말도 들려줬다. 휴게소에서 잠시 정차한 것 외에 논 스톱이라서 좋았다. "이제 여기서부터 베를린입니다." 안내 자의 말을 들었을 때 더욱 설렜다. 나는 눈을 크게 뜨고 모든 장면을 촬영하듯이 둘러보았다. 역시 아담한 하이델베르크 와는 달리 대도시였다. 번화했다.

동행 직원의 친절한 설명을 들으며 소문난 관광명소들을 한 바퀴 대충 돌아보았다. 돔이 날아간 제국의회도, 2차 세 계대전 중 폭격의 흔적을 간직한 카이저 빌헬름 기념교회도, 헤겔이 보트를 탔었다는 슈프레Spree 강도, 아름다운 샬로텐 부르크 성도, 구슬 꿴 촛대 같은 베를린 타워도, 웅장한 베를 린 대성당과 대극장도, 금빛 번쩍이는 승전탑도, 상징인 곰 동상도 … 다 볼 만한 가치가 있는 것(Sehenswürdigkeiten: 구경거리)이었다. 그런데… 아마 나만 그런 건 아닐 것이다. 역사적인 통일 직후다. 저 동서 베를린을 가르던 '베를린 장벽'과 브란덴부르크 문을 통과해 옛 동베를린 지역의 '운터덴린덴Unter den Linden' 거리로 진입하면서 나는 달라지는 가슴의 박동을 느꼈다. 거리의 색깔부터가 산뜻한 서쪽과는 달랐다. 이 동쪽은 시커멓게 때가 타 우중충했다. "가난한 공산주의자들이 청소를 하지 않아 저렇습니다"라고 안내원은 설명한다. 거리에 즐비한 고층 아파트들을 보면서는 "저걸 보세요. 공산주의자들이 한 짓이 저런 겁니다. 저런 미학 없는 걸 집이라고 지어 살았습니다." 하고 한심스럽다는 표정, 비아냥거리는 투로 말했다. 전국이 아파트 공화국인 한국인의 입장에서는 그 말이 참 묘하게 들렸다. 독일인들은 단독주택과 공동주택을 구별하고 기본적으로 단독주택을 선호한다. 당연히 그쪽이 더 아름답다. 그래서 동네-마을-시가의 모습도 아름답다. 특히 지붕이 그렇다. 아파트는 지붕이라는 게 없다. 어차피 지어야 할 아파트라면 거기에 멋진 지붕을 의무화하는 것은 어떨까 하는 생각을 해본다.

독일에 산다고는 해도 이곳 베를린에 오기는 쉬운 일이 아니다. 그래서 그분에게 특별히 부탁해 동쪽에 있었던 베를린 대학(훔볼트 대학Humbolt Universität Berlin)에도 가보았다. (분단 시절, 구서독은 대학을 따로 세워 베를린 자유대학Freie Universität Berlin이라 불렀다.) 철학자 피히테가 교수와 초대 총장을 지냈고 헤겔도 교수와 총장을 지냈고 셸링도 교수를 지냈고 마르크스의 모교이기도 한 곳이다. 덴마크의 키에케고가 유학하며 셸링의 강의를 듣기도 했다. 철학에서도 이곳은 정말 역사의 현장이다. 철학도로서 감개무량했다. 단, 통일 직후라 일부 가림막을 치고 공사가 진행 중이어서 제대로 된 완벽한 사진을 찍지는 못했다. 좀 아쉬웠다. 가까운 광장에는 마르크스와 엥겔스의 동상이 아직 그대로 있었다. 거기서도 '찰칵'.

명소들을 다 버스로 둘러보았지만, 브란덴부르크 문으로 돌아와서는 하차했다. 찰리 검문소와 장벽을 직접 두 발로 걸으며 보았고 남아 있는 장벽도 손으로 만져보았다. 슈프레 강변의 장벽에는 그곳을 넘다가 사살당한 사람들의 십자 비석이 즐비했다. "MaurOpfer(장벽 희생자) 1961-1989"라는 커다란 십자가도 서 있었다. 그 앞에 멈추어 서서 묵념을 올렸다. '탕탕' 총소리가 귓전에 들리는 듯했다.

늦은 시간, 미리 정해준 숙소에 들어가 하룻밤을 묵었다. 호텔 치고는 좀 좁은 공간이었다. 종일 강행군을 한 만큼 피곤이 몰려왔지만 특유의 어떤 긴장감으로 쉽사리 잠을 이루지 못했다. 잎 진 보리수 나뭇가지가 저 영화 〈닥터 지바고〉의 첫 장면처럼 유리창에 타닥거렸다. 그 창밖으로 추운 겨울밤의 풍경과 함께 싸늘한 달빛이 휘영청 밝다. 나는 한 편의 시를 써나갔다.

〈베를린의 겨울밤〉

창밖엔 밤
네온도 얼어붙은
베를린의 밤

어렴풋 어둠 속에 앙상한 가지
추운 새 눈가루 터는
보리수 가지

비스듬히 걸린 달
점잖은 얼굴
살포시 세상사 내려다보는 달

반갑다 달아
춘하추동 백년 천년
베를린의 모든 밤을 지켜온 달아

피히테도 너와 눈 마주쳤겠지
헤겔도 키에케고도
마르크스도 너와 눈 마주쳤겠지

부럽구나 어땠을까
얘기해주렴 그들의 눈빛

아니지 그것만은 아니지
또 있었지 또 한 눈에 비치던 모습

총통의 광분도 보았겠지
장벽의 총질도 보았겠지
통일의 진통도 보았겠지

그래서 너는 창백하구나
그래서 너는 야위었구나
그래서 너는 성숙한 침묵을 지키는구나

너는 역사의 달
너는 현장의 달
아아 너는 언제나 깨어 있는 달

창밖엔 밤
차가운 베를린의 어느 겨울밤
조그만 감격 속에 잠 못 드는 이 밤

어설프지만 베를린의 첫 밤을 보내는 기념은 될 것이다.

다음 날은 인근 포츠담Potsdam으로 이동해 유명한 상수시 궁전Schloss Sanssouci을 둘러보았다. 한 무리의 러시아 군인들과도 마주쳤다. 예전 같으면 적이었던 소련군이다. 그들의 표정은 '악마'가 아니었다. 순진한 이 청년들을 악마로 만든 것은 결국 권력자들이었다. 황당한 '이념'이었다. 카알 포퍼가 말한 '열린사회와 그 적들'이라는 것이 떠올랐다. 그 젊은 러시아 군인들은 심지어 친절하게 사진도 찍어줬다. 역사의 변천이라는 것을 느꼈다. 그러나 조심해야 한다. 사악한 권력은 언제든 또다시 천사 같은 젊은이를 전장으로 보내 악마로 만들 수가 있다. 좋은 구경을 하고, 올 때와 같은 버스 편으로 하이델베르크를 향했다.

버스 안에서 '상-수시(san-ssouci)'라는 말이 상념을 부추겼다. 독일 말로는 '오네 조르게(ohne Sorge)', 영어로는 '위드아웃 원더(without wonder)', '걱정 없이'라는 뜻이다. 저 화려한 궁전을 지었던 프로이센의 제왕 프리드리히도 걱정 없기를 바랐기에 저런 이름을 붙였겠지. 그러나 그의 삶이 정말 그랬을까? 어림없다. 우리 인간의 삶에서 그런 건 없다. 수시, 조르게, 원더, 걱정, 딴신, 심빠이, 세상 어딜 가나 그건 우리 인간의 운명이다. 그 누구도 그걸 면할 수 없다. 면한 이가 있다면 그는 아마도 이미 성자거나 부처일 것이다. 하이데거

의 저 《존재와 시간》에 소개된 '쿠라cura'의 우화도 그걸 알려
준다.

쿠라가 강을 건너자, 거기서 그녀는 찰흙을 발견하였다. 골똘
히 생각하면서 쿠라는 한 덩어리를 떼어내 빚기 시작했다. 빚
어진 것을 옆에 놓고 생각에 잠겨 있을 때 주피터[수확]가 다가
왔다. 그녀는 빚어진 덩어리에 정신을 부여해 달라고 주피터에
게 간청하였다. 주피터는 쾌히 승낙하였다. 자기가 빚은 형상
에 그녀가 자기 이름을 붙이려고 하자, 주피터는 이를 거절하
고 자기 이름을 붙여야 한다고 주장하였다. 이름을 가지고 쿠
라와 주피터가 다투고 있을 때, 텔루스[대지]도 나서서 그 형상
에는 제 몸의 일부가 제공되었으니 자기 이름이 붙여지길 바랐
다. 그들은 사투르누스[시간]를 판관으로 모셨다. 사투르누스
는 아래와 같이 그럴 듯하게 판결하였다: "정신을 준 당신 주피
터는 그가 죽을 때 정신을 취하고, 육체를 준 당신 텔루스는 육
체를 가져가시오. 하지만 쿠라는 이것을 처음으로 만들었으니,
이것이 살아 있는 동안 당신의 것으로 함이 좋겠소. 그러나 이
름으로 인해 싸움이 생겼으니, '호모'[인간]라 부르는 것이 좋겠
소. 후무스[흙]로 만들어졌으니 말이오."

바로 우리 인간의 탄생 신화인 셈이다. 이 우화는 우리 인
간이 살아 있는 동안 '쿠라'의 지배를 받게 되어 있음을 알려

준다. 이 쿠라가 바로 '걱정'의 신이다. 그러니 제아무리 제왕이라고 해도 '상-수시' 즉 '걱정 없이'라는 건 터무니없다. 산다는 것은 너나 할 것 없이 걱정의 연속이다. 그러려니 하고서 살 수밖에 없다. 그것을 한순간이라도 덜면서 살아야 하는 것이 인간의, 특히 철학의 한 과제일지도 모르겠다. 어쨌거나 나의 지금 이 순간은 특별히 걱정이 없다. 하이델베르크로 돌아가는 버스 안에서 나는 달콤한 잠에 빠져들었다.

베를린의 브란덴부르크 문

포츠담의 상수시 궁전

가다머, 만남

　빌 교수님께 볼일이 있어 철학과(Philosophisches Seminar) 건물로 갔다. 슐가세Schulgasse 길에 면한 아담한 건물이다. 강의는 주로 강의동인 엔우NU 건물에서 이루어지지만 학부 도서관이 여기 있다 보니 이곳 출입도 이젠 아주 익숙해졌다. 교수 연구실 입구는 도서관과는 다른 북쪽이다. 그 2층이 빌 교수님 방이다. 하이델베르크 대학은 우리나라의 학과 '조교'와 달리 각 교수에게 '비서'가 딸려 있고 연구실 옆에 비서실이 따로 있다. 그것만으로도 권위가 느껴진다.

　결례를 하지 않으려 미리 앞당겨 나왔더니 약속시간보다 너무 일찍 도착했다. 몇 차례 만나면서 친해진 비서 호르눙 Christa Hornung 여사에게 들러 수다나 떨 심산으로 노크를 했더니 "들어오세요(Herein bitte)!" 소리가 들렸다. 문을 열고 들어갔더니 그녀의 책상 앞에 뜻밖의 손님이 앉아 있었다. 비서는 그 손님과 뭔가 사무 처리를 하고 있는 듯했다. 그 손님도 나를 돌아보고 한순간 눈이 마주쳤다. "아, 실례. 잠시후 다시 오겠습니다." 살짝 웃으며 작은 목소리로 사과하듯 말하고 조용히 문을 나왔다. 뜻밖에 호르눙 비서가 뒤따라 나오며 "아, 미안해요. 예정에 없던 일을 급히 처리해야 해서…" 하고 사과를 하는 것이었다. "아니, 제가 미안하죠. 너무 일찍 와서…" 했더니, 그 손님을 별로 의식하지 않은 나의 반응 때문인지 씩 웃더니 "이 교수님, 저분 누군지 모르세요?" 하고 물었다. 나는 겸연쩍게 "누구신데…" 했더니 그녀는 작은 목소리로 "가다머 교수님이잖아요." 하고 웃었다. 순간 나는 가슴속에서 작은 지진을 느꼈다. 내가 알던 사진 속의 젊은 모습과는 너무나 다른 노인이었기 때문에 미처 알아보지를 못한 것이다. 그래도 그렇지…. 그러지 않아도 요즘 도서관에서 가다머의 《진리와 방법(Wahrheit und Methode)》을 읽고 있던 터였다. 하이델베르크인 만큼 여기 어딘가에 있을 그를 자연스럽게 의식하고 있었던 것이다. 그런데 그 가다머를 직접 보게 되다니. 그것도 1미터도 안 되는 지근거리에서. 은퇴한 지도 한참 된 고령이라 학교에서 그를 만나리라는 기대는 애당초 없었다. 그는 1900년생이니 올해로 93세다.* 호르눙 비서의 설명으로는 여전히 건강하시고 오늘은 이탈리아에 강연 여행을 가시는 일로 사무 처리를 위해 나오

---

* 그는 2002년 3월 13일 102세로 작고했다.

셨다고 했다. 비서는 곧바로 다시 들어갔고 조금 시간이 지난 뒤 가다머가 비서의 배웅을 받으며 문을 열고 나왔다. 걸음걸이가 건강해 보였다. 나는 바짝 긴장한 채 목례를 하고 살짝 웃었다. 그도 나를 보고 가볍게 웃어주었다. 나는 멀어져가는 그 뒷모습을 한참 지켜보았다. 마음 같아서는 달려가서 자기소개를 하고 기념사진을 찍거나 사인을 받거나 최소한 악수라도 하고 싶었지만, 나는 어쩔 줄을 모르고 그냥 얼어붙어 있었다. 우리 철학 쪽에서는 워낙 거물이다. 가다머 Hans-Georg Gadamer, 그냥 대학교수가 아니다. 저 양반은 엄연한 철학자다. 아마도 역사에 남을 것이다. 현대철학에서 '해석학(Hermeneutik)'이라는 분야를 개척한 거물 중의 거물이다. 내가 전공한 하이데거의 학통을 이어받은 사실상 수제자다. 그가 하이데거에 대해 쓴 《철학 수업 시절(Philosophische Lehrjahre: Eine Rückschau)》이라는 책도 읽은 바 있다. 내 친구 중에는 가다머 전공자도 있다. 또 다른 거물 하버마스와의 논쟁도 유명하다. 그러니 어찌 긴장하지 않을 수 있겠는가.

아무튼, 그 아까운 기회를 그렇게 떠나보내고 말았다. 그건 일종의 '만남'일까? 그건 아니다. 마주침? 스쳐감? 정확히 말하자면 그냥 '목격'이다. 어쨌거나, 나는 그것만 해도 대단한 영광이고 기념이고 자랑거리라고 의미 부여를 했다. '만남(Begegnung)'이란 저 마르틴 부버가 말했듯이 '나-그것(Ich-Es)'의 관계가 아닌 '나-너(Ich-Du)'의 관계 속에서 이루어진다. '너(Du)'라는 2인칭은 독일어 특유의 이른바 '친칭'이다. '거리'가 없는 관계다. 그래서 이들은 가족이나 연인이나 친구나 아이나 심지어 신에 대해 '두(Du)'를 사용한다. 부부간에 한국식으로 당신 즉 '지(Sie)'라고 했다간 큰일 난다. 그건 '남'을 정중하게 부르는 인칭인 것이다. 그런 관계는 가족이 아니고 따라서 만남이 아니다. 심지어 법정스님은 "진정한 만남은 상호간의 눈뜸(開眼)이다. 영혼의 진동이 없으면 그건 만남이 아니라 한때의 마주침이다."라고 말했다. 나는 그것을 나의 인생론에서 "그것을 통해 내 인생의 무언가가 흔들리는 것, 그것이 내 인생의 '사건'으로 기록될 수 있는 것, (플라톤과 소크라테스의 만남, 베드로와 예수의 만남처럼) 그것을 통해 내 인생의 방향이 달라질 수 있는 것"이라고 규정했다. 그런 만남에서 "인격과 인격으로 맺어지는 관계, 일대일의 관계, 백 퍼센트 대 백 퍼센트의 관계, 정면으로 마주 보는 관계, 영혼이 오고 가는 관계"가 가능해지는 것이다. 더구나 이런 것은 서로가 서로의 존재를 알고 있고 좋아하고 부르고 찾는 사이가 되었을 때 비로소 성립되는 것이다.

그러니 나는 당연히 가다머를 '만난' 것이 아니다. 목격했고 마주쳤고 스쳤을 따름이다. 그럼에도 나는 그 순간을 잊을 수가 없다. 그는 나를 모르지만, 적어도 나는 그를 알고 좋아하고 배우고 있기 때문이다. 반쪽이지만 만남에는 그런 종류의 만남도 있다.

나는 그의 철학을, 그의 해석학을, 전통—전승—텍스트—진리를 향한 그의 '이해'와 '해석'을 인정하고 좋아한다. '전통의 지평과 해석자의 지평이 일치하는 것이 바로 이해'라는 그의 이론도 좋아한다. 나 자신이 그것에 크게 신세진 바도 있다. 어떤 고전(《논어》,《노자》 등)을 읽다가 난관에 부닥쳤을 때, 나 자신의 상황에서, 즉 해석자인 나의 지평에서, 그 문제를 새겨보는 것이다. 그럴 때 "아하, 이게 바로 그거구나"라고 깨달을 때가 있다. 그게 바로 가다머가 말한 '지평융합(Horizontverschmelzung)'인 것이다. 우리는 소위 진리 탐구라는 것을 할 때, 그 진리를 향해 직접 가보거나, 그 진리를 탐구했던 다른 누군가의 텍스트를 들여다보거나(혹은 들어보거나), 두 가지 선택지를 갖게 된다. 쉽게 말하자면 '곧바로'와 '둘러서'다. 전자가 이른바 현상학이고 후자가 이른바 해석학이다. 이 양자의 균형 있는 조화 내지 병용이 우리에게는 필요하다. 공자는 그것을 "학이불사즉망 사이불학즉태(學而不思則罔, 思而不學則殆)"라고 말했다. '학이사(學而思)'를 그는 강조한 것이다. 남에게 배우고 스스로 생각하고. 그것이다.

가다머는 말하자면 그 학(배움)이라는 것, 전통—텍스트의 이해라는 것을 철학화한 것이다. 나는 학창 시절 그 철학과 만났고 그것을 좋아했다. 그러니 가다머를 '목격'한 그 순간이 나에게는 하나의 '사건'이 아닐 수 없다. 나는 그 순간을 이 하이델베르크 시절의 한 소중한 기념으로 오래 간직할 것이다.

젊은 날의 가다머와 노년의 가다머

겨울 1교시, 나 홀로 깨어

해가 바뀌면서 겨울학기가 제대로 겨울다워졌다. 추위와 눈뿐만이 아니다. 6, 7, 8월 여름에는 일종의 준 백야 현상으로 아침 5시면 이미 환하고 저녁 9시도 아직 환했는데, 12월이 되니 아침 8시가 넘어야 겨우 동이 트고 오후 4시가 넘으면 이미 어두워진다. 밤낮의 길이가 확연하게 차이 난다. 여름에는 낮이 대략 16시간, 겨울에는 대략 8시간, 2배 정도 차이가 난다. 그래서 여름에는 창에 덧문을 닫고 잠이 들고 일어난 후 덧문을 연다. 휴식과 잠을 위한 어둠이 필요하기 때문이다. 반면, 겨울이 되니 덧문의 용도가 달라진다. 방한을 위해 닫는 것이다. 나름 우리나라와 다른 외국의 풍정을 즐긴다.

그런데 문제는 1교시 수업이다. 한국이나 여기나 1교시에 대체로 좋은 수업들이 많다. 짐작이지만 연로한 교수님들이 잠이 없어서가 아닐까 싶다. 그리고 아침 시간에 머리가 더

맑기 때문이 아닐까 싶기도 하다. 30대인 나는 아직 젊어서 잘 모르겠지만, 확실히 그런 경향이 없지는 않은 것 같다. 그런데 이 1교시 수업이 겨울이 되니 간단치가 않다. 아직 어두운 시간에 일어나야 하기 때문이다. 쉬운 일이 아니다.

이 1교시 수업에 얽힌 사연이 하나 있다. 나도 학부생 시절 1교시에 좋은 수업이 많았다. 그런데 젊은 청년 학생답게 잠이 많아 1학년 1학기 때는 그것을 다 포기했다. 그게 아까워 2학기에는 억지로라도 좀 들어야겠다고 생각하던 중 학내 게시판에서 우연히 '일본어 특강'이라는 포스터를 보게 되었다. 7시에 시작해서 8시 50분에 끝나는 이른바 0교시 수업이다. 그길로 가서 등록을 했다. 이걸 들으려면 6시에는 일어나야 한다. 늦잠 버릇을 고치기 위해서였다. 물론 그게 다는 아니다. 여름방학 때 교수가 되겠다는 큰 뜻을 품고 소백산 희방사에 들어가 전공 공부에 몰두했는데 한밤중에 들은 라디오의 일본어 방송이 하필 꾀꼬리 같은 여자 아나운서의 음성이었기에 그 언어에 대한 호기심을 갖게 된 것도 한몫했다. 긴 이야기는 생략하지만 그게 기연이 되어 나는 졸업 후 일본 정부 장학생으로 선발되었고 일본 유학을 하게 되었고 그 덕에 박사가 되고 대학교수가 될 수 있었다. 물론 그렇게 해서 듣게 된 1교시 수업도 기대대로 좋았다.

빌 교수님의 하이데거 수업도 1교시다. 찌겔하우젠의 쾨펠 Köpfel에서 33번 버스를 타고 알트슈타트의 강의동 근처까지 가려면 제법 시간이 걸린다. 깜깜한 밤중에 일어나 제법 부산을 떨어야 이 1교시 시간에 맞춰 입실을 할 수 있다. 워낙 친절하고 고마운 분이라 미안해서라도 지각이나 결석을 할 수가 없다.

그런데 등교하러 나가는 그 시간의 기분이 참으로 묘하다. 어떤 특유의 자족감이랄까 충족감이랄까 의무감이랄까 사명감이랄까 그런 게 느껴지는 것이다. 아직 어둡기 때문이다. 인적이 드물기 때문이다. 관념상 '아직 모두가 잠들어 있는 밤에 나 홀로 깨어' 뭔가를, 뭔가 대단한, 의미 있는 일을 하고 있다는 느낌이 있다. 실제로는 그저 수업을 들으러 가는 것이니 별것 아니라면 아니지만, 어둠이 그것을 뭔가 특별한 것으로 만들어준다. 그 기분이 과히 나쁘지 않다.

너무 거창해지는 건지 모르겠지만, 이건 내가 전공한 하이데거의 철학과도 연결이 된다. 그의 책《지인—헤벨》에 그와 동향의 시인 요한 페터 헤벨Johann Peter Hebel을 '지인(Hausfreund: 집안 친구)'으로서 논하는 글이 있는데, 거기서 그는 헤벨 자신의 글인《작은 보물함(Schatzkästlein)》에서 일부를 인용해 소개한다. 헤벨은 '달'을 주제로 거론하며 그 달이 태양과 지구(특히 지구의 밤) 사이에서 하는 역할에 의미를 부여한다. 그리고 지인으로서의 시인을 거기에 빗댄다. 요점만 말하자면, 달은 '모두가 잠든 어두운 밤에' 야경꾼처럼 홀로 깨어 밤의 어둠을 그 은은한 달빛으로 밝혀준다는 것이다. 말하자면 그런 게 시인의 본질이라는 것이다. 내가 특별히 주목하고 좋아하는 이야기다. 그가 거기서 말하는 달빛(태양빛의 반영)은 결국 '언어'인데, 실은 그 빛은 시인의 언어뿐만 아니라 철학자(사유가)의 사유이기도 하다. 그러니 그 달의 '홀로 깨어 어둠을 향해 빛을 비춤'은 사유 자체의 본질이기도 한 것이다. 문학적이면서도 철학적인 이야기다. 철학자이자 시인이기도 한 나의 취향에 딱이다. 나는 그것을 하이데거의 존재론(사유) 자체, 현상학 자체의 본질이라고도 해석했다. 모두가 잠든 어두운 밤에 홀로 깨어 뭔가를 하는 것, 그게 빛을 비추는 것, 어둠을 밝히는 것이 된다면, 그것 자체로 존재의 의미가 될 수도 있지 않을까. 나도 그런 존재가 될 수 있기를. 네카아 강변을 달리는 33번 버스에 흔들리면서 한국에서 온 한 젊은 풋내기 교수가 속으로 피식 혼자 웃음을 웃는다. 그 기분이 과히 나쁘지 않다.

하이델베르크 대학 강의동 야경

소풍 – 거창한 발견

'객원교수'라고는 해도 어쨌든 하이델베르크 대학의 일원으로서 이 대학으로부터 받는 고마운 혜택이 하나둘이 아니다. 소중한 강의 체험은 기본이고 중앙도서관, 철학부 도서관의 이용도 그렇고 학교식당도 그렇고… 다 좋다. 그런데 그중 특별히 나의 관심을 끈 것이 대학 본부(Zentrale Uni. Verwaltung) 외사과에서 주관하는 주말 '엑스쿠르지온(Exkursion)' 프로그램이다. 말하자면 소풍이다. 일종의 여행이라 무료는 아니지만 30마르크 전후, 대략 15,000원 정도니 거의 공짜나 다름없다. 물론 행선지의 거리에 따라 다르긴 하다. 그 프로그램으로 지금까지 라인 강/로렐라이 투어, 하이델베르크 인근 탐방, 마아부르크 투어 등을 다녀왔다. 이게 없었더라면 아마 일부러 가보기는 쉽지 않았을 것이다. (아쉽게 기회를 놓친 곳도 제법 있다. 뷔르츠부르크, 트리어, 밤베르크, 로텐부르크, 쾰른, 튀링엔, 바이마르, 그리고 극장 관람, 공장 견학 등.)

7월 17일 토요일

라인 기행을 위해 일찍 일어나 집결 장소인 외사과 앞으로 나갔다. 강태ㅇ, 문영ㅇ 등 젊은 한국 학생들도 이미 도착해 있었다. 버스 편으로 연변의 풍경과 대화를 즐기며 곧장 뤼데스하임Rüdesheim으로 향했다. 거기서 라인가우Rheingau라는 배에 승선했다. 이런 식의 배 여행은 한국과 일본을 포함해 처음이다. 더구나 장소가 독일의 상징 라인 강이다. 멀리서 본 적은 있지만 라인 강에서 실제로 배를 타게 되리라는 기대는 없었기에 감동을 느꼈다. 날은 맑고 더웠지만 강바람이 시원했다. 강을 따라 내려가며 강변의 몇몇 고성들과 그 유명한 로렐라이Loreley를 구경했다. 다가가면서 이미 들뜬 흥분을 느꼈다. 로렐라이 산이 높이 올려다 보였다. 당연히 하인리히 하이네Heinrich Heine의 그 시와 프리드리히 질혀Friedrich Silcher의 그 노래가 생각났다. "이히 바이스 니히트 바스 졸 에스 베도이텐, 다스 이히 조 트라우리히 빈(Ich weiß nicht was soll es bedeuten daß ich so traurig bin)."[*] 역시 당연하겠지만 거기를 지날 때는 배에서 그 노래를 크

---

[*] "나는 모르겠네. 내가 이렇게 슬프다는 게 뭘 의미하는지…" 한국에서는 "옛날부터 전해 오는 쓸쓸한 그 말이…"라고 번역되어 있다.

게 틀어줬다. 설화대로 그 아래는 과연 물살이 거칠었다. 로렐라이 자체는 사실 그 명성에 비해 특별할 것 없는 좀 평범한 바위산이었다. 배는 강물을 헤치며 잔크트 고아스하우젠 St. Goarshausen까지 한참을 내달렸다. 풍경은 정말 아름다웠다. 배에서 틀어주는 노래 〈왜 라인강은 이렇게 아름다운가 (Warum ist es am Rhein so schön)〉가 가슴에 와 닿았다. 다만 강바람이 세서 나중엔 다소 춥게도 느껴졌다. 모두들 엄청 열심히 사진을 찍어댔다. 그만한 가치는 충분히 있는 풍광이었다. 고아스하우젠에 도착한 후 배를 내려 다시 뤼데스하임까지 버스를 타고 되돌아갔다. 뤼데스하임의 넓지 않은 골목길 드로셀가세 Drosselgasse는 소문난 관광지답게 꽃이 가득하고 아기자기한 게 정말 예뻤다. 나지막한 산 위의 경사진 포도밭을 걸어서 구경하고 내려와 그 골목길의 한 식당에서 점심을 먹었다. 메뉴는 독일답게 주먹 빵과 소시지 구이와 양배추 초절임. 식사 후 에버바하 수도원 Kloster Eberbach를 들러 잠시 구경하고 라인 강변 대도시인 마인츠 Mainz까지 버스로 내달렸다. 마인츠의 힐튼 호텔 근처에서 버스를 내려 알트슈타트 중심부를 걸어서 돌아보았다. 여기에는 특별히 도로 표지판에 색깔이 있었는데 빨간 것은 동-서 방향을 가리키고 파란 것은 남-북 방향을 가리킨다고 안내자인 게어하르트 Gerhardt가 설명해줬다. 유명한 마인츠 돔은 거대했다. 그는 그것에 대해서도 열심히 설명을 해줬는데, 미안하지만 나는 교회 건축에 대해서는 의외로 별 관심이 없다. 다만, 얼마 전 TV에서 본 스페인 바르셀로나의 가우디 성당은 예외다. 그 독특한 외양도 외양이려니와 숲속 같은 그 내부가 너무나 대단해 감탄을 한 적이 있었다. 거기서 2마르크짜리 하젤누스(Haselnuß: 개암) 아이스크림을 하나 사서 먹고 저녁 7시경 하이델베르크로 돌아왔다. 좋은 추억들이 또 하나 내 가슴속에 앨범을 만들었다. 기숙사 복도에서 "안녕" 하고 예쁜 하이드룬Heidrun이 아는 척 손을 들고 저녁 인사를 한다.

8월 14일 토요일

일어나 간단히 뮈슬리Müsli로 아침식사를 하고 이제 단짝 친구가 된 신학부의 이 목사에게 전화를 했다. 그의 동네인 강변의 슐리어바하Schlierbach에서 합류하여 학교로 갔다. 익숙한 장소에서 버스가 출발했다. 이번 소풍은 하이델베르크 인근 탐방이다. 일단 동쪽(혹은 동북쪽) 방향이다. 먼저 네카아 강 상류 쪽의 네카아게뮌트Neckargemünd로 갔다. 어디엔가 빌 교수님의 집이 있을 동네 중심부와 강가를 잠시 둘러보고 네카아슈타이나하Neckarsteinach로 이동했다. 역시 시내를 잠시 둘러보았다. 평범한 동네지만 어디를 가나 이렇게 그림처럼 아름다운 자연과 마을들이다. 어수선하고 너저분한 한국의 동네들과 어쩔 수 없이 비교가 된다. 은근히 속이 상한다. 이런 차이는 그저 단지 경제력만의 문제일까? 나는 이른바 '미의식'이라는 것을 강하게 의식한다. 보기 흉한 것 2개보다는 보기 좋은 것 1개가 낫다는 게 일단 나의 미적 가치관이다. 보기 좋다/나쁘다 하는 그 미적 기준은 역시 칸트의 말대로 아프리오리하게 우리 이성에 주어져 있다고 나는 믿지만 물론 그게 절대적이지는 않다. 결국은 가치관의 문제고 선택의 문제다. 그 결과는 어쨌든 우리가 감수할 수밖에 없다. 강변의 한 노천 식당(Garten Restaurant)에서 마로니에(Kastanie) 아래의 야외 테이블에 앉아 샐러드 딸린 소시지 구이(Brat-Wurst mit Salat)를 맛있게 먹었다. 식사 후 여유 있게 그곳의 고성(Burg)을 둘러보았다. 독일은 어딜 가나 이런 고성이 정말 많다. 이런 문화 유적들을 생각하면 막강한 지방 권력의 존재가 좀 필요해 보이기도 한다. 날씨가 예상 외로 더워져 속옷 하나를 벗어야 했다. 3시 반, 거기서 배를 타고 강바람을 즐기며 강을 내려와 네카아게뮌트로 되돌아왔다. 잠시 휴식 후 다시 슈리스하임Schriesheim으로 향했다. 그곳을 도보로 한 바퀴 돌고서는 이어 라덴부르크Ladenburg로 향했다. 유명한 관광지는 아니지만 이곳은 의외로 아름다운 고도였다. 교회며 집들이며 특히 분수가 너무 예쁘다. 곳곳에 로마의 유적이 있다. 안내자의 설명을 들으니 걸핏하면 11세기, 12세기, 16세기의 건물들이다. 그런 것들이 마치 장난감처럼 아름답게 서 있었다. 독일 옛집들은 지붕의 선도 예쁘지만 벽면을 가로지른 목재 선들이 제대로 장식 역할을 한다. 이건 눈으로 봐야지 말로는 설명 불가능이다. 그 골목골목을 걸었다. 걷는 사이 제법 시간이 지나 저녁때가 되었다. 한 분위기 있는 식당으로 안내받아 사냥꾼 스테이크(Jägersteak)와 집시 스테이크(Zigeunersteak)를 시켜 먹었다. 각각 15마르크에 밀맥주도 한잔 곁들였다. 이 목사와 마주 앉아 모처럼 철학 이야기 없이 가벼운 대화를 나누었다. 농담을 주고받으면서 배꼽을 잡고 웃었다. 지옥을 소재로 한 우스갯소리라 다 옮겨 적지는 않지만 아주 걸작이었다. ("5분간 휴식 끝, 500년간 잠수 시작" 어쩌고 하는 이야기다. 거룩하신 목사님도 친구 사이에는 이렇게 농담도 한다.) 나오며 보니 '쯔비벨 Zwiwwel(양파)'이라는 그 식당의 간판이 꽤나 멋졌다. 독일에서는 간판도 장식 역할을 톡톡히 한다. 버스를 타고 다시 슈리스하임을 거쳐 바인하임Weinheim으로 갔다. 잠시 그 하우프트슈트라세를 걸어 시청사에 오니, 노천카페에 젊은이들이 하나 가득이다. 뭔가 활기찬 특별한 분위기를 연출하고 있었다. 우리도 거기에 끼어 앉아 밀맥주를 한잔 마셨다. 맥주의 나라 독일에서 마시는 맥주는 각별하다. 그 종류도 맛도 색깔도 아주 다양하다. 차츰 저녁이 번지는 고급 주택가를 걸어 다시 버스를 탔다. 그 그림 같은 집들과 풍요에 부러움과 투지를 다시 한 번 느꼈다. "우리 한국도 언젠가는 꼭 이 독일을 넘어서야지." 늦은 시각 학교에 도착해 해산했다. 터덜터덜 걸어 10여 분 거리인 기숙사로 돌아왔다. 복도에서

크리스틴Christin, 지크리트Sigrid, 카멜리아Carmelia, 비프케 Wiebke 등과 선 채로 오늘 갔던 곳의 이야기로 수다를 떨다 가 샤워하고 이제 자리에 든다.

9월 11일 토요일

10시 30분, 이젠 완전히 익숙한 외사과 앞에 집결해 버 스를 타고 슈파이어Speyer로 향했다. 이번에도 하이델베르 크 인근 탐방이다. 지난달과는 코스가 좀 다르다. 주로 서남 쪽이다. 인근이라고 해도 슈파이어는 바덴뷔르템베르크 주 인 하이델베르크와는 달리 라인란트팔츠Rheinland-Pfalz 주 다. 일부러인지 버스가 중간에 동네란 동네는 다 들러 가는 바 람에 거리는 가깝지만 시간이 생각보다 많이 걸렸다. 어쨌든 덕분에 평범한 시골 동네들을 볼 수가 있었다. 하기야 평범 한 시골이라고 해도 기본적으로 너무나 깨끗하고 아름답다. 날씨는 이제 가을이 다가오는지 제법 선선하다. 키르히하임 Kirchheim, 오퍼스하임Offersheim, 슈베찡엔Schwetzingen, 케 취Ketsch, 호켄하임Hockenheim, 라일링엔Reilingen, 노이-알 트루스하임Neu-Altlußheim을 거쳐서 목적지 슈파이어에 도착 했다. 돔 광장(Domplatz)에서 하차했다. 거리는 깨끗하고 아 름다웠으나 특별히 고풍은 없었다. 물론 대표 건축물인 성 당과 돔은, 특히 그 하늘색으로 고이 녹슨 구리 지붕은, 너 무 아름다웠다. 16세기 종교개혁 시기, 당시의 제국 재판소가 있던 곳이기도 하고 '프로테스탄트(Protestant: 저항)'라는 말의 기원이 된 대정부 항의가 일어나기도 했다고 한다. 'i(안내소)'에서 얻은 지도를 보며 시내 골목들을 걸었다. 낯선 첫 방문지인 만큼 그 자체로 즐거웠다. '낯섦', '처음'이라는 게 주는 즐거움이 분명히 있다. 한 이태리 식당에서 해산물 스파게티(Spagetti-Mara)를 먹었는데, 지독하게 맛도 없이 무려 12마르크(약 6,000원)를 받았다. 이런 건 상도덕에 어긋난다. 역시 이탈리아 국수는 이탈리아가 맛있으려나? 라인 강변도 산책하고 유대인 골목(Judengasse)도 둘러보고 다시 돔 광장으로 돌아와 버스를 타고 하이델베르크로 돌아왔다. 오늘 코스는 비교적 단조로웠지만 유네스코 세계유산이기도 한 그 멋진 대성당과 라인 강 풍경을 본 것만으로도 의미는 충분했다. 베르크반Bergbahn 버스 정류장에서 물을 사러 가던 길에 우연히 함께 못 간 이 목사를 만났다. 슈파이어에 갔던 이야기를 들려주며 그에게 이끌려 슐리어바하 그의 집으로 가 그가 해주는 저녁을 먹고 음악을 듣고 맥주를 마셨다. 그의 옛사랑 이야기도 들었다. 아름답고 가슴 시린 이야기다. 인간의 숫자만큼 드라마가 있음을 느꼈다. 라흐마니노프의 〈파가니니의 주제에 의한 광시곡〉도 함께 들었다. 내가 곡조만 알고 궁금해하던 곡인데 그는 흥얼거리는 것만 듣고서 단박에 그것을 알아차리고 음반을 들려줬다. 고맙고 존경스러웠다. 함께 음악과 대화를 즐기고 밤늦게 집으로 돌아왔다.

1월 15일 토요일

오늘도 엑스쿠르지온이다. 행선지는 마아부르크Marburg
다. 먼 곳인 고로 이른 출발이라 일찍 일어나 샤워도 하고 부
산을 떨었다. 7시 40분, 버스로 집결지인 비스마르크 광장으
로 갔다. 이번에는 웬일인지 한국인이 아무도 없었다. 옆자
리에는 네덜란드에서 왔다는 여학생이 앉아 가는 내내 졸고
있었다. 중간에 잠시 휴게소(Raststätte)에 들렀을 때 공중전화
가 보여 서울에 전화를 했다. 짝이란 곁에 없을 때 그 존재가
더욱 가깝게 다가온다. 사랑이란 모든 거리를 무효화시키는
마력이 있는 것 같다. 마아부르크가 아니라 마르스(Mars: 화
성)에 가더라도 이건 마찬가지일 것 같다.

도착해보니 마아부르크는 어딘가 튀빙엔을 닮은 느낌이었
다. 둘 다 아담한 대학도시다. 그런데 나에겐 좀 특별한 느
낌이다. 내가 전공한 하이데거가 처음 조교수로 강단에 섰던
곳이다. 1527년 건립된 최초의 개신교 대학으로 1529년 종
교개혁의 거장들인 루터, 쯔빙글리, 멜란히톤의 회담이 여기
서 열리기도 했다고 한다. 내 친구의 동생이자 동생의 친구
이기도 한 S가 유학한 곳이기도 하다. 친근감이 든다.

하이데거는 1923년부터 1928까지 5년간 근무했다. 〈마아
부르크 대학의 마지막 강의에서〉라는 글도 있다. 이 대학에
있는 동안 그는 저 유명한 《존재와 시간》을 출판했다. 그 뒷
이야기가 우리 같은 하이데거 전공자들에게는 제법 유명하

다. 하이데거는 처음 조교수로 부임해 은근히 정교수로 승진하기를 기대했는데 마침 빈자리가 생겨 학장이 하이데거를 천거했다. 하지만 교육당국에 의해 그 추천이 반려되었다. 지난 10년간 '연구 업적이 없다'는 게 사유였다. 그런데 그 10년간 하이데거는 훗날 고전이 된 바로 그 《존재와 시간》을 집필하고 있었다. 워낙 대작인 만큼 시간이 걸린 것이다. 난감해진 학장이 하이데거에게 '업적'을 요청했고 그는 승진 욕심에 《존재와 시간》의 예정된 제1부 제3편과 제2부 전체가 통째로 빠진 미완성 원고를 서둘러 후설이 주관하던 《철학 및 현상학적 연구 연보》에 발표하고 별책으로도 출판했다. 학장은 그것을 첨부해 재차 추천을 올렸다. 그런데 결과는 마찬가지였다. 미완성인 만큼 '불충분하다'는 게 사유였다. 그러나 실은 장관이 승진 대상으로 생각하는 M이라는 사람이 따로 있었다. 그 소식을 들은 철학적 인간학의 창시자 막스 셸러Max Scheler가 분연히 나서 장관을 찾아갔다. "당신이 대대손손 개망신을 당하고 싶다면 하이데거의 코앞에 M을 세워도 좋다"고 호통을 쳤다. 그는 당시 독일 철학계의 무시 못할 권위였기에 장관도 마지못해 하이데거를 승진시켰다는 이야기다. 여러 가지로 뒷맛이 씁쓸하지만 일단은 미담이다.

또 하나가 있다. 그가 이 대학에 근무할 당시, 그의 스승이자 현상학의 창시자인 에드문트 후설Edmund Husserl이 영국의 브리타니카 백과사전 측으로부터 연락을 받았다. 개정

판에 '현상학(Phänomenologie)' 항목을 추가하려고 하는데 이 왕이면 창시자인 본인이 직접 그 항목을 써주면 어떻겠느냐는 제안이었다. 자신의 철학을 국제적으로 알릴 좋은 기회라 후설도 솔깃해졌다. 그리고 그것의 공동 집필을 제자이기도 한 마아부르크의 하이데거에게 제안했다. 하이데거도 기꺼이 호응했다. 당시 후설은 하이데거의 모교인 프라이부르크에 있었다. 둘은 각자 초고를 쓰고 방학 때 프라이부르크에서 만나 조율을 하기로 했다. 그런데 하이데거의 초고를 본 후설은 결국 그것을 반영하지 않고 자신이 단독으로 쓴 것을 런던으로 보냈고 그것이 게재되었다. 하이데거로서는 실망이 컸을 것이다. 하이데거의 그 초고는 현재 후설 전집에 실려 있는데, 그 내용을 보면 그렇게 한 것도 이해가 된다. 그도 그럴 것이 하이데거의 초고는 후설의 현상학이라기보다 이미 그것과는 한참 다른 하이데거 자신의 철학이었기 때문이다. 사제 간이라고는 해도 둘은 애당초 철학의 노선이 달랐다. 간단히 말하자면 후설은 인식론적 현상학, 하이데거는 존재론적 현상학, 한쪽은 인간 중심, 한쪽은 세계 중심이었다. 문제를 바라보는 시선의 방향이 다른 것이다. 엄밀히 말하자면 생각하는 '현상'의 개념 자체가 다르다. 후설의 현상은 '무언가에 관한 지향적 의식'이고 하이데거의 현상은 '자기 현시하는 존재 그 자체'다. 물론 간단한 이야기는 아니다.

또한 이 대학에서 그와 제자 하나 아렌트Hannah Arendt의 저 유명하고도 말썽 많은 연인 관계가 만들어지기도 했다. 말하자면 '러브 어페어'다. 하나 아렌트는 결국 이 부적절한 연애 사건 때문에 지도교수를 하이데거에서 야스퍼스로 바꾸었고 이곳을 떠나 하이델베르크로 옮겨 갔다. 물론 유대인인 그녀는 나치의 등장 후 다시 프랑스로, 미국으로 떠났다. 아무튼 이런 사연이 있었던 곳이 이곳 마아부르크다.

연고자는 하이데거뿐만이 아니다. 설명에 의하면 호세 오르테가 이 가세트, 보리스 파스테르나크, 그림 Grimm 형제 등도 이곳에 살았었다니 나름대로의 감회가 있었다. 특히 러시아 출신 보리스 파스테르나크는 내가 가장 좋아하는 영화 〈닥터 지바고〉의 원작 소설 작가인데 이곳에 유학한 줄은 이미 알고 있었다. 그 소설에 하이데거와 상당히 유사한 언어 철학이 있기에 주목하고 있었는데 그가 이곳에 유학한 것은 1912년 22세 때로 하이데거가 1923년 이곳에 부임하기 11년 전이고 하이데거가 그 언어론을 전개하기도 전이니 그 둘 사이에 직접적인 연관은 물론 거의 없다고 봐야 한다.

언덕진 마아부르크 대학 앞에서 지나가는 사람들에게 철학부와 하이데거가 살던 집(Schwanalle 21)을 물어보았지만 아쉽게도 아는 이가 없었다. 명소인 엘리자베트 교회 Elisabeth Kirche와 고색창연한 시청(Rathaus), 고성(Landgrafenschloss), 망대(Spiegelslustturm), 란 Lahn 강변 등을 돌아보았다. 한 터키 식당에서 케밥(Döner Kebap)과 콜라로 요기를 했다. 고성 박물관(Schloß Museum)에서 일행 중의 한 체구 작은 동양 여학생이 말을 걸어왔다. 일본인이었다. 이야기를 나누다 보니 '토다이東大(동경대)' 종교학과 출신이라 했다. 종교학도 철학 계열이라 절반쯤 직계 후배인 셈이다. 반갑다며 학교 이야기, 아는 교수 이야기 등으로 수다를 떨어댔다. 때문에 버스에 늦을 뻔했다. 아슬아슬하게 시간 맞춰 간신히 버스를 타고 하이델베르크에 돌아왔다. 돌아와서 그 호소다細田 양과 그리스 식당에서 토다이 동창회 같은 식사를 했다.

이 '소풍'은 아마 앞으로도 계속될 것이다. 나도 아마 계속해서 몇 군데를 더 다녀올 것이고, 내가 이 하이델베르크를 떠난 다음에도 계속되어 또 다른 누군가가 저 버스를 타고 다니며 독일의 아름다움에 감탄할 것이고 그의 가슴속에 추억의 장면들을 만들어 오래 간직할 것이다. 나도 이제 몇 달 후면 이곳을 떠나 집이 있는 서울로, 학교가 있는 창원으로 돌아간다. 거기서 이 장면들을 그리움의 빛깔로 회상할 것이다. 그러면서 아마 조금은 가슴 아리게 "아름다웠다"고 말할 것이다. 문득 저 천상병 시인의 〈귀천〉이 생각난다. 그는 말했다.

나 하늘로 돌아가리라.

새벽빛 와 닿으면 스러지는

이슬 더불어 손에 손을 잡고

나 하늘로 돌아가리라.

노을빛 함께 단 둘이서
기슭에서 놀다가 구름 손짓하면은

나 하늘로 돌아가리라.

아름다운 이 세상 소풍 끝내는 날
가서, 아름다웠더라고 말하리라.

물론 나는 아직 젊으니까 당분간 하늘로 돌아갈 생각은 없
다. 기껏해야 한국으로, 서울로, 집으로, 창원으로, 학교로
돌아갈 것이다. 물론 언젠가 아주 먼 훗날에는 하늘로도 돌
아갈 것이다. 그때도 나는 아마 이 하이델베르크를 잊지 못
하고 있을 것이다. 그래서 아련한 눈빛으로 이 시간들을, 이
장면들을 아스라이 떠올리며 아름다웠더라고 말할 것이다.

소풍은 확실히 즐겁고 아름답다. 그것은 비단 저 라인 강,
로렐라이, 슈파이어, 마아부르크, 베를린 나들이로 한정되지
않는다. 이 하이델베르크 생활도 이 독일 유학도, 아니 어떻
게 보면 저 천상병 시인의 말대로 이 세상살이 자체도 다 소

풍이다. 언젠가는 끝날 소풍이다. 그러나 이 풍진 세상, 이 즐거운 소풍이 있어서 얼마나 좋은가. 소풍은 축복이다. 나는 이 소풍들이 다 끝나는 날, 가서 "아름다웠다"뿐만 아니라 "고마웠다"고 말하고 싶다. 언젠가 먼 훗날 어딘가에 세워질 나의 비석에도 이 두 단어가 새겨진다면 좋겠다.

"헤르츨리헨 당크, 마인 하이델베르크(Herzlichen Dank, mein Heidelberg: 진심으로 고맙다, 나의 하이델베르크)!"

하이델베르크 대학 버스

라인 강 투어

마아부르크

슈파이어

제2부　**프라이부르크 편**

시작

1997년 1월 4일, 프라이부르크의 폰 헤르만 교수님에게 연구 체류를 부탁하는 편지를 보냈고 4월 10일자로 답신이 왔다.

Herrn Professor Dr. Sujeong LEE

2-205, C** Park-Mansion

422-1, S**-Dong
D**-Gu, SEOUL
132-031 Südkorea

ALBERT-LUDWIGS-UNIVERSITÄT FREIBURG ·
POSTFACH · D-79085 FREIBURG
SEMINAR FÜR PHILOSOPHIE UND
ERZIEHUNGSWISSENSCHAFT
Lehrstuhl 1
Prof. Dr. F.-W. v. Herrmann

DATUM 10.IV.1997
TELEFON 0761/203–2452
TELEFAX 0761/203–2458

Sehr geehrter Herr Professor Dr. Sujeong Lee,

für Ihren freundlichen Brief v. 4.1.97 sage ich Ihnen meinen besten Dank.

Sehr gern können Sie von September 1997 bis August 1988 am Philosophischen Seminar der Universität Freiburg die von Ihnen vorgesehene Forschung betreiben. Für diesen Zeitraum lade ich Sie herzlich an unsere Universität ein. Mit meiner Einladung verbinde ich zugleich meine Bereitschaft, Sie während Ihres hiesigen Forschungsaufenthaltes, wissenschaftlich zu betreuen. Ich freue mich besonders, in Ihnen einen ehemaligen Schüler von Herrn Professor Watanabe und einen Kollegen des Herrn Professors Kisang Lee hier in Freiburg begrüßen zu können.

Selbstverständlich steht es Ihnen frei, in der Zeit Ihres Hierseins auch an meinen Lehrveranstaltungen teilzunehmen. Sowohl in unserer Philosophischen Fachbibliothek wie auch in der Universitätsbibliothek erhalten Sie einen festen Arbeitsplatz.

Mit freundlichen Grüßen und guten Wünschen für Ihre Arbeit
Ihr

Prof. Dr. Friedrich-Wilhelm v. Herrmann

존경하는 이수정 교수/박사님,

선생님의 1997년 1월 4일 자 우호적인 편지에 대해 저의 최고의 감사 말씀을 드립니다.

선생님은 1997년 9월부터 1998년 8월까지 프라이부르크 대학의 철학과에서 선생님이 계획하신 연구를 맘껏 수행하실 수 있습니다. 이 기간 동안 저는 선생님을 우리 대학에 진심으로 초대합니다. 저의 초대와 더불어, 저는 또한 선생님이 이곳에서 연구 체류하시는 동안 학문적으로 선생님을 돌봐드릴 준비도 책임지겠습니다. 저는 특히 와타나베 교수의 전 학생이자 이기상 교수의 학회 동료인 선생님을 이곳 프라이부르크에서 맞이할 수 있어 기쁘게 생각합니다.

물론, 선생님이 여기 계시는 기간 동안 선생님은 저의 수업에 자유롭게 참여하실 수 있습니다. 또한 선생님은 우리의 철학 전공 도서관에서도 대학 도서관에서도 확고한 작업 공간을 갖게 되십니다.

선생님의 작업에 대한 따뜻한 인사와 멋진 기대를 전하며
선생님의

— 프리드리히-빌헬름 폰 헤르만 교수/박사

긍정적이면서 호의적인, 그리고 무엇보다도 '고마운' 내용이었다. 하이데거 전공인 나로서는 그의 근거지였던 프라이부르크 행이 학부 시절 이래의 오랜 꿈이었다. 그 꿈이 실현되는 순간이었다. 살다 보면 이런 일도 있다. 이따금 이런 성취들이 삶을 살 만한 것으로 만들어준다. 이 편지 한 통으로 나의 '프라이부르크 시대'가 문을 열었다.

2-1 _ 여름학기
Sommersemester

프라이부르크 행 차창의 '나'
– 변화와 불변

드디어 프라이부르크Freiburg im Breisgau에 왔다. '드디어'라는 것은 그만큼 이것이 내 오랜 염원의 하나였기 때문이다. 나는 고등학생 때 형을 통해 하이데거를 알게 되었고 대학생 때 《존재와 시간》, 《형이상학이란 무엇인가》, 《휴머니즘에 대하여》를 비롯한 그의 책들을 관심 있게 읽으면서 언젠가 프라이부르크를 꼭 한번 가보고 싶다고 생각했다. 프라이부르크는 그 하이데거가 김나지움Gymnasium*과 대학을 다니고 졸업 후 조교를 하고 잠시 한 5년 조교수로 마아부르크 생활을 한 뒤 돌아와 정교수가 되었고 1976년 세상을 뜨기까지 거의 평생을 살았던 곳이다. 가볍게 하는 말이지만 나처럼 하이데거를 전공한 사람에게는 일종의 성지인 셈이다.

이곳에 온 게 처음은 아니다. 지난 1993년 7월 말, 하이델

---

* 초5-고3(12학년)에 해당하는 인문학교. 13학년까지인 지역도 있다.

베르크에 살고 있을 때, 여행 삼아 한 번 다녀간 적이 있었다. 독일 하이데거학회의 이사인 티트옌Hartmut Tietjen 박사가 고맙게도 시간을 내줘 마중에서 배웅까지, 그리고 대학은 물론 시내 명소들과 교외 체링엔Zähringen에 있는 하이데거의 집까지 친절하게 안내를 해주었다. 그러니 그때 이미 '가보고 싶다'는 '원'은 풀었던 셈이다.

그러나 이번은 다르다. 하이데거의 모교이자 직장이었던 그 대학으로부터, 더욱이 그의 수제자인 폰 헤르만 교수님으로부터 정식 초청을 받아 '객원교수'의 신분을 갖고 1년간 '주민'이 되는 것이다. 그 감회가 특별하지 않을 수 없다.

이곳은 특별한 관광지는 아니지만 하이델베르크 못지않게 아담하고 예쁜 도시다. 소문난 친환경도시*로 산이며 강이며 하늘이며 집들이며 보이는 모든 것이 너무나 깨끗하다. 시가지 동편으로 나지막한 산(Schloßberg)을 갖고 있고 남쪽으로는 드라이잠Dreisam이라는 맑은 강이 흐르고 있다. 이것은 멀지 않은 지점에서 라인 강으로 합류한다. 역시 멀지 않은 곳에 도나우Donau(다뉴브) 강도 있고 배후에는 슈바르츠발트Schwarzwald(흑림)라 불리는 거대한 숲이 자리한다. 더할 나위 없는 입지인 것이다. 게다가 기후도 좋다. 온화하고 일조량도 많다. 특히 하늘빛은 눈이 시릴 정도로 투명한 코발트블루다. 서쪽으로는 프랑스의 스트라스부르Strassbourg가 가

* 현지 사람들은 이곳을 '세계의 환경수도'로 자부한다.

깝고 남쪽으로는 스위스의 바젤Basel이 가깝다. 각각 한두 시간 정도 거리다. 무엇보다 매력적인 것은 시내 곳곳 거의 모든 도로변에 거미줄처럼 깔린 야트막한 돌도랑이다. 사람들은 이 돌도랑을 '배힐레(Bächle: 실개천)'라 부른다. 지난번 방문 때 어린아이들이 거기서 찰박찰박 물놀이하는 모습을 봤는데 천국이 따로 없었다. 위치에 따라 다소 넓고 깊은 '카날(Kanal: 인공 개천)'도 흐르고 있다. 그리고 이곳 알트슈타트 중심부엔 거대한 뮌스터(Münster: 성당)가 이 도시의 상징처럼 우뚝 서 있고, 유명한 '마르틴스토어Martinstor'와 '슈바벤토어 Schwabentor'라는 멋진 탑이 있다. 그 탑 아래로 예쁘디예쁜 노면 전차도 통과한다. 그 가까이에 유서 깊은 프라이부르크 대학이 있다.

나는 현지에서 유학 중인 학회 후배 정은해 선생의 마중을 받고 그가 알아봐준 거처에 짐을 푼 후 그와 함께 시내를 한 바퀴 다시 둘러봤다. 역시 좋았다. 4년 전의 추억이 새록새록 되살아났다. 집 바로 근처의 슈타트가르텐 공원도 슐로스베르크 산도 그리고 당연히 배힐레도 아주 좋았다. 여행으로 왔을 때와는 느낌이 아주 달랐다.

마르틴스토어 바로 옆, 골목 끝 '마르틴스브로이Martinsbräu'라는 주점에서 함께 맛있는 맥주잔을 기울이며 정담으로 그와 회포를 풀고 얼근한 상태로 집에 와 샤워를 하고 프라이부르크에서 첫 밤을 맞는다. 나로서는 좀 역사적인 순간이다.

여러 상념들이 가슴과 머리를 가득 채우는 가운데 아까 프라이부르크로 오던 기차 안에서의 한 장면이 새삼 강한 인상으로 되살아난다. 차창 밖의 단조로운 풍경들이 반복되면서 문득 시선이 그 풍경들을 벗어나 지금껏 그 풍경들을 비추던 그 차창 자체에 머물렀다. 거기에 나 자신의 모습이 비치고 있었다. 그 차창의 내가 나를 보고 있다. 참으로 묘한 눈빛이다. 기대, 설렘, 흥분 … 그리고 묘한 자신감도 비친다. 그는 제법 멋진 40대 초반 청년이고 박사이고 교수이다. 그 배경에 지금 독일이 있다. 그가 오래 꿈꾸던 프라이부르크로 가고 있다. 그것을 의식하는 순간 나의 머릿속−가슴속에서 한 편의 파노라마 같은 기록영화가 스쳐갔다. 그것은 시간을 역행한다. 얼마 전 1993년, 비슷한 모습으로 하이델베르크로 향하던 기차에 있던 그의 모습, 프랑크푸르트 상공에서 창밖으로 흥미진진하게 독일의 대지를 내려다보던 그의 모습, 그리고 다시 거슬러 1987년 6월, 창원의 한 시내버스 차창, 걱정스런 눈빛으로 교수 초빙 면접을 보러 대학으로 가던 그의 모습, 그 배경에서 들려오던 노태우 당시 민정당 대표의 6 · 29 선언, 다시 거슬러 1980년 4월, 도쿄를 향해 이륙하던 비행기 차창, 청운의 꿈을 품고 눈빛을 반짝이던 그의 20대 모습, 그리고 그 10년 후 도쿄 지하철 차창, 박사학위기를 손에 들고 집으로 돌아가던 의기양양한 그의 모습, 다시 거슬러 1975년, 대입 원서 접수를 위해 대학을 향하며 서울 시내 버스에 흔들리던 그의 모습, 더 거슬러 1971년, 검은 교복에 '고' 자 선명한 금색 모표가 반짝이는 교모를 쓰고 '문학의 밤' 행사장을 향하던 그의 모습, 더 거슬러 1968년, 중앙선 열차, 역시 검은 교복에 '중' 자 선명한 교모를 쓰고 자랑스레 고향으로 귀성하던 첫 여름방학의 그의 모습, 그리고 연도조차 알 수 없는 어느 어린 날, 세상에서 처음 보는 '지프'라는 신기한 택시를 타고 안동 교외의 딸기밭으로 가던 그의 모습 …, 그리고 그쯤에서 들리지 않는 아련한 BGM과 함께 페이드아웃.

모든 것이 길지 않은 일순간이었다. 그것이 흑백인지 총천연색 시네마스코프인지는 가늠할 수 없다. 그 장면 장면의 배경에 깔린 연관된 그때그때의 대단한 스토리들도 그 모습에 다 함축돼 있다. '나의 반생'이다. 그런데 그 모든 순간들이 다 '차창'이라는 동일한 스크린에 비친다. 주인공이랄까 출연하는 배우도 다 동일인이고 차창을 바라보는 각도도 다 동일하다. 다만. 오직. 그 배우의, 삶이라는 것을 연기하는 그 배우의 나이와 상태는 다 다르다. 딸기밭으로 가던 그 어린아이가 학생이 되고 유학생이 되고 박사가 되고 교수가 되고 프라이부르크 대학의 객원이 되기까지 그 짧지 않은 세월 속에 전개된 온갖 사연들은 오직 그 자신만이 안다. 욕망과 도전들, 그 좌절과 성공들, 그 행복과 불행의 쌍곡선들, 그 희로애락들 …. 그 인생론적 동일성과 차이들이 하이데거가 말한 존재론적 '동일성과 차이'보다 훨씬 더 큰 의미로 지금의 나를 엄습해온다.

그 차창의 상영은 앞으로도 계속될 것이다. 거기에는 이윽고 프라이부르크를 떠나 귀국하는 그도 비칠 것이고, 머지않은 21세기의 그도 비칠 것이고, 어쩌면 어깨에 '무슨무슨 장'이라는 보이지 않는 계급장을 단 출세한 그도 비칠 것이고, 언젠가는 정년 후 백발을 휘날리는 노교수의 모습도 비칠 것이고, 그리고 아주 먼 훗날, 한 백 년 후? 또 언젠가는 그의 유해를 안은 그의 아내의 쓸쓸한 표정도 그 대신 어느 차창에 비칠 것이다. 그쯤에서 또다시 잔잔한 BGM과 함께 조용히 페이드아웃.

차창은, 그것이 버스든 기차든 택시든 비행기든, 하나의 상영관, 위대한 작품들의 상영관이다. 그 작품들은 이른바 흥행을 초월한다. 그러나 그 작품을 바라보는 유일한 관객, 즉 나라는 그 관객에게는 그것이 인생 최고의 작품으로 남는다. 그 비침들이 자신의 인생 그 자체이기 때문이다. 그 가슴 아린 주인공에게 우리 모두는 각자 자기만의 아카데미 주연상과 그랑프리를 수여하지 않으면 안 된다. 그것은 다른 누구도 대신해주지 않는다.

나는 여기서 그 나의 '프라이부르크 시대'를 앞으로 1년간 멋지게 연기하고 싶다.

인생이 비치는 차창의 스크린

마돈나 하우스와 헤크 할머니
– 마음속에 피는 꽃

　나는 구시가지의 루트비히슈트라세Ludwigstraße 12에 있는 '마돈나 하우스'라는 집에 거처를 정하고 프라이부르크 생활을 시작했다. 학회 후배인 정은해 선생이 자기가 살았던 이 집을 소개해준 것이다. 이 집은 바로 가까이에 슈타트가르텐 Stadtgarten이라는 공원이 있고, 슐로스베르크Schloßberg라는 산도 있고, 더욱이 대학도 가까운 데다 방세도 싸서 단기간 머무는 유학생들에게 아주 제격이다. 실제로 여기에는 러시아며 스페인이며 스코틀랜드며 유럽 각지에서 온 학생들로 늘 북적거린다. 이 집에는 '라우라 헤크Laura Heck'라는 이름의 주인 할머니가 계신데, 이미 90이 넘은 고령이다. 그 연세에도 불구하고 이 할머니는 매일 2층 방에서 1층 현관 입구의 사무실로 '출근'을 하셔서 꼬박꼬박 학생들의 방세를 챙기고는 하신다. 아주 작은 체구에도 불구하고 책상에 앉은 그 표정에는 전형적인 독일 여성의 단단함이 보인다. 방세를 내면 직접 영수증에 사인을 해주시는데, 그 필체에도 뭔가 힘이 있다. 나는 그 독일스러움이 좋아 보였다.

그런데 이분이 나를 이쁘게 보셨는지 입주한 며칠 후 당신의 주방으로 데려가시더니 냉장고에 남은 과일로 파이 만드는 법을 가르쳐주기도 하셨다. 어쩌면 내가 한국에서 가져다드린 조그만 선물에 대한 답례였는지도 모르겠다. 그때 이런저런 이야기를 나누다가 내가 '교수', 그것도 철학교수임을 말하자 할머니는 크게 반색을 하시며 바로 그날로 방을 옮겨주셨다. 그래서 옮긴 이 방은 크게 넓지는 않지만 1인용 엘리베이터의 사용이 가능하고, 멋진 고가구가 놓여 있고, 창에는 예쁜 레이스 커튼까지 달려 있다. 이건 일종의 파격이다. 학생들이 지내는 별채와는 완전히 분리된, 말하자면 이곳은 할머니가 쓰시는 본채인 셈이다. 그런데 파격은 그것으로 다가 아니었다. 이 집은 구조상 주방과 식당을 공동으로 사용하는데, 다음 날 식사를 위해 주방으로 가보니 식당 앞에서 유학생들이 웅성거리고 있었다. 무슨 일인가 들여다보니 식당 입구의 그 멋진 중세식 문짝이 닫혀 있고 그 위에 종이 한 장이 붙어 있다. 내용인즉슨, "이 식당은 오늘부터 프로페소아 리(Professor Lee)의 전용공간이므로 학생들의 출입을 금함"이라는 것이다. 아연실색한 것은 본인인 나다. 어차피 할머니가 매일 오시는 장소도 아니고 해서 겨우 학생들을 진정시

키고 식사는 종전대로 함께하게 했다. 할머니는 내가 아마도 칸트나 헤겔쯤 되는 인물인 줄로 생각하셨는지도 모르겠다. '교수'라는 이 명칭에 대한 할머니의 존경은 대단했다. 아마도 내게 '독일'이라는 것을 각인시켜준 가장 확실한 사건이 아닐까 싶다.

또 한 번은 며칠간 할머니가 보이지 않아 궁금했는데 좀 편찮으셔서 방에서 요양 중이라는 말을 들었다. 마침 한국에서 들고 간 홍삼이 있어서 할머니께 갖다드리며 마치 만병통치약처럼 허풍을 좀 떨었다. 그 덕분인지 며칠 후 할머니는 원기를 회복하시고 다시 사무실로 나오셨다. 그날 이후 나에 대한 할머니의 대우는 더욱 특별해졌다. 다른 학생들과 달리 나를 만나면 꼭 아는 체를 하고 말을 걸어주셨다. 며칠 전에는 어린 시절 들었던 황제 이야기도 들려주셨고, 또 전쟁 통에 폭격을 겪으며 무서워 아버지에게 꼭 매달렸다는 이야기도 들려주셨다. "전쟁은 좋지 않아…"라고 할머니는 말끝에 중얼거렸다. 물어보지는 않았지만 할머니가 어릴 때니까 아마도 1914년 7월 28일부터 1918년 11월 11일까지 일어난 1차 세계대전 때 이야기일 것이다. 2차 세계대전도 후에 당연히 겪으셨을 거다. 할머니는 살아 있는 역사인 셈이다. 나치 때 이야기는 물어보지 못했다.

시간은 흘러 어느덧 가을이 되었다. 일대의 카스타니에 Kastanie(말밤나무/마로니에) 가로수들도 예쁘게 물이 들었다.

밤이라지만 먹지는 못한다는 이 녀석들은 후드득 소리를 내며 거리로 떨어진다. 보기에는 먹는 밤보다 오히려 더 탐스럽다. 그 소리는 깊어가는 가을의 풍경 속에서 마치 음악처럼 시간의 흐름을 장식해준다. 하루는 그 밤들을 몇 개 주워 왔더니 "먹지도 못하는 그 밤을 뭐 하러 가져왔어요?" 하며 할머니는 웃으셨는데, 다음 날 학교를 다녀왔더니 책상 위에 먹는 밤들이 예쁜 그릇에 담긴 채 조용히 놓여 있었다.

겨울이 오고 눈이 내렸다. 눈 덮인 프라이부르크는 더욱 예쁘다. 학교 갔다가 돌아오는 길에 기념으로 커다란 시가 지도를 한 장 샀는데, 오다가 할머니를 만나 자랑스럽게 보여드렸더니 할머니는 마치 손자를 나무라듯이, 그러나 웃는 얼굴로, "교수님, 절약이요, 절약." 하고 말씀하셨다. '아, 독일이구나, 독일.' 하고 나는 속으로 또 웃었다.

살다가 보면 우리는 무수히 많은 사람을 만나게 된다. 시간이 흐르고 보면 그중 대다수는 내 삶의 현장에서는 물론 기억에서조차 멀어져가고 오직 소수의 사람만이 내 곁에 혹은 기억 속에 남게 된다. 나는 이제 8월 말이면 이곳을 떠나야 하고 헤크 할머니와도 작별하게 될 것이다. 그러나 할머니는 아마도 내 기억 속에 오래 남을 것이다. 워낙 고령이시니 할머니도 언젠가는 작고하실 것이고 이 마돈나 하우스도 그때면 더 이상 우리 같은 손님들을 안 받게 될지도 모르겠지만 이 할머니의 별난 친절로 인해 나에게는 여기서의 이 시간들이 마치 보석처럼 반짝거리는 추억이 되어 언제까지나 내 가슴속 깊은 곳에서 여전히 흐를 것이다. 사람이 사람에게 준 따뜻한 마음은 언젠가 그것을 받은 사람의 마음속에서 그리움이라는 이름의 꽃으로 핀다. 마돈나 같은 할머니가 내게 주신 귀한 진리다.

마돈나 하우스 외부와 내부

하이데거의 집 – 거주의 의미

주말이다. 매미 소리가 시끄러운 한여름의 길을 걸어 하이 데거의 집을 다녀왔다. 전차로도 갈 수 있지만 일부러 걸었 다. 걸어서 한 시간 정도. 가까운 거리는 아니지만, 못 걸을 거리도 아니다. 프라이부르크의 여름은 습도가 낮아 바람만 불면 지내기가 좋은 편이다. 나무 그늘도 많다.

그는 1976년 세상을 떴으니 정확히 말하면 그가 살았 던 집이다. 알트슈타트에서 북쪽으로 제법 떨어진 체링엔 Zähringen 지역이다. 이 지명은 그의 책 《4개의 세미나들(Vier Seminare)》에도 나와 있어 낯설지 않다. 그곳의 뢰테부크베크 Rötebuckweg 47에 그의 집이 있다. 그런데 이 주소는 모르고 있었다. 지난 1993년 하이델베르크에 살 때 여행으로 한 번 온 적이 있었다. 독일 하이데거학회의 이사인 티트옌 박사 가 친절하게 안내를 해주었고 그를 따라 하이데거의 집도 구경을 했었다. 그 기억을 더듬었다. 쉽게 찾을 수 있을 것 같았다. 그런데. 아니었다. 그런 생각은 순전히 나의 오만이었다. 길은 의외로 복잡했고 나의 기억은 믿을 것이 못 됐다. 한참을 헤매다가 마침 지나가던 동네 사람에게 "철학자 하이데거의 집이 어디지요?" 물었는데, 고개만 두리번거리더니 "모르겠는데요." 어깨를 으쓱하며 그냥 갔다. '젊은 사람이라 그런가?' 생각하며 반바지 차림으로 언덕진 길을 내려오는 한 노인에게 다시 물어보았다. "아, 하이데거?" 하고 아는 듯한 표정을 지었다. 나는 기대했다. 그런데. "그 사람 집은 왜 가시려고? 그 사람은 말이야. 나치였어." 하더니 한참을 선 채로 하이데거 욕을 했다. 소문으로 독일에 그런 분위기가 있다는 이야기를 들은 적은 있지만, 설마하니 그가 살던 동네에서 이런 이야기를 들을 줄은 몰랐다. 아닌 게 아니라 나도 그것은 안다. 그는 1933년 히틀러가 총통이 되면서 모교인 이 프라이부르크 대학의 총장에 취임했다. 1889년생이니 40대 중반의 젊은 나이였다. 그 조건으로 나치의 입당원서에 사인을 했다. 빼도 박도 못하는 진실이다. 그 취임 연설 《독일 대학의 자기주장》에서 노동봉사, 지식봉사와 함께 '국방봉사(Wehrdienst)'를 언급하기도 했다. '총통(Führer)'에 대한 직접적인 언급은 없지만 그의 책 제목이기도 했던 '투쟁'이라는 말과 함께 '국가'와 '민족'을 여러 차례 강조하기도 했다. 단, 그는 1년 만에 스스로 총장직을 사임했다. 그의 사후

공개된 《슈피겔(Spiegel)》 지의 사전 인터뷰를 보면 그의 구구한 변명이 나열된다. 당에 적극 협력한 바도 없고 특별히 유대인을 박대한 적도 없다고 했다. 오히려 사임 이후 당의 감시하에 놓인 처지가 되었고 당에 의한 교수 분류에서는 '가장 쓸모없는 교수'에 속하게 되었다는 부분에서는 동정의 여지가 없는 것도 아니다. 그러나 하여간에 그는 종전 이후 점령군에 의해 며칠에 걸친 '빡센' 조사를 받았고 야스퍼스와 아렌트의 도움이 있었음에도 교수직을 잃었고 1951년 신분은 회복했으나 정식으로 교단에 다시 서지는 못했다. 아무튼 그런 과거가 있었음은 사실이니 그 동네 노인에게 그런 소리 듣더라도 하이데거가 크게 억울해할 일은 아니다. 감수해야 할 부분이 있는 것이다. 아무튼. 그런데. 그분은 "이 길 저위 어디라는데 나도 정확하게는 잘 모르겠네." 하면서 가버렸다. 뭔가 내가 혼난 기분이고 좀 난감해졌다. 잠시 후 역시 동네 사람으로 보이는 어떤 나이든 아주머니가 지나기에 다시 물어보니 역시 아주머니! 잘 알고 있었다. 친절하게 그 집까지 안내해줬다. 그러면서 "이 집 사람들 지금 휴가 가고 아무도 없을 걸요." 하고 정보도 주었다. 찾고 보니 헤매던 곳에서 멀지 않은 곳이었다. 다시 와본 하이데거의 집은 감개무량했다. 한국인답게 그 집 앞에서 또 '찰칵' 증명사진을 찍었다. 그 집 현관문 위에는 나무판에 "모든 열심으로 너의 가슴을 보살피라. 왜냐하면 거기서부터 삶이 진행하기 때문이다(BEHÜTE DEIN HERZ MIT ALLEM FLEISS DENN DARAUS GEHET DAS LEBEN)."라는 글귀가 새겨져 있었다. 사람이 없을 거라고 해서 안심하고 여기저기 사진을 찍고 있는데 갑자기 안에서 한 청년이 나와 미심쩍은 눈초리로 나를 살핀다. 당황해서 사과하고 한국에서 온 하이데거 연구자라 자기소개를 했더니 금방 상황을 파악한 듯, "괜찮아요. 사진 찍으세요. 당신 같은 한국인들, 일본인들, 자주 와요." 하고 의외로 쿨하게 반응했다. "당케 쉔." 하고 잠시 마당에 선 채로 몇 마디 대화를 나눴다. 10대로 보이는 젊은이라 긴 이야기를 할 분위기는 아니었다. 양해를 구하고 사진에서 본 적이 있는 안마당도 둘러보았다. 빌헬름 바이셰델Wilhelm Weischedel의 책 제목으로 유명한 소위 '힌터 트레페(Hintertreppe: 뒷계단)'도 눈으로 확인했다. 그와 기념촬영도 하고 나오면서 "혹시 이름이…" 하고 물었더니 그가 씨익 웃으며 "하이데거요"라고 했다. 손자인 모양이다. 나에게는 신화 같았던 그 엄청난 이름을 낯선 젊은이 입에서 직접 들으니 기분이 참 묘했다. "그럼 안녕, 하이데거 씨(Also Tschüß, Herr Heidegger)!" 손을 흔들며 그 집을 나왔다. 빙 돌아 그 뒤편(Fillibachstraße 25)에 있는, 하이데거가 말년에 새로 지어 이사한 집에도 가보았다. 그 집은 지금 다른 사람이 산다고 들었다. 거기서도 역시 증명사진을 찍은 후, 지난번 왔을 때 티트옌 박사가 알려준 그 뒷산의 산책로 '마르틴 하이데거 길Martin Heidegger Weg'도 잠시 걸었다.

그의 집에서 아주 가까워 하이데거 본인도 즐겨 산책하던 길이라 했다. 그 초입에 어설프게 나무로 만든 표지판 말뚝이 박혀 있었다. 그리고 다시 제법 먼 길을 반대로 걸어 천천히 나의 집 '마돈나 하우스'로 돌아왔다. (하이데거의 위상을 생각하면 어딘가에 그의 이름이 붙은 '하이데거 거리' 같은 것이 있을 법도 하련만 독일 어디에도 그런 길이 있다는 소리는 들어본 적이 없다. 아마도 그의 나치 전력 때문이리라 짐작된다. 하여간 독일인들은, 저 일본인들과는 달리, 전후 처리가 확실하다. 하이데거의 사례를 통해 그것을 다시 한 번 확인한다.)

하이데거의 집을 다녀온 탓인지 돌아오면서 그의 철학에 등장하는 '집(Haus)'과 '거주(Wohnen)'라는 것이 생각에 떠올랐다. 그가 《휴머니즘이란 무엇인가》에서 한 "언어는 존재의 집이다. 언어라는 집에 인간은 거주한다. 사유가와 시인은 이 집의 파수꾼이다."라는 말과 《횔덜린 시의 해명》에서 한 "시인적으로 인간은 이 지상에 거주한다(dichterisch wohnet der Mensch).″*라는 말은 유명하다. 그는 이런 것을 사유의 한 주제로 삼은 것이다. 그런데 문득 이런 생각이 들었다. 물론 그의 그 사유들은 우리에게 대단한 생각거리들을 제공해주는 게 틀림없다. 하지만, 그가 체링엔의 저 집을 짓고 그 집에 살면서 거기서 과연 언어라는 것을 파수 보는 그런 행위

* 횔덜린 시구의 인용이다.

를 했을까? 그가 그 집에서 과연 '시인적으로' 거주했을까? 그런 생각. 일단 아니라고 나는 본다. 만에 하나 그랬다고 한다면 그건 정상이 아니다. 좀 더 세게 말하면 인간이 아니다. 아마도 그는 거기서 누구나처럼 식사도 하고 옷도 갈아입고 잠도 자고 하는 일상생활을 영위하며 공간이 좁다든지 환경을 바꿔보고 싶다든지 어쩌고 하는 부인의 성화에 신경을 썼을 것이고, 마당엔 뭘 심을까, 어떤 의자를 놓을까 등등을 부인과 의논했을 것이고, 그 이전에 오늘 저녁엔 뭘 먹을까, 출근할 때 어떤 옷을 입을까, 좀 더 편한 침대나 베개는 없을까, 그런 것을 고민했을 것이고, 손님들을 맞이했을 것이고, 아니 그보다도 먼저 아내와 아이들의 건강과 기분을 신경 썼을 것이고… 그렇게 조금씩 낡아가는 그 집과 더불어 조금씩 늙어갔을 것이다. 그 이전에 취직과 승진을 걱정했을 것이다. 적은 월급을 투덜거렸을 것이고, 많은 세금에 분개했을 것이고, 어쩌면 나치 입당 원서를 앞에 놓고 고민했을 것이고, 전후 정화위원회의 소환 통지를 받고 전전긍긍했을 것이다. 그 집에서 가족들과 함께 희로애락을 경험하고 이런저런 걱정으로 지새웠을 것이다. 가끔은 부인 엘프리데를 안았을 것이다. 그런 게 진정한 의미에서 인간의 진짜 '거주'가 아닐까, 그런 생각이 든 것이다. 그런 거주가 이루어지는 장소가 바로 '집'인 것이다. 가족들과 더불어 지지고 볶고 하는 곳, 알콩달콩 행복을 키우는 곳, 추위와 더위 그리고 비바람과 눈보라를 피할 수 있는 곳, 그러면서 동시에 재산/부동산이기도 한 건물, 거기가 집인 것이다. 하이데거는 그런 진짜 '삶', 진짜 '거주'에 대해 별로 언급이 없었다. 나는 늘 그런 점이 불만이었다. 하지만 뭐 그게 꼭 그의 의무는 아니다. 그는 그가 가장 잘할 수 있는 자기의 철학세계를 구축한 거니까. 거기에 없는 것이라면 내가 하면 된다. 나의 거주론을 내가 쓰면 된다. 나는 그런 것으로 저 하이데거를 넘어서보겠다는 결의를 다진다. 감히 이 프라이부르크에서. 하이데거의 집을 다녀오면서. 뭐 나는 아직 젊으니까, 그 가능성이 없다고도 할 수 없다. 이 아니 유쾌한가.

마르틴 하이데거 길

프라이부르크 체링엔의 하이데거 집

새집 현관

체링엔의 길들
– 이름의 의미 혹은 기념

　체링엔에 있는 하이데거의 집을 다녀왔다. 집에서 대략
한 시간 거리를 천천히 산책 삼아 걸었다. 걸어서 가는 건 처
음이라 길도 낯설었거니와 호기심으로 주변과 지도를 유심
히 살폈다. 하이데거가 마아부르크로 가기 전 살았던 옛집
(Lerchenstraße 8)을 거쳐 예쁘고 고급진 주택가를 통과했다.
녹음 싱싱한 계절도 한몫했겠지만 집마다 마당과 창문에 알
록달록 꽃들이 여간 예쁜 게 아니다.

　그런데 몇 개의 길들을 지나면서 한 가지 특이한 사실이
눈에 들어왔다. 표지판을 보니 이 동네는 길들의 이름이 모
조리 다 음악가의 이름이다. 지도를 봤다. 슈트라우스 길, 브
람스 길, 바그너 길, 바하 길, 리스트 길, 슈베르트 길, 하이
든 길, 헨델 길 …. 그걸 알아차리자 그 동네(Musikerviertel)가
더한층 아름답게 보였다. 온 동네가 마치 콘서트홀 같다. 내

가 가장 좋아하는 슈베르트 길은 특히 그랬다. 예전에 보았던 그의 일대기 영화 〈고요히 나의 노래는 흐르네(Leise fliehen meine Lieder)〉를 떠올리며 그의 〈세레나데〉와 〈들장미〉와 〈보리수〉를 콧노래로 흥얼거렸다. 독일인이 아니라 그런지 쇼팽 길, 그리그 길, 생상스 길이 없는 건 좀 유감이었다. 하여간 역시 '음악의 나라'다. 좋았다. '철학의 나라'이니 어딘가엔 라이프니츠 길, 칸트 길, 피히테 길, 셸링 길, 헤겔 길, 니체 길 … 그런 길들이 모여 있는 동네가 있을지도 모르겠다. 아직 들어본 바는 없다. 괴테 길, 쉴러 길, 횔덜린 길, 헤세 길, 릴케 길, 하이네 길 … 그런 것도 있으면 좋겠다. '문학의 나라'가 아니던가.

물론 우리나라에도 인물을 기리는 그런 길들이 없는 건 아니다. 가장 먼저 세종로, 충무로, 퇴계로, 원효로가 떠오른다. 나의 경우는 청춘의 추억이 있는 길들이다. 언제부터인지는 모르겠지만 요즘은 율곡로, 충정로, 백범로, 소월길 … 그런 것도 있는 것 같다. 하나같이 훌륭하신 위인들이지만 체링엔의 이 음악가 길과는 느낌이 전혀 다르다. 언젠가는 어딘가에 홍난파 길, 이수인 길, 안익태 길 … 아니 이미자 길, 패티김 길, 나훈아 길, 배호 길, 트윈폴리오 길, 조영남 길, 양희은 길, 조용필 길, 이선희 길 … 그런 길들로 이루어진 동네가 있었으면 좋겠다. 아니 뭐 서태지와 아이들 길, HOT 길 … 그런 것까지는 아니더라도, 내가 좋아하는 박인

희 길과 박기영 길은 꼭 있었으면 좋겠다.

　내가 전공한 하이데거도 '길(Weg)'이라는 것을 엄청 좋아했다. 그의 전집 제1권 첫 장에는 "작품이 아니라 길들(Wege, nicht Werke)"이라는 말이 표어처럼 내걸려 있다. 자신의 전 사유를 스스로 '길들'로 규정한 것이다. 그의 책 중에도 《숲길》, 《들길》, 《이정표》, 《언어로의 도상에서》라는 게 있고, 작품 중에도 〈들길에서의 대화로부터〉라는 게 있고, 문장 중에도 두드러진다. "인간의 본질적인 고향 상실에 직면하여, 인간에게 다가올 역사적 운명이 존재사적인 사유에게 자신을 내보이는 것은, 인간이 존재의 진리에 이르는 길을 발견하여 이러한 발견에 이르고자 그 길을 향해 출발할 때다." "우리는 앞날에도 존재의 이웃으로 나아가는 길 위에 나그네로서 머물 것이다."(UH) "수수께끼들이 꼬리를 물고 밀려들어 아무런 출구도 보이지 않을 때, 들길이 도와주었다."(Fw) "완전히 감성적인 것의 깊이와 가장 냉철한 정신의 높이 사이에 있는 길, 그러나 그 사이를 이어주는 오솔길, 바로 이것이 언어이다."(HH) 등등 하여간 길에 대한 언급이 엄청 많이 나온다. 그래서 푀겔러Otto Pöggeler 같은 이도 자신의 하이데거 연구서에 "하이데거의 사유길"이라는 제목을 붙이기도 했다. '길' 자체가 갖는 모종의 철학적 의미가 있는 것이다. 뭐 거창하게 하이데거를 동원할 필요도 없다. 길의 그런 철학적 의미는 "인생은~ 나그네길~" 하는 저 최희준의 〈하숙생〉만들어봐도 거기에 모든 의미가 다 함축돼 있다. 체링엔의 저 길들에는 슈베르트를 비롯한 저 모든 음악가들의 바로 그 '나그네길' 즉 인생길의 온갖 고난과 그 고난 위에 꽃피운 그들의 찬란한 성과물을, 아름다운 음악들을 찬탄하고 기념하는 의미가 담겨 있는 것이다. 그들은 떠났어도 그들의 이름은 이렇게 저 음악들과 함께 오래도록 우리 곁에 남을 것이다. 나는 이런 종류의 '기념'들을 '존재의 기념' 내지 '의미'로 규정하며 나 자신의 고유한 존재론을 위한 '근본 개념'의 하나로서 가슴 깊이 고이 간직해둔다. 독일 프라이부르크 체링엔의 한 길에서 수행한 나의 철학적 이삭 줍기다.

프라이부르크 음악가 동네의 음악가 이름 도로

독일의 공사장 - 어떻게?

프라이부르크도 저 하이델베르크처럼 모든 길들이 다 예쁘지만 수업을 들으러 학교에 갈 때는 대개 지나는 길들이 정해진다. 기본적으로는 레오폴트링(Leopoldring: 환상도로)을 건너고 뮌스터 앞 광장을 지나고 중앙로 격인 카이저-요제프슈트라세Kaiser-Josef-Straße를 지나고 베르톨츠 브루넨Bertoldsbrunnen(분수)을 지나고 유명한 마르틴스토어 약간 못 미쳐서 비교적 좁다란 뢰벤슈트라세Löwenstraße로 접어든다. 그다음에 철학부 건물(KG1: Kollegiengebäude eins)이 나온다.

그런데 어느 날인가부터 이 길에서 공사가 벌어졌다. 공사야 어디서나 흔히 있는 일이니 그런가 보다 하고 무심코 지나쳤다. 그런데 한 며칠 같은 길을 지나며 한 가지 이상한 점이 느껴져 좀 유심히 그 모습을 지켜보았다. 희한한 광경이었다. 아마도 2층 한 칸의 내부를 완전히 뜯어내고 전면 개조 공사를 하는 모양인데 그 아래 길 한쪽에 트럭이 대기하고 그 짐칸에 뜯어낸 자재들(아마도 건축 폐기물)을 싣는데, 신기하게도 2층 공사 현장의 커다란 창틀과 트럭의 짐칸이 거대한 튜브(?)로 직접 연결되어 2층에서 버리는 그 폐기물들이 곧바로 아래 트럭의 짐칸으로 직행하게 되어 있는 것이다. 트럭은 노출형이 아니고 박스형이다. 창문은 창문대로 트럭은 트럭대로 철저하게 밀봉되어 있어 거리에는 먼지 한 톨 날리지 않는다.

나는 좀 충격이었다. 이런 공사 현장은 한국에서도 일본에서도 본 적이 없다. 좀 감동이었다. 호기심은 있었지만 언어도 아직 서툰 데다 잘 나서지 않는 성격이라 자세한 걸 물어보지는 못했다. 뭔가 규정이 있는지도 모르겠다. 이곳 프라이부르크가 소문난 환경도시(자칭 세계의 환경수도)이니 이곳만의 어떤 조례 같은 것이 있는지도 모르겠다. 저 하늘이 괜히 푸른 게 아니구나 싶었다. 이들은 이렇게 해서 저 푸르른 하늘빛을 지켜내고 있었던 것이다. 내가 근무하는 창원도 한국에서는 내로라하는 환경도시이지만 이렇게까지 한다는 소리는 들어본 적도 없고 목격한 적도 없다. 뭔가 존경심이 우러나왔다. 비용은 당연히 더 들겠지만, 이들은 건강과 환경을 위해 기꺼이 그 비용을 지불하고 있는 것이다.

약간 다른 이야기지만 관련된 이야기가 하나 더 있다. 비슷하게 중앙로 격인 카이저-요제프슈트라세에서 일부 도로

공사를 하고 있었다. 그곳은 독일의 주요 고도들이 다 그렇듯 돌바닥 길이다. 차로 달리면 약간 덜컹거리지만 돌길인 만큼 운치가 있다. 이들은 그 약간의 불편을 감수하고서라도 그 운치를 절대 포기하지 않는다. 그런데. 그 공사가 제법 오래갔다. 안전 고깔 같은 것이 놓여 있어 행인들은 당연히 불편을 겪었다. 그러나 돌아가는 행인들의 표정에서는 그 불편이 전혀 느껴지지 않았다. 모두가 그냥 공사의 완료를 담담히 기다렸다. 이윽고 공사가 끝났다. 그동안 유심히 지켜본 나는 감동했다. 복구된 도로가 너무나 완벽했다. 그들은 움푹했던 혹은 흔들거리던 그 바닥 돌들을 걷어내고 땅을 다지고 또 다진 후 돌 하나하나를 마치 치과의사가 임플란트를 하듯 정성 들여 하나하나 새로 심은 것이다. 심지어 돌 모양과 색깔까지 원래 것과 비슷한 것으로 심었다. "아하, 이런 것이 바로 '복구'라는 것이구나." 그건 후닥닥 해치우는 '공사'가 아니었던 것이다. 예전에 보았던 저 일본 영화 〈냉정과 열정 사이(冷静と情熱の間)〉에서 나왔던 이탈리아 피렌체에서의 성화 수복 장면이 연상되었다.

비슷한 경우를 한 번 더 본 적이 있다. 대로는 아니지만 자동차가 다니는 한 이면 도로에서 맨홀 교체 공사를 하는데, 교체한 철제 맨홀의 주위를 시멘트인지 아스팔트인지로 고정한 뒤, 기존의 아스팔트와 새로 채운 부분 사이에 단차가

나지 않도록 기다란 전용 막대기를 가로로 눕혀 전체를 위에서 긁어 완전히 평평하게 만들었는지 확인 후 그 공사를 마무리하는 것이었다. 철저하고 꼼꼼하기가 혀를 내두를 정도였다. 원래의 부분과 새로 한 부분은 둥근 맨홀을 포함해 색깔만 차이가 날 뿐 완벽한 평면이 되었다. 일종의 삼위일체였다. 이러니 자동차가 그 위를 달리더라도 덜컹거림이 있을 수 없다. '완벽주의란 이런 것이구나.' 본때를 보여주는 것 같았다. 대충 '땜질'하는 것과는 완전히/근본적으로 달랐다.

　'태도'의 문제다. '자세'의 문제다. 아니 그 이전에 이건 '가치관'의 문제다. 이런 데서 내가 그토록 염원하는 '질'과 '격'과 '수준'이라는 것이 결정되는 것이다. 그것은 어떤 '최고' 내지 '완벽'의 경지를 지향하는 것이다. 거기에도 소위 '마이스터(Meister: 장인)'가 있는지 모르겠다. 아리스토텔레스의 형이상학에 나오는 저 '엔텔레케이아(entelecheia: 완성태)' 같은 개념도 이런 내용에 적용될 때 비로소 그 철학적 의미를, 아니인간학적-가치론적 의미를 갖는다.
　우리도 이들과 똑같은 모든 것을 하면서 우리의 삶을 살지만 그 양상이라는 게 같지는 않다. 수준의 차이 내지 질의 차이를 인정하지 않을 수 없다. 그 차이는 '어떻게'에서 비롯된다. 우리는 그동안 이런 주제에 너무 무심했다. 겸허히 인정하고 반성하지 않으면 안 된다. 그런 인정과 반성은 결코 자존심의 훼손이 아니다. 아니 반대로, 인정하고 반성하지 않는 것이 자존심을 추하게 한다. '무딤' 혹은 엉뚱한 고집이 격을 떨어 뜨리기 때문이다. 그건 실제로 그렇게 하지 않는, 즉 반성하지 않는 일본을 통해 우리가 너무나도 잘 알고 있는 사실이다.

'어떻게?'라는 이 단어는 너무나 흔하고 따라서 누구도 주 목하지 않는 단어이지만, 이것은 실은 최고의 철학적 주제가 되지 않으면 안 된다. 이수정 철학이다. 이 단어 하나가 결국 우리 인간과 인생 그리고 국가와 세계의 수준을 정하는 결정 적인 키워드이기 때문이다. 그 적용이 어찌 저 공사 현장뿐 이겠는가. 인간/사회를 만들고 고치는 모든 현장에서는 더욱 필요한 단어일 것이다. 프라이부르크 뢰벤슈트라세와 카이 저-요제프슈트라세의 저 공사 현장은 어쩌면 저 KG1(카게 아 인스)의 강의실보다 더 중요하고 의미 있는 철학교실이었다. 나는 마음속으로 주먹을 쥐고 책상을 두드린다.

독일의 맨홀 교체 공사

공사 후 가지런한 돌 바닥길

피터 오스본 – '미국 사람'

　'미국 사람'이라는 말을 들을 때, 보통의 한국 사람들은 어떤 이미지를 떠올리는지 모르겠다. 나의 경우는 간단치가 않다. 복합적이기 때문이다. 다른 사람도 아마 비슷할 것이다. 너무 당연해 바보 같은 말인지도 모르겠다.

　맨 처음 내가 접한 미국 사람은 길거리에서 목격한 '미군'이었다. 군용 지프차를 타고 지나가는 것을 먼발치에서 보았다. 어릴 적 1950년대 후반이었다. 그 하얀 피부, 노란 머리, 파란 눈이 엄청 신기했다. 중학생이 되어 영어를 배우기 시작하면서 그 이미지는 좀 더 광범위해지고 구체화되었다. 특히 교과서에서 느끼는 '잘사는 선진국 사람', '신사숙녀', '우리를 도와준 고마운 우방 사람', '우수한 사람' … 그런 것이 기본에 깔려 있었고 그것은 약간쯤 우러러보는 대상이었다. 그러다가 처음으로 '내가 아는 미국 사람'이 생겼다. 중2 때였다. 영어 선생님의 권유로 이른바 '펜팔'을 만든 것이다. 그 편지 내용은 거의 기억이 안 나지만 제법 뭔가를 썼다. 답장이 왔다. 엄청 흥분했다. 미국 펜실베이니아였고 그 안에 사진도 들어 있었다. 당시 처음 보던 '컬러 사진'이었다. 안경을 낀 엄청 예쁜 소녀였다. 이름도 기억한다. 일레인 리코크다. 몇 차례 편지가 오고 갔고 그리고 어느 시점에선가 그것은 중단되었다. 그 이유는 기억나지 않는다. 그저 영어 쓰기 연습 정도였지만 "우리 집에는 개가 세 마리 있고 고양이가 다섯 마리 있고 거북이도 열 마리 있어." "뜰에서 그네 타는 걸 좋아해." 같은 것이 쓰여 있었던 것은 너무 신기했기에 아직도 어렴풋이 기억에 남아 있다. 하여간 풍요와 행복이라는 이미지가 그 편지에서 전해졌다. 그다음은 고등학교 때, 이른바 평화봉사단의 일원으로 온 원어민 교사가 학교에 있었다. 젊은 청년이라 선생님이라기보다는 형 같은 이미지였다. 선량했다. 단, 직접 우리 반에서 수업을 하지는 않았다. 개인적으로 미국인과 처음 대화를 나눈 것은 대학생 때였다. 진짜로 원어민 교수의 '영어회화' 수업을 들은 것이다. 리처드 셰인 교수님이다. 친절했다. 영어 발음이 좋다고 칭찬도 들었다. 이분이 수업 중에 한국을 너무 칭찬하시기에 나는 당시 청년 학생들의 분위기에 영향을 받은 탓인지 어설픈 영어로 "하지만 우리 한국 대학생들은 지금 한국의 현실에 실망하고 화나 있습니다." 어쩌고저쩌고 하는 발언도 했던 기억이 있다. 'disappointed', 'angry at'이라는 단어는 그래서 지금도 잊지 않고 있다. 교수님은 웃으며 뭐라 뭐라 답했는데 그 내용은 잊어버렸다. 그다음 일본 유학 시절 한때 기숙사 생활을 하면서 미국 친구가 몇 명 있었는데 기숙사엔 워낙 세계 각국의 학생들이 많아 그 미국 친구들과 특별한 관계가 되지는 않았다. 다만 한 가지, 그중 한 엄청나게 키 큰 친구가 "일본 친구들은 우리 앞에서 너무 긴장하고 예의를 차리는데 한국 친구들은 전혀 거리낌이 없고 편하게 대해서 그게 참 좋아."라고 하던 말은 기억에 남아 있다. 그런 과정들을 거치며 하여간 내게 '미국 사람'은 아주 좋은 이미지를 갖게 되었다. 물론 그 배경에는 세계 최고의 선진국, 강대국이라는 고정관념이 깔려 있다.

이곳 프라이부르크에서도 미국 사람을 하나 알게 되었다. 피터 오스본Peter Osborne이다. 나는 그를 폰 헤르만 교수님의 세미나에서 처음 만났다. 몇 번 눈인사를 나누다가 수업 후의 소위 '맥줏집 연장전'에서 정식으로 인사를 했다. 만남이 몇 차례 거듭되면서 친해졌다. 그는 내가 교수임을 알면서도 다른 독일 학생들과 달리 대뜸 말을 놓았다. (독일어는 영어와 달리 좀 그런 것이 있다. 존칭을 써서 정중하게 말하는 것을 '지쩐(siezen)', 편하게 말하는 것을 '두쩐(duzen)'이라고 한다. 사용하는 2인칭이 다르다. 가까운 가족, 친구, 손아래, 신 등에 대해서는 '두쩐'

을 한다. '지(Sie)'는 '당신', '두(Du)'는 '너'에 해당하지만 한국어와 반드시 같지는 않다. 문법에서는 '두'를 친칭이라고도 부른다.) 교수님이라는 호칭은 당연히 쓰지 않았고 '나하나메(Nachname: 성)'도 빼고 곧바로 '포어나메(Vorname: 이름)'를 불렀다. 그런데 그럴 만도 했다. 그는 50이 넘은 '늙다리 학생'이었기 때문이다. 너무 동안이라 믿기지 않을 정도였다. 나보다 10년 이상 선배 격이었다. 우리 한국인은 그런 데에 좀 약하다. 아무튼 그렇게 해서 우리는 서로 '말을 까며' '친구'가 되었다. 첫 미국인 친구다. 서양에서는 나이 상관없이 친구가 된다는 말을 여러 번 들었지만 진짜 그렇다는 것을 직접 확인했다. 나는 그와 진짜 '친구(Freund)'가 된 것이다.

하루는 맥줏집에서 한잔하면서 "왜 철학을 하게 되었느냐?" "왜 독일에, 프라이부르크에 오게 되었느냐?" 하는 이야기를 나누다가 그의 살아온 내력을 좀 들려줬다. 미국에서, 오리건에서, 집에서, "전혀 행복하지 않았다"고 했다. "너무나 불행해서 거의 지옥이었다"라고까지 표현했다. 그 대목에서는 독어와 영어가 막 뒤섞여 나왔다. 미국에 대한 나의 이미지가 처음으로 뒤집혔다. '아, 미국 사람도 불행할 수 있구나. 미국도 지옥일 수 있구나…' 하긴, 바보 같은 소리긴 하다. 어딘들 그런 게 없겠는가. 그러나 이렇게 직접 들으면 그 실감의 정도가 근본적으로 다르다. 더구나 그는 나를 '교수님'이 아니라 '수정'이라고 부르는 친구다. 불행의 원인은 명료했다. 아버지였다. 그 아버지의 가정폭력이었다. "어렸을 때부터 아버지는 술만 마시면 소리를 지르며 닥치는 대로 폭력을 휘둘렀다. 중학생 때는 아버지가 가죽 허리띠를 풀어 마치 채찍처럼 나에게 휘두른 적도 있었다. 너무나 무서웠다. 그런 환경에서도 다행히 대학은 들어갔다. 그런데 대학생이던 어느 날 아버지는 또 술에 취했고 또 폭력을 휘둘렀고 어머니가 피를 흘렸다. 그 피투성이 어머니의 절규를 듣는 순간 나는 그야말로 '꼭지가 돌아' 아버지에게 주먹을 날렸다. 아버지가 공포의 눈빛으로 나를 바라본 건 처음이었다. 그 사건 이후 어머니가 나에게 떠나기를 권했다. 그래서 어머니의 본향이랄까 연고지인 이탈리아 시칠리아로 갔다. 거기서 학교를 다니며 하이데거를 알게 되었고 이런저런 인연이 닿아 이곳 프라이부르크로 오게 되었다." 대충 그런 사연이었다. 가슴이 먹먹했다. 마치 한 편의 미국 영화를 본 느낌이랄까. 그의 어깨에 손을 얹어줬더니 그는 담담하게 씨익 웃었다. 그 웃음에서 어떤 특유의 '삶의 무게'가 느껴졌다. 그는 종종 "수정, 우리는 인간이잖아. 우리는 행복해야 할 의무가 있고 권리가 있어. 철학은 그 다음이야."라고 말했다. 엄청난 풍파를 겪은 그의 말이었기에 그의 말에는 어떤 힘이 실려 있었다. 거부할 수 없는 힘이었다. 피터는 착하다. 나는 그의 그 착한 표정과 눈빛이 참 좋다.

어제는 렘파르트슈트라세Rempartstraße의 멘자(학교식당)에서 함께 점심을 했다. 금요일은 늘 생선 요리가 나오는 날이다. 피터도 나도 생선 요리를 좋아한다. 식사 후 헤어질 때 그는 가방에서 부스럭부스럭 뭔가를 꺼냈다. 책이었다. "철학부 앞 거리 좌판에서 헌책을 팔기에 구경하다가 이걸 발견했지. 수정 너 생각이 나서 샀어. 선물이야. 받아." 하며 그걸 내게 건넸다. 내가 너무나 좋아하던 하이데거의 7페이지짜리 책《들길》이었다.

그 책이 지금 내 책상 위에 놓여 있다. 이 책에는 온도가 있다. 따뜻한 책이다. 36.5도, 인간의 체온, 마음의 온도를 지닌 책이다. 그런 게 우정이다. 피터 오스본, 그는 이미 그냥 '미국 사람'이 아니다. 그냥 '나의 친구'다. 인간의 우정에는 국경이라는 것이 존재하지 않는다.

피터가 선물한
하이데거 책《들길》

프라이부르크 대학 멘자

문덴호프 – 누구의 세상?

여름방학이 되자 기다리던 가족들이 다니러 왔다. 꿈같이 행복한 시간들이 지났다. 여기서 형제처럼 친구처럼 가까이 지내는 정은해 선생이 "형수님께 인사를 드리고 싶다"고 하여 한 길거리 카페의 커다란 나무 아래 분위기 있는 자리에 앉아 이런저런 대화를 나누다가, "아이들한테 보여줄 어디 좋은 데가 없을까?" 물었더니 "문덴호프Mundenhof에 가보세요. 거기 좋아요." 하고 추천을 해줬다. 가까이 지내는 철학과의 강상진 선생도 거기를 추천해준 적이 있다. 그래서 가족들과 함께 거길 가봤다. 5번 전차로 서쪽 방향 약 45분 거리였다.

거긴 동물원이다. 그런데 보통의 동물원과는 좀 다르다. 개방형? 혹은 방목형? 하여간 엄청나게 넓었고 엄청나게 많은 동물들이 그 넓은 들판에서 마치 자기 동네 초원인 양 유유히 풀을 뜯고 있었다. 양은 물론 물소도 있었고 낙타도 많았다. 물론 안전을 위한 울타리는 있었다. 그것들을 유유히 구경하다가 원숭이 동산에 이르렀다. 그 앞에 사람들이 많았고 아이들은 특히 흥미로워했다. 우리별로 종류들도 엄청 다양했다. 그 원숭이들을 구경하다가 문득 어린 막내가 "아빠, 지난번에 하이델베르크에서 그 고릴라 생각나?" 하고 말을 꺼냈다. 생각난다.

4년 전 하이델베르크에서 지낼 때, 그때도 여름방학에 가족들이 왔고 아이들과 함께 동물원에 갔었다. 네카아 강 건너 왼쪽 신시가지에 있었다. 거긴 방목형은 아니었다. 그때 사람들이 특별히 많이 모인 우리가 있어 흥미롭게 다가가 봤다. 고릴라 우리였다. 우람한 녀석들 몇이 웅크리고 있었다. "도라에몽에 나오는 자이안 같다." 어쩌고 하며 웃고 있는데, 우리 안에서 뒤돌아 웅크리고 있던 고릴라 한 녀석이 땅바닥에서 뭔가를 주물럭거리더니 갑자기 뒤돌아 우리를 향해 그 흙인지 풀인지 정체 모를 덩어리를 냅다 집어던졌다. "앗!" 깜짝 놀라 순간적으로 아이들을 감쌌다. 다행히 그것은 우리 곁을 빗나가 저 뒤에 떨어졌다. 다친 사람은 없었다. 저게 만일 돌멩이였다면…. 사람에게, 특히 아이들에게 맞았다면…. 등골이 서늘했다. 스트라이크는 아니었지만 박찬호급 투구였다. 다른 현지 구경꾼들도 모두 움찔했고 몇 초가 지난 뒤

일제히 웅성거리며 우리를 돌아봤다. "괜찮아요?" 걱정하는 말도 걸어줬다. 웃고 말았지만 일대 해프닝이었다.

많은 생각들이 가슴을 가로질렀다. 저 녀석은 왜 우리에게 그걸 집어던졌을까? 늘 보던 노란 머리 파란 눈이 아니라 검은 머리 갈색 눈이어서 그랬을까? 저 녀석이 혹시 인종차별을 한 것일까? 혹시 고릴라 나치? 혹은 그냥 야생의 습성일까? 동물학의 문외한이니 그런 건 알 수 없다. 동물학의 시조 아리스토텔레스도 그런 건 모를 것이다. 혹시 저 우리 안에서 뭔가 화나는 일이 있었을까? 그걸 우리한테 화풀이한 걸까? 남산에서 뺨 맞고 한강에서 눈 흘긴 건가? 쟤네들의 세계에도 그런 게 있는 걸까? 동물의 이성, 동물의 감성, 그런 게 있는 걸까? 정말 별의별 생각이 다 들었다.

그러면서 나는 이런 생각도 해봤다. 쟤네들에게 만일 우리처럼 이성이라는 게 있다면 저 강제 이주와 수용 생활이 달가울 리 없다. 그것을 강제한 저 인간이란 녀석들이 곱게 보일 리 없을 것이다. '지구라는 이 세상이 도대체 누구의 세상이라는 말이냐. 인간들의 세상? 천만에. 누구 맘대로? 나는 내 고향 아프리카가 좋았다. 거기서 니들처럼 그렇게 온 가족이 알콩달콩 잘 살고 있었다. 그런데 왜 이 먼 독일까지 끌고 와 이렇게 우리에 가두어 그렇게 구경을 하고 있단 말이냐.' 화가 날 법도 하다. 그렇게 나는 그 고릴라 녀석을 이해했다.

아닌 게 아니라 그렇다. 이 세상은 애당초 우리 인간들만의 것이 아니었다. 저 오래된 성서를 보더라도 우리와 함께 저 동물들도 처음부터 함께 있었다. 노아의 방주도 함께 탔었다. 백 보 양보해 '인간의 우위'라는 것을 인정한다 하더라도 저들에게도 저들의 '지분'이 있는 것이다. 이 지상의 삶을 향유할 '그들의 권리'라는 것도 있는 것이다. 그것이 근자에 들어 무차별적으로 짓밟히고 있다. 숲도 산도 사라지고 강도 호수도 바다도 오염되고 … 동물들은 그 보금자리에서 내쫓기고 있다. 피터 싱어의 '동물권, 동물해방'까지는 아니더라도 그들에 대한 '돌아봄' 정도는 철학적으로 필요하지 않을까.

물론 동물이라고 모두가 똑같지는 않다. 저 문덴호프에도 개나 고양이 같은 애완동물의 우리는 없었다. 닭이나 돼지나 소나 말 같은 가축의 우리도 없었다. 전자는 그나마 행운인지 모르겠으나 저 엄청난 유기견이나 유기묘, 들개나 길고양이를 보면 그렇다고 말하기도 쉽지 않다. 후자는 닭이든 돼지든 소든 양이든 결국 인간을 위한 '고기'로 사육되는 것이니 인간들의 그 사랑이 오히려 저주일 것이다.

그런 한편으로 온전히 자기의 삶을 살아가는 녀석들도 있다. 봄여름 계절을 장식하는 나비와 벌은 기본이다. 평소에 별로 의식하지 않지만 반디나 무당벌레나 풍뎅이나 매미나 잠자리 등을 위시해 전 세계에 수조 마리가 있다는 곤충들도 비교적 그런 편이다. 날개 덕분인지 참새, 박새 등 조류들도 비교적 그런 편이다. (물론 잉꼬, 공작 등 새장에 갇힌 애완 새는 예외다.) 이곳 프라이부르크에서는 가장 눈에 띄는 녀석들이 단연 암젤(Amsel: 지빠귀)이다. 참새보다는 몸집이 약간 더 큰, 소형 까마귀 같은 녀석인데 귀여운 노란색 부리 때문에 까마귀와는 느낌이 아주 다르다. 나름 귀엽다. 그 녀석들이 장소를 가리지 않고 돌아다닌다. 저 문덴호프에서도 그들은 '우리(Wir/Menschen)'도 '우리(Einzäunungen)'도 아랑곳하지 않고 어디든 제멋대로 돌아다닌다. 온 천지가 '그들의 세상'인 것이다. 거기서 곤충과 새들은 각자의 역할을 하며 각자의 삶을 살아간다. 수분으로 예쁜 꽃도 피우고 열매도 맺게 하고 더러는 인간들에게 꿀도 모아서 준다. 벌레도 잡아준다. 무엇보다 있는 그 자체로 다양한 풍경을 만들어준다.

여기서는 박쥐도 그중 하나다. 프라이부르크는 소문난 환경도시라 그 환경이 잘 보존된 덕에 곤충들이 많아 그것을 잡아먹고 박쥐가 많이 번식했다고 한다. 밤이면 민가에도 여기저기에 출몰해 사람들을 놀라게도 하는데 현지 주민들은 익숙해져 대개 그런가 보다 한다고 들었다. 나도 집 근처에서 몇 번 본 적이 있다. 처마에 날개를 접고 거꾸로 매달린 녀석도 본 적이 있다.

물론 그들을 위해 우리가 우리의 서식지를 포기할 수는 없다. 어떤 '선'은 필요할 것이다. 다만 한 가지, 저들을 극한의 상황으로 내몰지는 말아야 한다. 생각해보라. 동물이 없는 이 세상을 과연 세상이라고 할 수가 있겠는가. 어차피 우리는 저들과 공존할 수밖에 없다. 그 조화를 이제 우리는 철학의 한 주제로 설정할 필요가 있다. 아, 방금도 저 창밖 나뭇가지에 암젤이 한 마리 앉았다가 푸드득 날아갔다. 저들이 있어 프라이부르크는 더욱 예쁘다. 진지하게 생각해보자. 이 세상은 과연 누구의 세상인가? 인간만의 세상을 과연 좋은 세상이라고 할 수 있겠는가?

하이델베르크 동물원의 갇힌 고릴라

자유로운 암젤

아는 사람의 아는 사람
– 세상은 좁다

10월, 대학 시절 친구 박찬성에게서 전화가 왔다. 프랑크푸르트Frankfurt am Main라고 했다. 프랑크푸르트 도서전(Frankfurter Buchmesse)에 한국 대표로 왔는데 온 김에 얼굴이라도 한번 보자고 했다. 그는 한국의 저명 출판사 사장님이다. 같은 독일이라고 해도 프랑크푸르트와 프라이부르크는 엄청 멀다. 잘은 모르지만 서울과 창원 정도는 되지 않을까? 그래도, 보러 가지 않을 수 없다. 그는 내 대학 시절의 가장 친한 친구다. 그래서 갔다. 엄청 반가웠다. 당연히. 행사장인 세계 최대 11만 평의 실내 전시공간을 갖추었다는 메세 프랑크푸르트도 조금 구경하고, 프랑크푸르트 시내의 유명한 뢰머 광장도 같이 둘러보고 괴테 하우스에도 가보았다. 그리고 그 광장의 한 주점에서 맥주와 소시지를 먹으며 온갖 이야기꽃을 피웠다. 이 친구를 독일에서 만나다니. 시간 가는 줄 몰랐다. 그래도 시간은 갔다. 그리고 그도 한국으로 돌아갔다.

　이왕 프랑크푸르트에 간 김에 그냥 돌아오기가 아쉬워 그 교외인 바트 홈부르크Bad Homburg의 우테 욘Ute John에게 전화를 했다. 그녀는 일본에서 만난 친구다. 물론 '여자친구'는 아니고 이른바 '여사친'이다. 엄밀히 정확히 말하자면 내 친구의 형수의 친구다. 도쿄 시절 가장 친했던 친구가 히로카와 토루広川徹였는데 그에겐 형이 하나 있었다. 아키라明 형이라고, 건축가였다. 둘 다 아주 키가 크고 잘생겼다. 그 형이 이곳 독일 아헨Aachen에서 유학했고 그때 마리타라는 여학생을 만나 연애 끝에 결혼했다. 그 마리타의 친구가 우테 욘이다. 내가 도쿄에 있을 때 그녀가 놀러온 적이 있었다. 그때 나는 히로카와의 집 한켠에 살고 있었고 가족이 먼저 귀국한 터라 그와 둘이서 함께 어울려 자주 밥도 먹으러 다니곤 했는데, 마침 그런 상황에서 그녀가 왔기에 셋이 어울려 함께 놀았었다. 독일 철학 전공인 만큼 독일에 흥미와 호기심이 있었기에 그녀와의 대화를 즐겼다. 그 시간이 그녀에게도 좋은 추억이 되었는지 전화를 하자 엄청 반가워했다. 꼭 놀러 오라고 해서 가기로 했다. 일단 프랑크푸르트 역으로 갔더니 그녀가 어린 딸 폴리나Pauline를 데리고 마중을 나왔다. 전차를 타고 바트 홈부르크로 갔다. 그녀의 집에 들렀다가 시내의 온천들과 공원을 구경했다. 온천물을 일일이 마셔보기도 했다. 멋진 파비용도 있고 휴양도시(Kurstadt)다운 느껌을 주었다. 폴리나와 공원에서 어린이 골프도 하고 놀았다. 그곳의 자랑거리라는 돔(Dom)도 구경했다. 그녀의 집으로 가 그녀가 만든 스파게티도 얻어먹고 함께 놀았던 일본 이야기, 토루, 아키라, 마리타 등의 이야기로 즐거운 시간을 보냈다. 그녀는 이혼 상태라 남편은 없었다. 조심스러워 그 자세한 사연은 묻지 않았다. 저녁이 되자 그녀는 호텔비가 아깝다며 그냥 거기서 하룻밤 묵으라고 권했다. 깔끔한 손님 방 하나를 내어줬고 거기서 고맙게 1박을 했다.

다음 날 아침, 그녀가 차려준 독일식 아침을 먹고 프랑크푸르트로 돌아와 이곳저곳을 구경했다. 프랑크푸르트는 하이델베르크나 프라이부르크와는 달리 고층건물이 즐비한 현대적인 느낌의 대도시다. 그런데 현지 주민인 '아는 사람'과 함께 돌아보는 프랑크푸르트는 그 느낌이 뭔가 달랐다. 뭔가 친근했다. 역으로 돌아와 폴리나에게 사탕을 사 주고 작별했다. 나를 잘 따랐던 폴리나가 엄마보다 더 아쉬워했다.

프라이부르크에서 지내며 많은 사람들을 사귀게 됐다. 그 중에 오시마 요시코 大島良子라는 분이 있다. 일본 사람이다. 학교 관계자는 아닌데 나와 같이 하이데거 전문가라고 했다. 이곳에 온 지 아주 오래되었고 하이데거와 선불교를 주제로 자신의 세미나도 운영한다고 했다. 그 참가자 중의 한 명과 가까워졌기에 그를 통해 그녀를 소개받았다. 당찬 느낌의 중

년 여성이었다. 나도 일본에서 거의 10년 세월을 유학했기에 주로 편한 일본어로 대화했다. 아닌 게 아니라 그녀는 하이데거에 조예가 깊었다. 그녀 자신이 독일어로 쓴 저서도 한 권 선물받았다. 물론 나는 하이데거 철학과 일본 선불교를 연결하는 데 대해서는 좀 부정적이다. 그러나 그런 걸로 굳이 그녀와 논쟁을 벌이지는 않았다.

그런데 대화를 나누다가 깜짝 놀랐다. 내가 도쿄 대학에서 학위를 했다는 이야기를 듣더니 "그럼 혹시 키사카 타카유키木阪貴行라고 아세요?" 하는 것이 아닌가. "아니, 선생님이 그 친구를 어떻게 아세요?" 되물었더니 "걔가 내 조카고 내가 걔 이모랍니다." 하는 게 아닌가. "막내 이모라 사실 나이 차는 별로 안 나죠." 그 친구는 나와 입학 동기고 나이도 동갑이라 가까이 지냈다. 관서지방 오사카 출신이라 관동지방 도쿄 사람들과는 기질이 많이 다르다. 적극적-사교적이고 좀 직선적인 경향이 있다. 일본인 특유의 그 '혼네-타테마에(本音-建前)' 그런 게 없다. 나는 그게 좋았다. 학생 시절 그가 자취하던 방에도 놀러가 친구들과 떠들썩하게 '미즈타키'를 해 먹은 적도 있고 결혼 후 그의 신혼집에 놀러간 적도 있다. 또 그의 호의로 그가 근무하는 대학에 초대받아 강연을 하고 그 원고를 그 대학 출판물에 게재하기도 했다. 보통 인연이 아닌 것이다. 그런 그의 이모를 이 지구 반대편 독일 프라이부르크에서 우연히 만나다니. 이런 기연이 어디 쉽겠는가.

비슷한 경우가 하나 더 있다. 하이델베르크 시절도 그랬지만 이곳 프라이부르크에서도 나는 초청 교수인 폰 헤르만 선생님과 그분의 애제자인 코리안도 박사의 강의와 세미나를 열심히 들어가고 있는데, 거기서 이타카 쓰요시 猪高剛라는 한 일본 유학생이 눈에 띄었다. 동양인이라 당연했다. 세미나에서는 발표도 열심히 하고 프로토콜란트(Protokollant: 기록 담당) 역할도 아주 잘해내어 인상에 남았다. 수업 후 학교 앞 주접에서 이루어지는 이른바 '연장전'에서도 함께 어울렸다. 상대가 일본인이라 자연스럽게 내가 도쿄 대학에서 유학한 사실도 말하게 됐다. 그러자 그가 "그럼 혹시 누키 시게토 貫成人 교수님을 아세요?" 하고 물었다. "아니, 이타카 군이 그 친구를 어떻게 아세요?" 했더니, "제 S대학 학부 시절 지도 교수님이신데요." 하는 게 아닌가. 또 놀랐다. 친구의 제자였던 것이다. 그 누키도 저 키사카와 마찬가지로 나와 입학 동기고 동갑내기라 함께 친하게 지냈다. 게다가 그는 천 년 전 백제에서 건너간 소위 '도래인'의 후손이라 더욱 각별했다. 그는 카마쿠라에 집이 있었고 거긴 대불을 비롯해 수많은 유적을 지닌 소문난 고도이고 에노시마라는 아름다운 섬도 있고 사가미 해안이라는 아름다운 백사장이 있어서 함께 놀러 간 적도 있었다. 추억이 하나둘이 아니다. 그런데 그런 그의 제자를 이 먼 독일 프라이부르크에서 만나다니. 역시 이런 기연이 어디 쉽겠는가. 게다가 더욱 놀라운 것은, 이 이타카

군이 스승인 누키 교수에게 인생의 한 전기를 제공했다는 것이다. 누키는 몇 년 전 독일 부퍼탈Wuppertal에 객원으로 와 있을 때 피나 바우쉬Pina Bausch의 현대무용을 알게 돼 심취한 후 대단한 무용 평론가로도 활동 중인데, 그때 인사차 부퍼탈을 방문한 이타카 군이 이런저런 이야기 중에 유명한 피나 바우쉬의 존재를 소개했다는 것이다. 이야깃거리가 아니 될 수 없다.

흔히 하는 말이기도 하지만, 세상은 참 좁다. 그것을 이곳 독일 프라이부르크에서 실감했다. 우리는 살아가면서 무수한 사람들을 만난다. 하지만 그 만남이 어디 쉬운 일이겠는가. 이 지구상에는 지금 무려 70억이 넘는 인간이 살고 있다. 누군가를 알게 된다는 것은 그중의 하나를 알게 되는 것이니 그 확률은 대략 70억 분의 1이다. 살아가면서 그를 만나느냐 못 만나느냐 하는 단순한 2분의 1이 아닌 것이다. 그러니 그 70억 분의 1인 맹귀우목의 인연을 어찌 소홀히─함부로─가볍게 대할 수 있겠는가. 그중 어떤 인연은 '운명'이 되기도 한다. 당연히 '악연'도 없지는 않을 것이다. 그러나 대개의 경우 그 인연의 양상은 우리 자신이 만들어간다. 마르틴 부버의 말처럼 그 인연 즉 인간관계는 '나─그것'이 아닌 '나─너'의 '만남'으로 만들어가야 한다. "영혼의 진동이 없으면 그건 진정한 만남이 아니다"라고 법정스님은 말했다. 나는 그런 만

남을 "일대일의 관계, 백 퍼센트와 백 퍼센트의 관계, 정면으로 마주 보는 관계, 인격과 인격이 맞닿는 관계" 등으로 표현한다. "서너 사람만 거치면 세상 모든 사람이 다 연결된다"는 말도 들은 적이 있다. 인생에서 '사람'만큼 큰 재산은 없다. 나의 컴퓨터에는 '아는 사람들'이라는 사진 폴더가 있는데 아직 40대 초반이니 그 용량을 기가 단위로 미리 늘려놓아야 할지도 모르겠다.

바트 홈부르크   오시마 요시코의 저서

피나 바우쉬   현대무용

학교 앞 주점 – '연장전'

폰 헤르만 교수님은 이번 학기에 라이프니츠 강의를 개설하셨다. 세계적인 하이데거 전문가이지만 라이프니츠도 대표적 형이상학자이니 존재론과 무관하지는 않다. 아니 어떻게 보면 형이상학과 존재론은, 이게 만일 인간이라면, 이름이 다른 동일인(이명동인)이다. 남대문과 숭례문, 동대문과 홍인지문, 금성과 샛별, 그런 관계다. 하이데거 본인도 라이프니츠 강의를 개설했었고 책도 쓴 적이 있다. 이상할 게 전혀 없다는 말이다.

특히 "왜 도대체 존재자가 있고 무가 아닌가?"라는 라이프니츠의 저 명제는 하이데거의 교수 취임 강의 〈형이상학이란 무엇인가〉에 인용되면서 유명해졌다. 야스퍼스도 그의 《철학》에서 이것을 인용한다. 나도 그것을 '형이상학의 원초적 경탄'으로서 높이 평가한다. 이런 말은 그 존재라는 것의 어마어마한 신비/불가사의/수수께끼를 자신이 직접 체득한 자의 입에서만 나올 수 있는 것이다. 라이프니츠는 그런 점에서 '진짜 철학자'였다. 그의 유명한 《단자론》도 추상적이고 난해하기 짝이 없지만 나는 그가 말한 그 "단자"니, "단자는 창이 없다"라느니, "단자는 온 우주를 비추는 거울이다"라느니 하는 저 알쏭달쏭한 말들을 백 퍼센트 이해하고 공감한다. 존재의 참으로 경이롭고 신비로운 모습들이다. 폰 헤르만 교수님이 그 말들을 풀어주신 때마다 나는 고개를 끄덕이며 반응을 보였고 교수님은 가끔씩 그런 나를 힐끗 보시며 살짝 미소 짓기도 했다. 교수를 하다 보면 학생의 그런 반응에 고무되는 경우가 많다.

그런데 오늘, 그 유명한 '옵티미즘'이 ('최선주의'가) 주제가 됐다. 독일 대학에서는 세미나와 달리 강의의 경우 대체로 교수의 일방적인 발표 형태로 진행되지만('강의(Vorlesung)'라는 독일어 단어 자체가 '앞에서(vor) 읽는다(lesen)'는 뜻이다), 오늘은 세미나처럼 좀 질의-응답-토론이 있었다. "이 세계는 정말 최선일까요?"라는 저 미국 친구 피터 오스본의 느닷없는 질문이 기폭제가 된 것이다. "그렇다", "아니다" 의견이 분분했다. 철학도들인 만큼 나름 근거들도 제시했다. 교수님은 그것을 즐기시는 듯했다. 그런데 시간이 다 됐다. 교수님은 결국 각자의 '계속사유(weiterdenken)'를 '과제(Aufgabe)'로 남기고 그 강의를 매듭지었다.

이럴 땐 수업이 끝났다고 곧바로 해산할 수 없다. 여럿이 어울려 학교 앞 주점으로 자리를 옮긴다. 거기서 맥주 한잔을 시켜놓고 이른바 '연장전(Verlängerung)'이 벌어진다. 왁자지껄 시끌벅적 소리들이 높아진다. 이 가게에도 예전 에얼랑엔 대학 앞의 주점에서처럼 그 벽에 '토론(Debatte)'이라는 글자가 커다랗게 적힌 벽보? 포스터? 그런 게 붙어 있다. 굳이 그 모임에 안 가더라도 이 가게 자체가 이미 그 행사장이다. 독일다운, 부러운 분위기이다.

이런 주제에 '결론'이나 '정답' 같은 건 애당초 있을 수가 없다. '성선설이 맞느냐 성악설이 맞느냐', '닭이 먼저냐 계란이 먼저냐', 그런 것과 마찬가지다. '지구가 도느냐 태양이 도느냐'는 좀 다르긴 하다. 그러나 나는, 일단은 그들과 다른 '교수'인지라 약간은 어깨가 무거웠다. 뭐라도 '교수다운' 발언을 해야 한다는 부담 같은 것을 느꼈다.

결국 결론 비슷한 것을 제시했다. 그 최선이 '누구'의 최선이냐에 따라 답은 달라진다는 것이다. 신의 입장에서는 최선일 수 있다. (인간에게 최악인 죽음조차도 신에게는 반대로 최선일 수 있다. 인간이 무한정으로 산다면 이 세계가 인간으로 넘쳐 곤란해질 테니까.) 그러나 온갖 고생으로 점철되는 인생을 살 수밖에 없는 인간의 입장에서는 결코 최선일 수 없다. 그러면서 불교의 '고해'도 언급했다. 미국에서 힘겨운 반생을 살아온 피터도 그것을 거들었다. 젊은 율리안 군도 쇼펜하우어를 언급하며 거들었다. 그러나 소위 '비관주의'를 편들 수는 없다. 거기에 빠져버릴 수는 더더욱 없다. 그것은 이 세계의 위대한 창조자에 대한 불경이 되기 때문이다. 한스 군도 쇼펜하우어의 '공감'을 언급하며 그 불행에서의 벗어남을, 즉 니르바나를 운운하며 그 탈출구를 열었다. 루카스 군도 니체의 '운명애', '다시 한 번!', '초인─초극' 등을 언급하며 길을 텄다.

나는 존재론자답게 '존재의 신비'를 언급하지 않을 수 없었다. 우리가 사유와 인식으로 접하는 이 세계 현상은 너무나 거대한 신비라 애당초 최선 운운하는 평가 대상이 아니라고, 인간들의 그런 평가를 초월한 '저편'에 외외히 스스로 있는 거라고 선을 그었다. 최선─비최선은 그저 세계에 비해 초라하기 짝이 없는 인간의 한갓된 소감일 뿐이라고 발뺌을 했다.

어차피 이 세계는 우리 인간 따위의 소감이나 평가에 영향받지 않는다. 인간이 뭐라고 생각하든 이 세상은 닫히지 않고, 시간도 멈추지 않고, 지구도 자전과 공전의 방향을 반대로 틀지 않고, 태양도 그 불을 끄지 않는다. 나비는 계속 꿀을 찾아 날고, 민들레는 계속 꽃씨를 날린다. 나는 그런 자연의 경이를 한 1만 가지는 나열할 수 있다. 하이데거도 그의 후기 철학에서 그 비슷한 이야기를 제법 하고 있다. "세계현상의 그 엄청난 경이로움을 고려하면 우리 인간의 좋고 나쁨에 상관없이 이 세계는 '거의 최선이다(fast das Beste)'라고 말해도

좋지 않을까?" 나는 그렇게 말했다. 그러자, "거의 최선. 그것
도 나쁘지 않네!" "사랑도 있고!" "맥주도 있고!" "그리고 소시
지도!" "친구들도 있고!" "철학도 있고!" "가을도 있고!" … 다
들 잔을 치켜들며 한마디씩 거들었다. "쭘 볼(Zum Wohl: 건배/
건강을 위하여)!"

그 연장전에서는 승부가 없었고 스코어도 없었다. 다만,
시끌벅적한 응원만이 있었다. 즐겁고 유쾌했다. 여기는 지금
프라이부르크고 나는 지금 40대 초반의 청춘을 통과하고 있
다. 정말 최선인지는 아직 잘 모르겠으나 이 세계를 만든 위
대하신 신에게 감사하며 경배한다.

주점 풍경

"거기 가봤다"
– 마음의 앨범에서 추억의 이삭줍기

　　이곳 프라이부르크에서 지내면서 나는 자타공인 '하이데거 전문가'임을 확인한다. 그는 나치 전력, 제자인 하나 아렌트와의 부적절한 관계 등 여러 가지로 시빗거리를 지닌 인물이지만 그럼에도 불구하고 나는 그를 인정하고 좋아하고 그리고 부러워한다. 그가 부러운 것은 물론 일차적으로 그의 엄청난 사고력과 《존재와 시간》을 비롯해 100권이 넘는다는 그의 철학적 성과들이지만, 사실 그것들보다 실질적으로 더 부러운 것은 그가 평생을 살았던 이 고장, 즉 프라이부르크–메스키르히–토트나우베르크를 품는 슈바르츠발트 일대의 슈바벤 지방이다. 뭔가 상당히 토속적이다. 오래 살지 않아서 자세히는 모르겠지만 이 지방 특유의 사투리도 뭔가 좀 구수하게 들린다. 그가 이 지방 출신인 횔덜린, 헤벨 등을 특별히 조명하는 것도 그저 우연만은 아닐 것이다. 고장에 대한 애착이 분명히 있다.

아마 독일 어디나 비슷하겠지만 이 지방은 특히 기후가 좋아 경관이 더욱 빛을 발한다. 기본적으로 가장 좋은 것은 슈바르츠발트 즉 검은 숲이다. 그 숲 군데군데에 호수들도 많다. 보덴제, 슐루흐제, 무멜제, 티티제 등등. 그리고 라인 강, 도나우 강을 비롯해 맑은 강들이 흐르고 그 군데군데에 도시들, 마을들이 자리잡고 있다. 거기에 이들의 미의식이 작동해 종합적인 아름다움을 연출한다.

하이델베르크에 있을 때도 그랬지만, 여기서도 나는 이 아름다운 경관들이 아까워 주말이면 부지런히 여기저기를 보러 다녔다.

프라이부르크 시내는 말할 것도 없다. 골목골목을 샅샅이 누볐고, 집에서 가까운 슈타트가르텐을 거쳐 슐로스베르크에도 자주 올라갔고, 북쪽으로 하이데거의 집이 있는 체링엔으로도 자주 갔고 서북쪽으로 좀 멀리는 플뤼키거제Flückigersee를 지나 교외인 란트바서Landwasser, 남쪽으로 후설의 묘소가 있는 귄터스탈Günterstal, 그리고 동북쪽으로 제법 멀리 티트옌 박사의 집이 있는 글로터탈Glottertal, 그리고 동남쪽으로 슈바벤토어를 지나 드라이잠 상류 쪽으로도 자주 걸었다. 특히 이 드라이잠 상류 쪽이 나는 가장 좋았다.

그리고 프라이부르크 바깥으로도 진출했다. 손꼽아보니 한두 군데가 아니다. 샤우인슬란트Schauinsland, 도나우에싱엔Donaueschingen, 오펜부르크 …. 심지어 저 독일-스위스 국경의 콘스탄츠와 프랑스의 꼴마흐, 스위스의 바젤에도 자주 갔다.

가슴에 남는 인상적인 장면들이 하나둘이 아니다. 예를 들면.

먼저, 프라이부르크 시내.

제법 넓은 슈타트가르텐에서는 오리들이 즐겨 놀았고 산책하는 노인들이 많았다. 둘이 굽은 백발의 노부부가 손을 잡고 산책하는 뒷모습은 마음을 참 따뜻하게 만들어줬고 한번은 그들이 걷다 말고 서로 얼굴을 마주 보며 가볍게 키스하는 장면도 본 적이 있다. 영화의 한 신으로 손색이 없었다.

집에서 슐로스베르크로 가려면 슈타트가르텐에서 구름다리를 건너야 하는데 그 부근에 밤나무가 한 그루 있다. 거리에 흔히 있는 카스타니에(밤나무, 실은 마로니에)와 달리 '에스카스타니에Eßkastanie', 즉 우리나라 것과 똑같은 진짜 밤나무다. 가을 어느 날 그 아래 떨어진 밤을 주워 맛있게 먹은 적이 있다. 지난여름엔 가족들과 함께 그 계단을 지나 산으로 산책을 하기도 했는데 계단에서 가위바위보로 2계단, 5계단, 10계단 오르기를 하며 놀기도 했다. 아이들의 즐거운 얼굴이 지금도 기억에 생생하다.

체링엔 쪽에는 저 음악가 이름의 길들도 좋지만 약간의 언덕길도 있다. 그 길섶엔 개나리(Forsythie)와 조팝나무(Spiräe)

가 많았고 군데군데 나무 그늘이 짙고 그 음달엔 고사리(Adlerfarn)도 많았다. 가을엔 보리수와 떡갈나무(Eiche) 단풍도 제법 예뻤다. 하이데거가 걸었던 그 산 중턱의 산책로도 가끔씩 걸었는데 거긴 분위기가 한국의 숲길과 거의 흡사해서 살짝 한국에 돌아간 느낌이 들기도 한다.

란트바써는 S1 전차의 종점인데, 도중에 지붕 첨탑이 멋진 헤르츠-예수 교회 건물과 제법 큰 플뤼키거제를 지난다. 서울의 석촌 호수보다 규모가 좀 클까? 도심의 호수라 무멜제 같은 것과는 비교가 안 되지만 시내에 이런 호수가 있다는 건 그 자체만으로도 한 축복이다. 물이 맑아 사람들은 거기서 유유히 헤엄을 즐기기도 한다. 란트바써엔 대규모 아파트 단지가 있었는데 교외라 호젓한 그 느낌이 나름 좋았다.

정은해 선생이 사는 메르츠하우젠과 귄터스탈도 역시 전차 종점인데 특별할 것 없는 전형적인 시가지였다. 거기엔 후설의 묘소가 있다. 그것이 특별할 것 없는 그곳을 특별하게 했다.

글로터탈은 시내에서 제법 먼 전형적인 산골 마을인데 나지막한 뒷산 비탈의 포도밭에 올라 내려다보는 광경이 아주 일품이다. 주황색 지붕과 회색 지붕이 뒤섞여 묘한 조화를 이룬다. 군데군데 소들이 풀을 뜯는 시골이라 그야말로 목가적인 풍경이다. 성격 좋은 티트엔 박사의 안내로 골목골목은 물론 포도밭이 있는 뒷산에도 올라가보았다.

드라이잠 상류는 지도를 보고 그냥 좋겠다 싶어 찾아가본 곳인데, 뜻하지 않은 대박이었다. 내 취향에 딱이었다. 부근에 유스호스텔(Jugendherberge)이 있어 여름철엔 젊은 배낭족들이 많이 찾는다는데 가을은 한산하고 호젓했다. 강이라기보단 제법 폭이 넓은 개천으로, 그 개천을 따라 함께 달리는 강변의 산책로가 나는 너무너무 좋았다. 강변에 제법 탁 트인 초지도 있고 거리도 제법 되어 그 강둑길을 걸으면 충분한 운동이 되기도 했디. 흙길이리 특히 좋다. 그 강변(Fritz-Horch-Weg)에 하이데거의 모교인 베르톨트Berthold 김나지움이* 있어 거기도 들러본다. 단, 알트슈타트 입구 격인 슈바벤토어 근처까지 오면 차도 많이 다니고 분위기가 좀 삭막해진다. 한번은 그 하류 쪽으로도 걸어 한 다리 아래서 예쁜 조약돌을 주우며 물놀이를 하기도 했다. 물은 얕다.

샤우인슬란트는 티트엔 박사가 가보라고 권했다. 여름방학에 가족이 왔을 때 나도 처음이었지만 함께 갔다. 제법 높은 고원 느낌의 산지다. 날이 맑으면 프라이부르크에서 그 정상이 보이기도 한다. 거기엔 케이블카(Seilbahn)를 타고 올라갔다. 산정의 풍광은 환상적이었다. 저 멀리 아득히 북서 쪽으로 프라이부르크 시내가 내려다보였다. 정상의 타워에서는 몽블랑도 보인다는데 구름 때문에 직접 확인하지는 못

---

* 정확하게는 Hirzbergstraße 12이다.

했다. 그 산정이 가파르지 않은데다 초지가 있고 숲이 있고 그 사이로 길이 있어 하이킹 코스로 최적이다. 그 길이 하늘과 맞닿아 있는 느낌이 든다. 여기저기서 패러글라이딩을 하는 알록달록한 비행체(낙하산)가 아름다웠다.

도나우에슁엔에는 도나우 강의 '원천'이라는 도나우크벨레가 있다. '크벨레(Quelle)', 말 그대로 샘이다. 정말 그 샘물이 10개국을 거쳐 흐른다는 저 엄청난 강의 원점인지는 잘 모르겠지만 사람들은 그렇게 믿는다고 했다. 도나우에슁엔은 프라이부르크와 보덴제가 있는 콘스탄츠의 중간쯤으로, 티티제보다도 더 멀다. 그 원천은 멋진 로마식 원형 구조물로 만들어져 있는데 거기엔 '도나우 원천(Donauquelle)'과 '바다까지 2,840킬로미터(Bis zum Meere 2,840 Kilometer)'라는 말도 돌판에 새겨져 있다. 그 원천의 우물은 바로 근처 도나우템펠Donautempel이라는 작은 정자 아래 수로를 통해 브리가하Brigach라는 개천으로 흘러들어간다. 그 개울 양옆에는 제법 나무들이 울창하다. 멋진 궁전도 하나 있다.

독일-스위스 국경의 콘스탄츠는 좀 멀고 교통비도 들었지만 가볼 만한 충분한 가치가 있었다. 도시 자체는 뭐 어딜 가나 기본적으로 아름답지만 그곳의 매력은 호반의 도시라는 점이다. 아니 호반이라는 말은 좀 안 맞을지 모른다. 오버제(Obersee: 상호)와 운터제(Untersee: 하호)로 나뉜 이 보덴제는 명칭은 분명 호수이지만 실제로 가서 보면 거의 바다다. 특히 오버제는 수평선도 보인다. 호안에 해안처럼 파도도 치고 바다처럼 거대한 배들도 떠다닌다. 철썩대는 그 호안의 파도를 한참 동안 즐겼다. 콘스탄츠는 큰 도시인데 하이데거도 거기에서 김나지움(Heinrich-Suso-Gymnasium)을 다닌 적이 있다. 가보고 싶었지만 가족들과 함께였기에 좀 아쉽지만 포기했다. 단, 하이데거의 책에도 그 이름이 언급되는 아버지의 친구 콘라트-그뢰버 거리Conrad-Gröber-Straße 표지판을 우연히 발견한 것은 작은 횡재였다. 현지 사람이 "건너편 호안에서 보는 경치도 좋아요"라고 하기에 호수의 다리를 건넜는데, 건너자마자 바로 정면에 그게 보였다. 그는 하이데거가 고등학생 시절 생일선물로 프란츠 브렌타노의 학위논문 〈아리스토텔레스에서의 존재자의 다양한 의미에 대하여〉를 그에게 주었고 그것이 하이데거로 하여금 '존재' 문제에 눈뜨게 하는 중요한 계기로 작용했다. 나 같은 하이데거 전공자에겐 나름 의미 있는 이름인 것이다. 아무튼 엄청 반가웠다. 하이데거의 초기 자작시*에도 나오는 운터제의 '라이헤나우Reichenau' 섬에도 가보았다. 너무 커서 다 돌지는 못하고 초

---

* 〈라이헤나우에서의 저녁 산책〉 은빛 불이 저 멀리 어스름한 둑길 쪽 / 호수로 흘러나가고, / 나른한 여름저녁 이슬 맺힌 정원에는 수줍은 구애처럼 밤이 내린다. / 달빛으로 흰 산마루 사이엔 / 오래된 탑지붕 위에서 / 마지막으로 우짖던 새소리 아직 걸려 있다. / 밝은 여름날이 이룬 것은 / 내겐 결실 맺기 힘든 것. / 그것은 영겁의 세월에서 오는 / 황홀한 운송이기에. / 아주 소박한 / 잿빛 황무지에서 쉬고 있네. 《사유의 경험으로부터》.

입만 조금 보고 나왔지만 호안의 거대한 미루나무들과 백조들이 인상적이었다.

　스위스의 국경도시 바젤도 몇 번인가 갔다. 라인 강변이기도 하다. 폰 헤르만 교수님의 수업에 꼬박꼬박 나오는 한 할아버지가 두 시간 정도 기차를 타고 거기서 온다기에 감동한 적이 있었다. 그래서 더욱 정감이 갔다. 그런 자세가 존경스럽고 그런 풍토가 부럽기도 했다. 바젤은 저 니체와 야스퍼스가 교수로 근무했던 곳이다. 그 바젤 대학에도 가보았다. 야스퍼스가 근무했을 철학과 건물(Steinengraben 5)에도 가보았고, 니체가 근무했을 고전문헌학과(Petersplatz 1의 Kollegienhaus)에도 가보았다. 역에서부터 독어와 불어가 병기되어 있어 독일이 아닌 스위스임을 실감했다.

　프랑스의 국경도시 꼴마흐에도 몇 번이나 갔다. 알자스 지방의 대표적인 꽃마을이다. 하이델베르크에 있을 때 처음 가보고 완전히 매료되었는데 여기 프라이부르크에선 아주 가까운 곳이라 기차를 탈 필요도 없고 시외버스(?)로 가볍게 한 시간 정도다. 동네 자체가 워낙 예쁘기도 하지만 생선이 싸서 장 보는 느낌으로 가기도 한다. 버스로 라인 강과 국경을 넘어 이웃 나라에 장을 보러 가다니. 이 아니 유쾌한가! 국경이 없는 한국인으로서 부럽기도 했다.

　이 모든 것들은 어떻게 보면 별 이야깃거리도 되지 않는다. 요즘 같은 시대에 '가봤다'는 게 자랑거리도 되지 못할 것이다. 자칫 자랑거리로 삼았다간 되레 미움 받기 십상이다. 그러나 이런 게 자기 자신에게는 나름의 '의미'라는 게 없지 않다. 그 모든 순간들, 그 모든 장면들이 자기 자신의 삶의 일부로서 마음의 앨범에 고이 간직돼 이따금 아련한 추억으로 반추되기 때문이다. 사람에 따라 그 내용은 각각 다르겠지만 그 의미는 동일하다. 그것은 마치 우리가 이따금 별 의식 없이 쓰으고 있는, 그러다 어느새 구석으로 밀려나 오래 잊히고 먼지를 쓰게 되는, 저 조개껍데기나 조약돌이나 솔방울 같은 그런 것과 같다. 그것은 금방 잊히고 오래 잊히기도 하지만 이따금 어쩌다 그게 눈에 띌 때마다 "아, 맞아. 그때 그거." 하면서 우리의 의식을 그 현장으로 다시 데려다주기도 한다. 그러면서 한순간 그때 그것을 주웠던 그 해변, 그 개울, 그 숲을 현재로 소환한다. 그때 그 시간과 공간을 함께 했던 그/그녀 혹은 친구들, 그리고 그때의 그 상황과 마음 상태들도 다 함께. 그런 추억이라는 게 우리의 삶에서 갖는 특유의 어떤 의미를 사람들은 의외로 별로 주목하지 않는다. "모든 의미들은 크든 작든 다 철학적이다." 그래서 나도 이렇게 그 장면들을 적어둔다. 내 기억에서 멀어지기 전에. 어쩌면 귀국 전에 한두 번 더 가게 될지도 모르겠지만 이미 제법 아련한 장면들이다. 마음속 앨범에서 추억의 이삭줍기, 그 예행연습을 이렇게 미리 한번 해본다.

샤우인슬란트

도나우크벨레

드라이잠

보덴제(운터제)와 라이헤나우 섬

2-2 _ 겨울학기
Wintersemester

마르틴스브로이
– 맥주 거품 속의 철학

뮌스터, 슈바벤토어와 함께 프라이부르크의 대표적–상징적 건축물 중 하나인 마르틴스토어는 알트슈타트 한복판 카이저–요제프슈트라세에 있다. 그 아래로 예쁜 노면 전차도 지나다닌다. 시계탑이자 성문이기도 한 이 건축물은 흰 벽과 사방의 붉은 벽돌 모서리와 푸르게 녹슨 여러 개의 뾰족 지붕이 아주 멋있다. 그 왼편 바로 옆의 좁은 골목(Martinsgässle) 막다른 끄트머리에 마르틴스브로이Martinsbräu라는 주점이 있다. 나는 가끔 이 집을 드나든다. 대개 같은 철학과에서 유학 중인 정은해 선생과 함께다. 나무로 만든 멋진 벤치 테이블이 있지만 우리는 대개 키 높은 의자의 카운터 좌석에 주로 앉는다. 바로 앞에 두 개의 거대한 구리 양조 통이 보이기 때문이다. 그 독특한 현장 분위기를 함께 즐긴다. 기본은 물론 그 맥주 맛이다. 알려져 있다시피 독일은 맥주의 나라다.

물처럼 마신다고 소문나 있다. 정말 그런지는 아직도 확인해 보지 않았다. 소문에 의하면 독일인들이 가장 좋아하는 술은 맥주보다 와인이라고 한다. 그러나 이들이 맥주를 사랑한다는 것은 분명한 사실이다.

나는 특별히 술을 밝히는 술꾼은 아니지만 마음이 맞는 친구들과 어울려 한두 잔 홀짝거리며 수다를 떠는 그 분위기는 즐기는 편이다. 그래서 서울이나 창원에서도 그랬지만 하이델베르크 시절에도 친구 이 목사 등과 어울려 이 집 저 집 기웃거리며 꽤나 마셨고 이곳 프라이부르크에서도 부담 없이 마실 수 있는 학교 앞 주점은 말할 것도 없고 게베르베 카날Gewerbekanal 근처(Gerberau 15A)의 파이얼링Hausbrauerlei Feierling을 비롯해 소문난 맥줏집(Biergarten)을 꽤나 다녀보았다. 독일의 큰 장점은 이 맥주의 종류가 엄청나게 다양하고 그 맛이 집집마다 다 다르다는 것이다. 맛도 빛깔도 투명도도 향기도 각각 다르다. 진짜로 시커먼 흑맥주도 있고 진짜로 투명한 수정 같은 맥주도 있고 막걸리처럼 걸쭉한 맥주도 있다. 이 집에서 들은 이야기지만 독일에서는 이 맥주도 '장인(Meister)'이 만든다고 한다. 이들의 교육제도는 참 특이하다. 전문적으로 조사한 건 아니고 대충 전해 들은 이야기지만 여기서는 초등과정이 4년, 그다음은 학생의 능력/적성에 따라 인문학교인 '김나지움Gymnasium'과 실과학교인 '레알슐레Realschule' 혹은 직업학교인 '하우프트슐레

Hauptschule'로 길이 갈라진다. 김나지움을 나오면 대학으로 진학해 전문교육을 받는다. 학문 쪽으로 나가려면 박사학위를 취득(promovieren)하고 그다음 교수 자격을 추가로 취득(habilitieren)해야 교수가 될 수 있다. 한편 레알슐레를 나오면 각 전문 분야별로 자격시험을 치게 되고, 그렇게 해서 각 분야의 전문 기술자가 된다. 그 정점에 이른바 '마이스터'가 있다. 맥주도 소시지도 안경도 피아노도 그렇게 해서 만들어진다. 자동차도 의약품도 아마 마찬가지일 것이다. 그래서 그 맛이 특별할 수밖에 없고 '메이드 인 저머니(Made in Germany)'가 우수할 수밖에 없다. 배워야 할 제도가 아닐 수 없다. 이 마르틴스브로이의 맥주도 아마 그렇게 해서 지금 내 앞에 이렇게 놓여 있을 것이다. 그것이 지금 이렇게 내 시간의 한순간에 '질'이라는 것을 얹어준다. '꿀꺽' 한 모금을 넘긴다. 맛있다. 소시지도 '와삭' 한 입 베어 문다. 역시 맛있다.

그러면서 나는 정 선생과 많은 이야기를 나눈다. 그와는 흉허물이 없다. 하이데거학회에서 처음 그를 만났다. 실력은 물론 짱짱하고 그 인품이 또한 점잖다. 오래도록 강사 생활로 고생하다가 취직이 여의치 않아 최고 명문에서 박사과정을 마쳤음에도 뒤늦게 다시 독일 유학길에 오른 것이다. 마음고생이 심했을 것이다. 지금 그 박사논문이 거의 끝나간다고 들었다.

그런 그이니 이야기가 잘 통한다. 공통의 관심사인 하이데거며, 철학, 독일, 학회 이야기 … 온갖 것들이 다 화제가 된

다. 둘 다 아직 젊지만 철학도라서 사는 이야기도 만만치 않게 나눈다. 한번은 여기서 맥주를 마시다가 그 거품을 보며 일본에서 엄청난 인기몰이를 한 타와라 마치俵万智의 가집(《チョコレート革命》)에서 내게 특히 인상적이었던 소위 '와카(和歌)' 한 수를 그에게 읊어주기도 했다.

地ビールの泡(バブル)やさしき秋の夜ひゃくねんたったらだ
あれもいない.
토속 맥주의 거품도 부드러운 지금 가을밤. 백 년 지난 후에는
아무도 없을 테지.

고전의 형식(5-7-5-7-7)에 톡톡 튀는 현대적 감각을 실어 읊어 선풍적인 인기를 끌었던 그녀다. 연애시도 많다. 데뷔 당시 와세다 대학 학부 3학년이었다.

정 선생은 크게 공감했다. "지금 이 순간 여기에 딱 어울리는 시네요. 하하." 그러면서 철학자답게 '백 년 후'와 '아무도 없음' 등을 서로 논했다. '지금'이라는 것도 당연히 논했다. 그건 하이데거의 주제 중 하나이기도 했으니까. 그런데 그와 나의 공통된 의견 중의 하나는 하이데거의 철학에는 그 '지금'의 내용에 대한 논의가 결여되어 있다는 것이다. 나도 열을 올렸다. 얼굴은 이미 맥주로 인해 불그레하다. "그 지금이라는 건 사실상 '삶'이 아니냐. 이 순간 우리는 지금 즐겁지

만, 그 길이를 조금만 길게 잡으면 프라이부르크 시절이 되고 청춘이 되고, 거기엔 너무나 많은 청춘의 고뇌가 이 맥주 거품처럼 부글거리고 있지 않느냐…" 어쩌고저쩌고. 그도 나 못지않게, 아니 나보다 더 열을 올렸다. 직장 생활로 고생하는 아내 이야기, 보고 싶은 아이들 이야기, 강사 생활의 애환 등등. 나의 입이 무거워졌다. "솔직히 산다는 게 너무 힘들어요. 죽을 만큼 힘들 때도 많아요. 죽고 싶을 때도 있지만, 집 사람이나 애들 생각하면 그럴 수도 없지요." 나도 끄덕끄덕 맞장구를 쳤다. 나는 그래도 교수로 취직이 되었으니 끄덕이기도 좀 미안했다. 그는 말을 계속했다. "우리도 나중에 백 년 후에 그 '아무도 없지' 중의 하나가 될 테고 그때 저세상에서 정말 신이라는 존재를 만나게 된다면 정말이지 한번 따져 보고 싶어요. 도대체 내가 뭘 얼마나 잘못했다고 나한테 이런 힘든 고생을 시키시는지…" 그는 웃는 얼굴이지만 그 말은 마치 신음소리처럼 들려 내 가슴을 때렸다. "그래, 그때는 나도 옆에서 편들어줄게." 하며 그냥 같이 웃을 수밖에 없었다. 그러면서 다시 한 모금 '슐룩(Schluck: 꿀꺽)!' 그 거품이 제대로 씁쓰레했다. 거룩하신 신께서도 아마 이 정도의 투덜거림은 애교로 봐주실 거라고 둘이 마주 보며 다시 한 번 웃었다.

우리는 이따금 맥주를 마신다. 그 맥주에는 거품이 있다. 우리는 그 거품을 즐긴다. 그런데 그 거품들이 실은 우리네 삶의 순간들이라는 것을 우리는 의식하지 못한다. 맛있는 순간들도 결국은 다 거품이다. 돈도 지위도 명성도 결국은 다 거품이다. 어쩌면 독일도 프라이부르크도 다 거품일지 모른다. 이윽고 다 꺼지고 사라진다. 그래도. 어쨌거나 지금 그 거품은 쓰지만 달다. 그 맛을 즐기며 우리는 이 순간의 '지금'을 살고 있다. 그런 게 우리네 인생의 외면할 수 없는 실상일 것이다. 지금 여기는 프라이부르크다. 토속 맥주의 거품도 부드러운 지금 가을밤이다. 백 년 후에는 정 선생도 나도 아무도 없겠지만, 지금은 아직 있다. 그리고 맥주를 마시고 있다. 모든 게 다 거품이더라도 지금 그 거품이 맛있지 아니한가. 그 맛으로 우리는 이 시간 속을 살아간다. 나도 그렇다. 마르틴스브로이의 이 맥주 한잔이, 그 맛있는 거품들이 나를 격려한다.

마르틴스브로이

맥주 거품에도 철학이…

메스키르히에서 – 고향의 장소론

메스키르히Meßkirch, 아마도 낯선 지명일 것이다. 토트나우베르크보다 더 낯설 것이다. 거긴 그래도 스키 휴양지라는 명성이라도 있다. 메스키르히는 그런 것도 없다. 거길 다녀왔다. 명목은 학회 참석이다. 국제 하이데거학회(Heidegger Tagung)다. 모르는 사람들은 그런가 보다 하겠지만, 실은 이 학회 자체가 예사로운 일이 아니다. 그 장소가 베를린도 뮌헨도 프랑크푸르트도 아니고 심지어 프라이부르크도 아니고 인구 기껏해야 9천 명도 안 되는 시골 중의 시골이기 때문이다. 교통도 아주 불편하다. 회의장도 '마르틴–하이데거 김나지움'이다. 그런 데서 국제학회를 한다고? 그렇다. 심지어 연례행사다. 이유가 있다. 거기가 하이데거의 고향이기 때문이다. 9월 26일, 하이데거의 생일을 전후해 학회를 여는 것도 그 때문이다.

교통이 불편했지만 어찌어찌해서 무사히 도착했다. 가을이 내려앉은 메스키르히는 시골답게 차분하고 아름다웠다. 시골이라지만 여기엔 옛 성과 그 성정도 남아 있다.

등록을 하고 숙소를 배정받았다. 그런데 그게 회의장인 김나지움의 체육관이다. 거기에 매트 하나를 배정받은 것이다. 몇 안 되는 호텔에 전 세계의 참석자들을 애당초 다 수용할 수가 없다. 인근 지크마링엔Siegmaringen에도 배정이 된다. 차로 이동해야 한다. 나는 차도 없거니와 교수라고는 해도 상대적으로 젊고 무명이라 제대로 된 숙소로 갈 군번이 못 된다. 그러려니 수긍할 수밖에 없었다. 체육관의 매트 위도 처음 하는 경험이라 나름 재미있을 것 같았다. 자리를 확인한 후 거기에 짐을 두고 시간이 있었기에 동네를 한 바퀴 유람했다. 먼저 하이데거의 부친이 관리인으로 일했던 성 마르틴 교회와 그 한켠에 있는 하이데거의 생가, 특히 어린 하이데거가 그 줄에 매달려 놀았다는 교회의 종탑을 둘러봤다. 역시 감개무량했다. 그는 이 종탑 이야기를 그의 글에서 하며 거창하게 시간성 운운하기도 했다. 그리고 이 집에서 어린 그는 초등학교를 다녔다. 공부를 곧잘 했다. 그가 나무토막으로 만든 배를 띄우며 놀았다는 분수대도 봤다.

마을 자체는 하이델베르크 인근에서도 익히 보았던 평범한 시골 동네였다. 물론 차분하고 아름다웠다. 동네 골목을 산책하다가 어느 집 주차장에 현대 엘란트라 자동차가 눈에 띄어 엄청 반갑기도 했다. 프랑크푸르트 등 대도시는 물론 하이델베르크에서도 자주 보았지만 이 구석진 시골마을에서 만난 삐딱한 H 엠블럼은 특이나 반가웠다.

가장 인상적인 것은 역시 교회 바로 옆 옛 성과 그 성정(Hofgarten)이었다. 그리고 그 문에서 나와 엔리트 쪽으로 뻗어 있는 그 '들길'이었다. 내가 《존재와 시간》보다 더 좋아하는 저 7쪽짜리 책 《들길(Der Feldweg)》에서 자세히 묘사된 그 풍경이다. 그의 글 중 가장 아름답고 문학적인 문장이다. 그가 거기서 언급한 그 들길의 십자가와 '거칠게 만들어진 벤치'도 확인했다. 당연히 '찰칵' 증명사진도 찍었다.

"… 떡갈나무 밑에는 거칠게 만들어진 벤치가 있다. 그 벤치 위에는 가끔 위대한 사상가들의 이런저런 글이 놓였고, 젊은 시절 나는 곤경에 빠져 그 글에 담긴 수수께끼를 풀어보려고 애쓰기도 했다. 수수께끼들이 꼬리를 물고 밀려들어 아무런 출구도 보이지 않을 때, 들길이 도와주었다. 들길이 드넓게 펼쳐진 수수한 벌판을 가로지르며 부드럽게 굽이진 좁은 길 위에서 조용히 발길을 인도하였기 때문이다. …"

바로 그 들길이다. 그 현장을 나의 두 발로 천천히 걸으며 나는 그의 이 말을 백 퍼센트 고스란히 공감했다. 나에게도 그런 낙동강변의 강변길이 있었으니까.

공원묘지(Ziegelbühlstraße)의 하이데거 묘소에도 들렀다. 사진으로도 본 적이 있지만 특별한 묘비명 없이 상단에 붙어 있는 별 하나가 인상적이다. 아마도 그의 책 《사유의 경험에서(Aus der Erfahrung des Denkens)》에 있는 저 유명한 구절, "하나의 별을 향해 가는 것, 오직 그것뿐(Auf einen Stern zu gehen, nur dieses)"을 참고했을 것이다. 그 하나의 별은 아마도 '존재'일 것이고 '향해 가는 것'은 아마도 '사유'일 것이다. 묘비에 있는 그 하나의 별이 나 같은 하이데거 연구자에게는 이미 많은 것을 말해주고 있었다. 너무 많을 정도다. 그 자신이 '존재'라는 그 단어 하나를 가지고 100권이 넘는 책을 썼으니까. 아무튼 그는 이 고향을 떠나 세상에서 몇 10년간 철학이라는 이름의 방랑(Wanderung)을 하다가 이렇게 그의 고향으로 돌아와 고향의 땅에 묻혔다.

들판 너머엔 비히틀링엔Bichtlingen 쪽 엔리트Ehnried를 비롯해 울창한 숲이 있었다. 그 어딘가에서 아마도 그의 부친이 교회 일 틈틈이 짬을 내어 커다란 술통을 만들고 어린 마르틴도 아버지를 도와 톱질을 했을 것이다.

정작 학회는 뒷전이었다. 좌장을 맡은 폰 헤르만 교수님과 리델 교수님께는 죄송하지만, 발표된 논문이야 나중에 글로 읽으면 된다. '하이데거와 니체의 대화', '니힐리즘의 극복', 《철학에의 기여》 속의 니체' 등 몇 개를 들었지만, 엄청난 무슨 내용은 애당초 있을 턱이 없다. 나의 학문적 오만일지 모르나 그 논제들이 대개 좀 '지엽적'이라는 생각을 떨칠 수 없었다. 나에게는 그의 고향 풍광이, 글에 묘사되었던 그 장면의 확인이 훨씬 더 큰 의미가 있었다.

고향…. 그가 이 고향(Heimat)이라는 것을 자신의 철학적 개념의 하나로 다룬 것도 우연은 아니라는 생각이 들었다. 이곳의 무언가가 그만큼 그의 내면에 깊이 뿌리박고 있을 것이다. 그가 후기에 자주 강조한 '토착성(Bodenständigkeit)'이라는 것도 그 무언기와 무관하지 않을 것이다. 역시 후기에 저 유명한 '존재망각'을 '고향상실'이라고 개념화한 것도 그럴 것이다.

나도 국민학교(초등학교)를 마치고 곧바로 고향을 떠나 서울의 중학교로 진학했기에 고향은 일찌감치 그리움의 빛깔로 칠해져 아련한 그 무엇으로 가슴에 남았다. 그래서인지 소위 문학 소년이었던 고교 시절, 나도 고향이라는 주제로 글을 쓴 적이 있었다. "고향은 어디나 있다." "고향은 거기에 없다." … 잘난 체 이런저런 장광설을 늘어놓은 후 결론은 결국 "고향은 마음속에서 영원하다."로 마무리되었다. 소년이 교수가 되었다고 거기에 뭔가 덧붙일 것이 있을까? 진실은 쉽게 달라지지 않는다. 지금도 내 고향인 안동은 여전히 거기 그대로 있지만, 이미 내 마음속에 있는 아련한 그곳이 아니다. 산천도 변했거니와 사람들도 다 변했고 나도 변했다. 그러나 내 마음속의 그 고향은 여전히 1950/60년대다. 거기서 부모님은 아직 젊으시고 친구들도 가까이에 다 그대로 있고 나도 아직 어린아이다. 거기에 모종의 불변하는 '원형'이 있는 것이다. 그것은 그 자체로 하나의 세계다. 가치의 세계다. 더욱이 아름다운 세계다. 거기서 우리는 늘 행복할 수 있다. 그래서 우리는, 늙어도 어린 채 그곳을 그리워한다.

하이데거가 고향을 다룬 저 명문《들길》같은 그런 글을 언젠가 나도 한번 써봐야겠다는 생각이 들었다. 하이데거의 고향 메스키르히의 그 들길을 천천히 걸으면서.

메스키르히(옛 성과 성 마르틴 교회)

메스키르히의 들길

하이데거 생가

무멜제에서
– 아름다움이라는 선물

　무멜제Mummelsee(인어 호수). 처음 거기를 간 것은 7월이었다. 거의 '선경'이었다.

　하이델베르크 대학처럼 거의 매주는 아니지만 이곳 프라이부르크 대학에도 이따금 외사과에서 제공하는 엑스쿠르지온(Exkursion: 소풍) 프로그램이 있었다. 반가운 마음에 참가했다. 프라이부르크 주변 이른바 슈바르츠발트 기행이다. 이곳은 독일에서도 소문난 숲 지대다. 얼마나 삼림이 울창했으면 슈바르트발트(검은 숲/흑림)라 했겠는가. 그 이름만으로도 이미 충분히 부럽고 설레었다.

　흥분으로 일찍 잠이 깼지만 집결 장소까지 약간의 거리가 있어 늦지 않으려 발걸음을 서둘렀다. 1교시 이전의 이른 아침 시간이라 거리의 풍경도 고요하고 차분했다. 서두르는 와중에도 그 아침 분위기를 즐겼다. 아직 문을 연 가게는 거의 없었다.

 들뜬 분위기 속에서 버스는 출발했다. 옆자리에는 밀라노 출신이라는 한 예쁘장한 이탈리아 여학생이 앉았다. 독일어가 너무나 자연스러운 그녀와 이런저런 이야기를 나누며 행선지로 향했다. 전통적인 슈바벤의 분위기를 간직한 일대의 명소들을 차례로 둘러봤다. 중세적 분위기의 겡엔바하Gengenbach, 슈바벤 민속촌 같은 구타하Gutach, 88올림픽 개최가 결정된 곳으로 유명한 온천 휴양지 바덴바덴Baden-Baden ⋯ 그리고 바로 그 무멜제였다. 가는 사이 이따금씩 비가 흩뿌렸다. 뜨거운 햇빛을 가려줘 여행하기에는 오히려 좋았다. 주변의 숲은 정말 인상적이었다. '깊은 숲에서' 어쩌고 저쩌고하는 독일의 동화에서 듣던 표현이 비로소 피부에 와 닿았다. 주로 전나무인 그 나무들은 엄청나게 키가 컸다. 심지어 '빼곡하다'는 느낌이었다. 역시 '숲의 나라'⋯. 그런 숲길을 한참 버스로 달리고 그리고 이윽고 버스가 멈추었다. 바로 호숫가였다. 그런데. 내리자마자 "와~" 모두들 탄성을 질렀다. 아니 탄성이 절로 났다는 표현이 더 적합한지도 모르겠다. 그 호수가 너무너무 멋졌다. 비가 내린 직후라 그런지 호수 위엔 물안개가 자욱했다. 그야말로 신비의 세계였다. 안개 때문에 그 크기를 가늠하기도 힘들었다. 그 안개 사이로 어렴풋이 호숫가의 숲들이 버티고 있었다. 가까이 보이는 쪽 호안의 물은 수정처럼 맑았다. 그 호반에는 전통 양식의 거대한 호텔풍 4층 건물이 서 있었다. 그것도 좋았다. 무슨 전설이 있는지 호반 가까운 물 위에는 커다란 바위가 있고 그 바위 위에 저 코펜하겐처럼 인어상이 앉아 있었다. 그 호반에서 내 가슴은 저 아득한 고교 시절 너무나 좋아했던 헤르만 헤세의 명시 〈안개 속에서〉를 다시 만났다.

〈안개 속에서〉

야릇하여라, 안개 속을 거니는 것은!
모든 수풀도 돌도 다 홀로 있고,
어떤 나무도 다른 나무를 보지 못하고,
제각각 다 외로운 존재.

세상은 벗들로 가득하였지,
아직 내 삶이 밝았을 적엔.
이제 거기엔 안개 자욱해,
더 이상 아무도 보이지 않네.

그래, 아무도 현명하다 말할 수 없지,
기어이 그리고 가만히
모든 것으로부터 자기를 떼어놓는
그 은밀한 어둠 모르는 이는.

야릇하여라, 안개 속을 거니는 것은!
삶이란 원래 홀로 있는 것.
어떤 사람도 다른 사람을 알지 못하고,
제각각 다 외로운 존재.

⟨Im Nebel⟩

Seltsam, im Nebel zu wandern!
Einsam ist jeder Busch und Stein,
Kein Baum sieht den andern,
Jeder ist allein.

Voll von Freunden war mir die Welt,
Als noch mein Leben licht war;
Nun, da der Nebel fält,
Ist keiner mehr sichtbar.

Wahrlich, keiner ist weise,
Der nicht das Dunkel kennt,
Das unentrinnbar und leise
Von allen ihn trennt.

Seltsam, Im Nebel zu wandern!
Leben ist Einsamsein.
Kein Mensch kennt den andern,
Jeder ist allein.

너무나 좋아해 당시 처음 배운 타자기로 그 원시를 타이핑해서, 펼친 책 모양 나무 액자 양쪽에 그의 사진과 함께 넣어 내 책상 위에 둔 정도였다.

하지만 이 시도 이 무멜 호수 현장의 촉촉한 느낌만큼 좋지는 못했다.

한참이나 '홀로' 그 분위기에 젖어 있다가 아쉬움을 뒤로하고 그곳을 떠나 프라이부르크로 돌아왔다. '헤세의 저 시가 괜히 나온 게 아니구나.' 실감했다. 다른 곳도 다 좋았지만 하여간 무멜제는 압권이었다. 인간 실존은 '홀로임'을 그 안개 속에서 확실하게 느꼈다.

두 번째 거기에 간 것은 10월이었다.

버스를 타고 물어물어 혼자서 찾아갔다. 워낙 여행을 좋아하지만, 첫 번째 방문 때의 인상이 너무 좋아 꼭 다시 한 번 그곳을 보고 싶었다. 그곳은 어디 가지 않고 거기 그대로 있었다. 그런데, 응? 여기가 거기? 완전 딴판이었다. 쾌청한 가을날 전형적인 슈바벤 지방의 푸른 하늘이다. 안개는 흔적

도 없다. 깨끗하고 투명한 반면 환상은 깨졌다. 기대하던 그
풍경이 아니었다. 그때 그 신비의 세계는 아마 그때만 있었
던 한순간이었던가 보다. 풍경사진 작가들이 흔히 말하는 그
런 천재일우의 한순간.

안개에 대한 추억과 더불어 맥락은 좀 다르지만 저 정훈희
의 노래 〈안개〉가 언뜻 떠올랐다.

나 홀로 걸어가는 안개만이 자욱한 이 거리
그 언젠가 다정했던 그대의 그림자 하나
생각하면 무엇 하나 지나간 추억
그래도 애타게 그리는 마음 …

물론 또 다른 아름다움이 거기 있긴 했다. 한국처럼 알록
달록한 단풍은 없었지만 차분해진 가을 숲에 둘러싸인 청명
한 호수는 또 다른 종류의 매력을 보여주었다. 비록 아주 크
진 않았지만 지난번 보지 못한 전경이 눈에 들어왔고 무엇보
다 피부에 닿는 가을 공기가 상쾌했다. 나름 새로운 그 아름
다움을 눈과 가슴에 담고 프라이부르크로 돌아왔다.

세 번째로 거기에 간 것은 해가 바뀐 1월이다.

겨울이라 아침은 어두워 여유 있게 찾아갔더니 점심 가까
운 시간에 도착했다. 역시 그곳은 어디 가지 않고 거기 그대

로 있었다. 그런데. 또다. 응? 여기가 거기? 완전 딴판이었다. 그런데 또 다른 종류의 "와~." 순백의 세계였다. 전날 눈이 많이 내리더니 아니나 다를까 완전한 설경. 호수도 얼어붙었다. 또 다른 신화가 나올 법한 광경이었다. 빨간 코의 루돌프가 저 숲속에서, 아니 저 호수의 빙판길을 달려서 올 것 같은 느낌이었다. 그 겨울 호반을 잠시 거닐며 나는 저 여름날의 안개와 저 가을날의 푸른 하늘과 겨울날의 이 설경을 세 겹으로 접어 가슴 깊숙한 곳에 간직했다. 언제든, 한국에 돌아가더라도, 내 머리에 허연 서리가 내리더라도, 나는 때때로 그 장면들을 다시 꺼내 볼 것이다. 이건 아마도 세월 속에서 빛바랠 일이 없을 것이다.

우리가 사는 이 세상엔 그 무멜제처럼 '아름다운 곳'들이 있다. 그 아름다움의 얼굴도 그때그때 여러 가지다. 우리는 그것을 당연히 여기고 그리고 너무나 자주 그 사실을 잊어버리지만 그건 사실 크나큰 축복이 아닐 수 없다. 비록 얼마간 교통비가 든다고는 해도 그 아름다움의 크기를 고려하면 그 풍경은 거의 공짜로 주어진다고 봐야 한다. 좋은 것이니 만큼 '선물'인 것이다. 고로 우리는 모든 아름다운 경치들 앞에서 "와~" 하는 탄성이 나올 때마다 '감사'라는 비용을 지불하지 않으면 안 된다. 누가 그것을 받아갈지, 그게 신인지 자연인지, 그건 또 하나의 철학적 과제로 우리를 기다린다. 후기의 하이데거가 존재에 대한 '사유(Denken)'를 '감사(Danken)'로 연결해가는 것이 우연은 아니다. 특히 이 독일에서는 그런 연결이 너무나도 자연스럽게 느껴진다.

무멜제 풍경 – 안개 낀 날

무멜제 풍경 – 쾌청한 날

무멜제 풍경 – 눈 내린 날

티티제에서
– 가족, 내가 아닌 나, 나보다 더 나

창밖에 눈이 내린다. 눈 내리는 프라이부르크는 더욱 예쁘다. 조용히 창가로 가 '찰칵' 사진을 찍는다.

나에게 이 독일 생활은 너무나 행복한 시간이지만 '완벽한 행복'은 허락되지 않았다. 아내의 직장 사정, 아이들의 학교 사정 때문에 가족이 함께 오지를 못했기 때문이다. '나 혼자의 행복'은 저 우렁각시 이야기가 말해주듯 반쪽짜리다. 누군가와 함께, 특히 사랑하는 누군가와 함께 나눌 때 비로소 그 행복은 완성된다. 비록 그 행복의 시간이라는 게 유한한 인간에게 영원하지는 못하겠지만.

그러나 이따금 그런 게 주어지기도 하는 게 이 세상살이, 인생살이의 묘미다. 지난 여름방학 때 아내와 아이들이 다녀갔다. 꿈같은 한동안이 지났다. 귀국 전에 가족들에게 뭔가 좋은 추억거리를 만들어주고 싶어서 '멋진 곳'을 수소문해 보았더니 독일 친구들이 '티티제Titisee(티티 호수)'를 가보라고 추천했다.

프라이부르크 역에서 기차를 탔다. 슈바르츠발트를 가로지르며 간간이 마을들을 지나며 기차는 한참을 내달렸다. 아이들도 즐거워했다. 그러다가 갑자기 차내가 조금 술렁였다. 사람들이 일제히 차창 밖을 내다본다. 따라서 창밖을 내다보던 초등학생 막내가 "와, 사슴이다!" 커다란 한국말로 외쳤다. "히르쉬(Hirsch: 사슴)!"라는 독일말도 들렸다. 나도 아내도 큰애도 내다봤다. 스쳐가는 저 산 위에 정말로 사슴이 우뚝 서 있었다. 커다란 뿔을 머리에 왕관처럼 올린 사슴이다. 물론 기차는 빨랐고 순식간에 그건 사라졌다. 그러나 아무튼 그 사슴 덕분에 기분은 두 배로 들떴다.

티티제는 그림같이 아름다운 호수였다. 산중 호수지만 주변의 산들은 산이라기보단 완만한 언덕이었다. 나에게 큰 감동을 주었던 저 무멜제보다 규모가 컸고 지난번 정은해 선생과 함께 가보았던 슐루흐제Schluchsee보다는 작았다. 독일-스위스 국경, 콘스탄츠Konstanz의´ 저 바다처럼 광활한 보덴제Bodensee와는 완전히 다른 딱 알맞은 크기였다. 호반엔 슈바벤식 전통 건물들도 있었다. 자연의 아름다움에 문화의 아름다움이 곁들여져 훌륭한 조화미를 보여준다.

가족들과 그 맑은 호수에서 보트를 탔다. 몇 푼의 비용이

제값을 했다. 좋아하는 아이들의 표정이 그 보트 대여료의 몇 십 배를 되돌려줬다. 내친김에 자전거도 빌려 제법 큰 그 호수 둘레의 산책로를 일주했다. 자전거를 갓 배워 타기가 서툰 막내는 겁을 먹었지만 혼자 두고 나머지만 갈 수도 없다. 독려하며 어쨌든 전원 무사히 한 바퀴를 돌았다. 완주한 막내가 장했다. 초등학생 시절의 아마도 평생 잊지 못할 추억이 될 것이다. 완주 후의 아이스크림은 더욱 꿀맛으로 기억될 것이다. 아빠로서 뭔가 흐뭇했나. 멋진 그 독일 전통식 건물에서 하필 중국 식당을 간 것은 부조화겠지만 그 식당은 맛으로 보답했다. 역시 가족들의 그 만족하는 표정이 나에겐 그 훌륭한 맛보다 더 가치 있었다.

돌아오는 길, 기차가 다시 숲을 가로지르며 아이들은 일찌감치 들떴다. "그 사슴 또 볼 수 있을까?" 순간을 노렸다. "와, 있다. 사슴!" 막내가 또 소리를 질렀다. 그런데. "어, 저건…" 잠깐 사이지만 자세히 보니 움직임이 없었다. 동상이었다. 게다가 알록달록한 인위적 색칠. "에이 뭐야…" 꿈이 깼다. 다들 어이없이 웃었다. 저건 차라리 안 보는 게 좋았을까? 그러나 이미 보아버렸으니 어쩔 수 없다. 저 실망도 함께 추억의 한 토막이 될 게 틀림없다.

겨울방학을 또다시 가족과 함께했다. 티티제를 다시 찾았다. 사슴도 다시 만났다. 그게 동상임을 웃으며 재차 확인했지만 처음의 그 놀라움과 감동은 없었다. 겨울의 티티제는 관광객도 없이 차분하고 조용했다. 그 대신 그 전통 가옥 한 편의 크리스마스 용품점이 아이들을 들뜨게 만들었다. 전시용 전나무에 걸쳐진 온갖 예쁜 장식들, 반짝이는 금빛 은빛 알록달록한 전구들, 산타클로스 할아버지와 빨간 코의 루돌프 사슴, 리본들 … 그리고 경건하고 경쾌한 캐럴. 화려한 꿈의 세계였다.

다시 돌아온 프라이부르크의 집. 아내와 아이들은 아직 자고 있다. 저 표정들이 평화롭기 그지없다. 천사들이다. 너무나 소중하다. 저들은 왜 이토록 소중한가. 20대 후반까지 나의 반생에서 저들은 '없었다'. 그러다가 어느 날 갑자기 나타났다. 나를 찾아와준 것이다. 그리고 가족이 되었다. 그 모든 과정이 하나하나 온통 다 신비였다. 거의 기적이었다. 축복이었다. 저들은 분명히 '없었던 존재'인데 이제 '없어서는 안되는 존재'가 되어 있고, 분명히 내가 아니건만, 또한 나의 불가결한 일부가 되어 있다. 저들이 즐거우면 그로 인해 나는 더 즐겁고 저들이 아프면 그로 인해 나는 더 아프니, '나 아닌 나'이며, '나보다 더 나'이다. 이걸 신비가 아니라 할 수 있겠는가. 나는 이런 원초적 현상들을 나 자신의 철학, '이수정 철학'을 위한 소중한 주제로 확보해둔다.

철학에서는 우리 인간을 '이성적 존재', '디오니소스적 존

재', '사회적 존재', '공작인', '피조물', '죄인', '세계−내−존재'
… 어쩌고저쩌고 규정을 하고 있지만, 그 모든 것 이전에 가장 중요한 제일차적 진실은 '사랑하는 존재'라는 것이다. 그리고 '가정−내−존재'라는 것이다. 저 침대 위에, 그리고 그것을 바라보는 침대 곁에 그 증거가 있다.

나는 이 인정한 사랑의 순간을 저 티티제의 모든 장면들과 함께 마음이라는 앨범에 보관해둔다. 그 앨범은 이미 엄청 두껍다. 창밖에는 아직도 눈이 내리고 있다. 사랑이 소록소록 내려 소복소복 쌓이고 있다.

티티제와 티티제의 사슴

나무, 나무, 나무
– 지구의 진정한 주인

깔끔함, 세련됨, 우아함, 정확함, 엄밀함, 철저함 …. 선도 면도 공간도 그리고 사람도 물건도 사회도 문화도 …, 산도 강도 하늘도 …, 독일은 확실히 좋은 게 많다. 프라이부르크는 더욱 그렇다. 그중에 대표적인 것을 딱 하나만 꼽아보라면…, 나는 '나무'다. 단연 나무다.

지난 하이델베르크 때도 지금 프라이부르크 때도 처음 도착한 것은 6월 말, 여름이었다. 당연히 녹음이 푸르렀다. 관문 공항인 프랑크푸르트의 시가지를 벗어나자마자 숲이었다. 프라이부르크 주변은 특히 그렇다. 이른바 슈바르츠발트, '검은 숲/흑림'이라 불리는 지대다. 여기저기 다녀봤지만 정말 울창한 숲이다. 전문가가 아니라 잘은 모르겠으나, 대충 보았을 때 주된 수종은 전나무인 것 같다. 침엽수다. "소나무야 소나무야 언제나 푸른 네 빛" 하는 유명한 독일 가곡

이 있지만, 실은 그 원문이 '전나무(Tannenbaum)'다. 크리스마스트리로 쓰이는 그 나무가 바로 그 나무다. 이 일대는 어딜 가나 그 전나무 천지다. 꼿꼿하고 아름답다. 한국의 소나무와는 그 아름다움의 종류가 전혀 다르다. 나는 워낙 곡선보다도 직선을 좋아하는 편이라 솔직히 소나무보다 전나무를 더 좋아한다. 메타세쿼이아를 좋아하는 것도 그 때문이다. 물론 곡선이 더 좋은 경우도 당연히 있다. 세상이 온통 직선으로만 되어 있다면 그건 세상이 아니다. 경직되어 숨이 막힐 것이다.

이들은 그렇게 침엽수인 전나무를 좋아하지만 활엽수인 보리수(Lindenbaum)도 엄청 좋아한다. 어딜 가도 심심치 않게 거대한 보리수를 만날 수 있다. 하이델베르크의 저 유명한 고성 드넓은 정원 한복판에도 거대한 보리수가 있었다. 그게 없다면 그 성의 매력도 반감될 것이고 괴테도 어쩌면 그 정원을 그렇게 좋아하지 않았을지 모른다. 게다가 전나무와 달리 보리수는 가을이 되면 노랗게 물든 단풍의 아름다움도 선사해준다. 슈베르트의 가곡 "성문 앞 샘물 곁에 서 있는 보리수(Am Brunnen vor dem Tore da steht ein Lindenbaum)"라는 노래도 괜히 나온 게 아니다. 그만큼 여기서는 친숙한 나무다.

의외로 미루나무(Pappelbaum)도 많다. 우리나라처럼 특히 물가에 많다. 물가에 아주 잘 어울린다. 하이델베르크에서도 카알스토어 부근 네카아 강가에 커다란 미루나무가 있었다.

나는 그것을 특별히 좋아했다. 지난번 콘스탄츠에 갔을 때 보덴제의 라이헤나우Reichenau 섬에도 가보았는데 거기도 키 큰 미루나무들이 호안에 늘어서 있어 독특한 분위기를 연출하고 있었다.

그런가 하면 버드나무(Weidenbaum)도 만만치 않게 물가를 장식한다. 서경, 평양만이 류경이 아니다. 물가에 휘휘 늘어진 버들가지가 없으면 그 역시 뭔가 쓸쓸한 풍경이다. 그 유명한 독일 바이에르 사의 아스피린도 그 원료가 버드나무 성분이라고 들은 적이 있다. 우연이 아닌 것이다. 주변에 그 나무가 많기 때문이다.

또 다른 나무도 있다. 가로수로 많이 심어져 있다. 처음에는 잘 몰랐다. 프라이부르크의 숙소인 마돈나 하우스에서 학교에 가는 길에도 가로수가 푸르렀다. 짙은 그 푸르름 아래를 즐겁게 걸어 여름내 등하교를 했다. 그런데 가을이 되자 그 나뭇잎이 조금씩 황갈색으로 물들기 시작했다. 단풍나무나 은행나무와는 다른 색이지만 단풍은 단풍이다. 예쁘다. '가을'을 느끼기에는 충분한 색깔이다. 게다가 열매가 열린다. 보니까 '밤'이다. 약간의 동심이 가슴을 들뜨게 했다. 단, 그 밤송이가 좀 다르다. 내가 알던 그 가시 밤송이가 아니다. 가시가 있긴 있는데 고무처럼 말랑거리고 찔리지를 않는다. 물어보니 '카스타니에Kastanie'라고 한다. 유학생들은 그걸 '너도밤나무'라고도 하는데 그건 다르다고 한다. 사전을 찾아

274

보니 밤나무는 밤나무인데, 말밤나무라고도 한다. 그 열매는 먹지 못한다고 한다. 잘은 모르지만 이게 1970년대 포크송에 나오던 "지금도 마로니에는 피고 있겠지"* 어쩌고 하던 바로 그 마로니에marronnier라고도 한다. 그건 프랑스어다. 보는 것은 처음이다. 게다가 가을이 깊어지니 이 밤송이가 절로 벌어져 그 안에 있던 갈색 밤톨이 후드득 땅으로 떨어진다. 그 양이 제법 많아 그 후드득 소리가 장난이 아니다. 마치 음악처럼 들리기도 한다. 처음 접하는 낑정이나. 낭만이다. 물론 머리를 얻어맞지 않는 상황에 한한다. 조심해야 한다. 그만큼 떨어지는 밤톨이 많고 크다.

숲과 가로수만이 아니다. 정원수도 무시할 수 없다. 구시가지라 그런지 여기는 기본적으로 '보눙(Wohnung: 공동주택)'이 아닌 제대로 된 '하우스(Haus: 단독주택)'가 많은데 그 마당에 나무들이 많다. 그것들도 도시의 미관에 단단히 한몫을 한다. 그래서 여기서는 '산책'이 생활이 된다. 그것이 '몸'에만 좋은 것이 아니라 '눈'에도 좋은 것이다. 산책을 하며 집집이 심어져 있는 나무들을 구경하는 재미가 제법 쏠쏠하다. 가끔씩 거기서 무궁화나무를 발견할 때도 있어 눈을 번쩍 뜨게 된다. 봄에는 당연히 개나리와 조팝나무와 벚나무가 그 숨어 있던 정체를 드러내며 활짝 꽃을 피워 보여준다. 한국에서는 보기 드문 화초들도 알록달록 그 아래를 장식한다. 독일어로

* 박건, 〈그 사람 이름은 잊었지만〉(1971).

'슈타우비거 뮐러Staubiger Müller'라 하는 희귀한 은색 화초 백묘국도 있다. 정원수가 있는 풍경, 그런 꽃길을 걷는 것, 이 아니 유쾌한가.

문득 그 나무들의 숫자를 생각해본다. 프라이부르크뿐만 아니라 슈바르츠발트뿐만 아니라 독일뿐만 아니라 우리가 사는 이 지구 전체에 어마어마한 아니 천문학적인 숫자의 나무들이 살고 있을 것이다. 대략 3조 그루라는 설도 있다. 70억, 80억 어쩌고 하는 인간들의 숫자는 명함도 못 내민다. 그 숫자를 생각하면 우리 인간들이 그 나무 앞에서 우쭐할 입장이 못 된다. 우주에서 내려다보면 육안으로 보이는 이 지구의 진정한 주인은 어쩌면 나무인지도 모르겠다. 엄청 고마운 존재다. 그들이 우리에게 주는 혜택이 어디 종이나 목재나 젓가락뿐이겠는가. 광합성이니 산소 배출이니 하는 것조차도 실은 부차적이다. 가장 큰 혜택은 그 '녹색'이다. 요즘 득세하는 이른바 환경운동이 '녹색' 운운하는 것도 우연이 아니다. 그게 상상 초월의 엄청난 축복이기 때문이다. 생각해보면 내가 그 많은 색깔 중에서 녹색을 특별히 좋아하는 것도 우연은 아니었던 모양이다. 나는 나무를 사랑한다. 물론 '그녀'만큼은 아니지만.

슈바르츠발트의 전나무숲

보리수

카스타니에

"외국인 나가라!" – 악의 망령들

오늘 좀 별난 일이 있었다. 보기에 따라, 별것 아니라면 별것 아닐 수도 있다.

오전에 수업을 마치고 멘자에 가서 점심을 먹고 광장을 가로질러 도서관 쪽으로 걸어가는데 한 젊은 청년이 가까이 다가오더니 아주 가깝지는 않은 거리에서 갑자기 나를 향해 소리를 빽 지르는 것이었다.

"외국인 나가라(Ausländer raus)!"

흠칫 놀라지 않을 수 없었다. 다가오기에 '뭐지?' 하는 느낌은 있었지만 예상치 못한 일이었다. 다행이라면 다행이랄까, 그는 혼자였고, 특별히 위해를 가하지는 않았고, 곧바로 돌아서 총총 걸음으로 달아나 KG1(카게 아인스) 건물 모퉁이 뒤로 사라졌다. 멀리서 다른 사람들도 순간 돌아보았지만 무슨 '사건'은 아니라 판단했는지 역시 곧바로 각자의 발걸음을 옮겼다. 상황은 그것으로 종료.

순간이었지만 보았다. 그 청년은 이른바 '스킨헤드'였고 가죽점퍼를 입고 있었고 풀어헤친 그 점퍼 안에 빨간 셔츠를 입고 있었는데 그 가슴팍에 하얀 동그라미와 검은 하켄크로이츠(갈고리 십자가)가 선명했다. '아, 소문에 듣던 그 네오 나치…' 순간적으로 파악이 됐다. 소문이야 들었지만 설마하니 그게 내 앞에 나타나 나에게 소리를 지를 줄이야…. 당황스러웠고 쑥스러웠고 그리고 당연히… 엄청 불쾌했다.

차분히 책을 읽을 기분이 아니라 도서관으로 가던 발길을 돌려 곧장 집으로 돌아왔다. 입구에서 우연히 집주인 헤크 할머니를 만나 "조금 전에 학교에서 네오 나치를 만났어요. 나한테 소리를 지르고 달아났어요." 투덜거렸다. 할머니는 놀라며 "다치지는 않았어요?" 물었다. "네, 다행히." 그 말을 듣자 할머니는 엄청 미안하다는 눈빛으로 "나쁜 놈들이야. 위험해요. 조심해요." 하시며 어깨를 토닥여주셨다.

나는 그 스킨헤드 청년이 소리 지르던 그 순간의 장면에서 당연하겠지만 히틀러와 그의 나치를 함께 떠올렸다. 내가 알던 모든 역사적 지식들과 그리고 관련된 영화 등등도 함께 떠올랐다. 〈인생은 아름다워〉, 〈쉰들러 리스트〉 … 그리고 제대로 읽지는 않지만 히틀러가 쓴 저 《나의 투쟁》도. 모든 것이 순간이었다. 그런데 그 순간이 오래갔다. 지금도 그 순간의 여운이 이어지고 있다. 강렬한 빛을 본 다음의 잔영이 눈을 감아도 오래 남듯이.

우리는 인간이라는 것을 알게 모르게 높이 평가하고 '만물의 영장'이니 '이성적 동물'이니 하는 말들로 가늠하지만, 그건 어디까지나 한쪽 눈으로만 본 반쪽짜리다. '나머지 절반의 인간'이라는 게 분명히 있다. 그 인간은 사악하다. 부인할수 없는 진실이다. 그 사악한 인간들이 온갖 범죄를 저지른다. 고함과 욕설은 그 첫걸음이다. 그것이 저 형법에 나오는모든 범죄들로 이어지고 이윽고 그 정점에 놓이는 게 살인과전쟁이다. 어떤 형태로든 '남'을 짓밟는 그런 모든 것을 우리는 '악'이라고 규정한다. 히틀러와 그의 나치는 그 정점에 있다. 그 대표적인 상징의 하나다. 그의 저 하켄크로이츠 옆에는 우리가 잘 아는 '욱일기旭日旗(쿄쿠지쯔키)'도 있다. 우리는그것을 아직도 생생하게 기억한다.

위압적으로 혹은 자랑스럽게 휘날리던 하켄크로이츠도 욱일기도 철저하게 패배하고 내려졌다. 그러나 그게 아직도 완전히 사라지지 않고 저렇게 남아 있는 것이다. 저 스킨헤드청년의 가슴팍과 가슴 한구석에. 그리고 저 일본 자위대와우익들의 함정과 선전차에. 그리고 저 야스쿠니 신사에 보이지 않는 모습으로. 악의 망령들이 아직도 완전히 죽지 않고사라지지 않고 설쳐대고 있는 것이다. 저 유명한 영화 〈사운드 오브 뮤직〉에서도 주인공인 폰 트랍 대령이 자기 저택에 내걸린 나치의 깃발을 내려 찢는 장면이 있었는데 일부에서는 아직도 그게 저렇게 남아 있는 것이다. 그래서 우리는 경계를 늦추면 안 된다. 단, 주의해야 한다. 악은 스스로 그 악을 드러내지 않는다. 악은 결코 스스로의 악을 인정하지 않는다. 인정하는 그 순간 악은 이미 악의 자격을 상실한다. 악의 인정과 반성은 이미 선의 시작이기 때문이다. 악의 부재만 해도 이미 일종의 신인 셈이다. "악의 본질은 선의 결여"라는 저 고대 말 플로티노스의 철학도 그런 사실을 바탕에 깔고 있다. 그러나 그런 '악의 인정'은 현실을 보면 거의 기적에 가깝다. 악은 평범 속에 감추어져 있기 때문이다. 하나 아렌트의 철학에 나오는 저 '악의 평범성(Banalität des Bösen)'을 기억해야 한다. 극악무도한 저 아이히만도 전범 재판에서 너무나 평범한 모습을 보임으로써 하나를 전율케 했다.

그런 평범 속의 악들이 어디 이곳 독일, 이곳 프라이부르크만의 일이겠는가. 이른바 '외국인'에 대한 적대와 차별이 우리나라에는 없는가. '우리나라'만으로, 이른바 쇄국으로 삶이 가능한 시대는 이미 아니다. 외국과 외국인은 이제 거의 필연적인 삶의 조건이 되었다. 외국과 내국의 구별은, 아니 일체의 구별은 이미 악의 씨앗을 포태한다. 저 프랑스 철학자들이 그토록 경계했던 '동일자와 타자'의 구별도 그것과 무관하지 않다. 이른바 '중심'에 대해 '주변'은 배제의 대상이 된다. 배제는 이미 악의 시작이다. 그 대상은 '외국인'만이 아니다. 우리 한 국에서는 온갖 종류의 '우리'라는 게 도처에 만들어지고 그 바 깥에 '니들'이라는 게 동시적으로 설정되어 차별−배제−공격 의 대상이 된다. 이른바 '갈라치기'다. 결혼 이주민이나 탈북 민들에 대한 차별도 마찬가지다. 그런 건 그 본질에서 저 네 오나치와 크게 다를 바 없다. 경계하지 않으면 안 된다.

명심해두자. 타자를 향해 소리를 지르는 그 '나', '우리'라 는 것이 신통한 경우는 거의 없다. 그 고함 속에서 악의 망 령이 스멀스멀 움직이며, '건전'이나 '평화'라는 먹이를 탐하 며, 그 시커먼 웃음을 웃고 있다는 사실을 잊지 말자. 네오 나치 청년이 나에게 소릴 지르고 달아난 그 건물에는 붉은 벽돌 벽면에 황금색으로 "진리가 너희를 자유케 하리라(DIE WAHRHEIT WIRD EVCH FREI MACHEN)"는 말이 커다랗게 새 겨져 있었다. 아직 진리를 만나지 못해 자유치 못한 그의 가 슴에도 언젠가 저 하켄크로이츠 대신 그 말이 새겨지기를 나 는 기대하고 기도한다.

프라이부르크 대학 건물에 새겨진
"진리가 너희를 자유케 하리라."

평안의 궁정 – 그 평안의 의미

하이델베르크 시절, 오펜부르크에 다녀온 이래, 특히 거기서 아름다운 묘비명을 보고 감동한 이래, 이따금 묘지를 산책하는 것이 취미의 하나가 되었다. 여기저기서 이야기한 바 있지만 이곳 독일의 공동묘지는 으스스한 '월하의 공동묘지' 같은 이미지와는 전혀 딴판이다. 기본적으로 아름다운 공원이기 때문이다. 특히 여름에는 예쁜 꽃들과 나무가 우거져 더욱 좋다. 여기서는 그 '주민'들이 한때 희로애락의 삶을 살았던 인간이라는 사실이 아주 가깝게 느껴진다. 내가 오래 살았던 일본도 그 점에서는 비슷했다. 동네 한복판에 사찰이 있고 거기에 거의 예외 없이 묘지가 딸려 있다. 그런 건 우리나라에도 좀 도입을 했으면 좋겠다고 생각된다.

지금 내가 사는 집 바로 근처에도 오래된 공원묘지가 있는데, 절대 '혐오 시설'이 아니다. 교회의 부속 시설 같은 느낌이다. 한 블록 건너 카알슈트라세Karlstraße에 면해 있어 거리 부담이 전혀 없다. 너무 자주 가는 건 좀 이상하지만 가끔씩 가서 어슬렁거리기에는 아주 딱이다.

일부러 찾아간 묘지도 있다. 내가 전공하는 하이데거의 묘지다. 그의 고향 메스키르히 찌겔뷜슈트라세Ziegelbühlstraße에 있다. 학회 참석차 갔을 때 들러보았다. 아무리 전공자지만 거창하게 무슨 '참배'까지는 아니다. 실제는 그냥 '구경'에 가깝다. '가봤다'는 정도의 의미다. 우리 인간이라는 건 그런 정도에도 '의미'라는 걸 갖다 댄다. 물론 거기서 비석에 새겨진 '하나의 별'을 발견하고 거기서 '존재'를 해석하는 것은 약간의 철학적인 의미를 가질 수도 있다.

후설의 묘소에도 일부러 찾아갔다. 프라이부르크 교외 귄터스탈 샤우인슬란트슈트라세Schauinslandstraße에 있다. 2번 전차의 종점이었다. 그의 묘비에는 이름만 새겨져 있을 뿐, 별같은 건 없었다.

그런데 대단한 철학자인 이들도 당연한 듯 그 묘소는 교회 부속의 공동묘지에 있었다. 하이델베르크 시절 가본 적 있는 코펜하겐의 키에케고Kierkegaard 묘소도 마찬가지였다. 거긴 바로 근처에 안데르센의 묘소도 있었다. 역시 멋진 공원묘지였다. '삶이라는 여정의 종착지'라는 느낌이었다.

그런데 한 가지 흥미로운 사실이 있다. 이들은 이 공동묘지를 우리처럼 삭막하게, 혹은 살벌하게(?), 공동묘지라 부르지 않고 '프리트호프(Friedhof)'라 부른다는 것이다. 직역하면 '평안의 궁정'이라는 뜻이다. 어감이 좋다. 궁정, '호프'라는 것은 맥주 가게가 아니라 보통 성 혹은 궁, 내지는 그 정원을 가리킨다. 기본적으로 귀족이 거주하는 공간이다. 생전에는 누구나가 귀족으로서 '호프'에 살 수는 없지만, 죽으면 공평하게 누구나가 다 호프의 주민이 되는 것이다. 어쨌든 민주적이다. 언제부터의 그리고 누구의 발상인지는 모르겠지만 그 '네이밍'이 좋다.

더구나 그 '호프'가 그냥 호프도 아니고 '프리트'호프다. 프리트란 '프리덴(Frieden)' 즉 평화/평안이란 뜻이다. 뜻이 더욱 좋아진다. 이 명칭 자체가 공동묘지의 아름다운 이미지 형성에 한몫한다. 나는 무엇보다도 여기서 '평안'이라는 언어를 주목한다. 죽음이라는 것이 이것과 연결되고 있기 때문이다.

꼭 독일인이 아니더라도 우리 인간은 막연하게 죽음과 평안 내지 평화를 연결해 생각한다. 죽으면 평화를 얻는다고 막연하게 '믿는' 것이다. 아니 그냥 그럴 거라고 '기대'한다는 게 정확하다. 죽음 후가 정말 평화로운지, 그거야 실제로 죽어보지 않고서야 어떻게 알겠는가. 죽어보고 '알게' 된다는 것 자체도 사실 어불성설이다. 죽으면 아는 능력 자체가 소멸되는데 무엇이 무엇을 안단 말인가. 실제로 영혼이 불멸하여 그 영혼이 그걸 안다 하더라도 그가 여기로 되돌아와 아직 죽지 않은 우리에게 알려줄 수도 없다. 되돌아와 알려준다면 그건 천기누설이다. 저승의 규정 위반일 것이다. 염라대왕의 추궁을 받을 일이다. 설혹 그런 사후세계가 있다 손 치더라도 설화에 따르면 거긴 천국뿐만 아니라 '지옥'이라는 것도 있다 하니 거기서 평화나 평안을 누릴 수는 없을 것이다. 그러니 묘지가 '프리트호프'라는 건 그냥 '립 서비스'일까? 나는 알지 못한다. 박사나 교수라고 해서 그런 것까지 다 알 수는 없다.

다만 한 가지 확실한 건 있다. 묘지에서는 일단 모든 것이 '조용해진다'는 것이다. 죽으면서 모든 인간이 입을 닫기 때문이다. 입만 닫아도 평화가 도래한다는 건 부인할 수 없는 철학적 진실이다. 그 입이라는 게 온갖 소란의 원점이기 때문이다. 그게 우리에게 평화와 평안을 앗아가기 때문이다. 세상의 저 모든 시끄러움을 보면 안다. 다 입 때문이다. 물론 입뿐만은 아니다. 안이비설신의 이른바 6근이 다 연결된다. 그것들이 우리가 아는 이 모든 삶의 고통들을, 평화롭지 못하고 평안하지 못한 고통들을 야기한다. 죽음은 그 모든 근원이 제거되는 것이기에 고뇌의 촛불이 꺼지는 것, 즉 니르바나, 즉 궁극의 고요로 이어지는 것이다. 적어도 현상적으로는 그렇다. 그래서 묘지는 평안의 긍정이 맞는 것이다.

하이데거의 묘소도 후설의 묘소도 고요했다. 그들은 더 이상 말이 없었다. 각각 100권이 넘는 저작과 수십 년에 걸친 강의, 강연들⋯. 그들은 그 모든 언어에서는 물론 그 언어의 원천인 사유에서도 해방되었다. 나는 거기를 떠나며 그들이 평안하기를 빌었다. 지금도 그렇게 빌고 있다. 단, 우리는/ 나는 아직 죽지 않았고 묘지가 아닌 '세상'에서 살고 있으므로 아직은 사유를 하고 말을 해야 한다. 그래서 나는 이렇게 입을 놀리고 있다. 평안의 궁정에 들기까지 아직도 한 100년 더 시끄러워야 할지 모르겠다.

메스키르히의 하이데거 묘비

귄터스탈의 후설 묘비

후설의 집 앞에서 – '피'의 무게

프라이부르크 생활이 궤도에 오르면서 은근히 나 자신에게 부과하는 과제가 하나 생겼다. 여기 있을 동안 되도록 많은 일을 체험하고 되도록 많은 곳을 다녀보라는 것이다. '체험(Erlebnis)'을 특별히 강조하는 딜타이Dilthey의 영향? 뭐 그런 거창한 건 아니다. 이렇게 프라이부르크에서 '산다'는 게 드문 일이기 때문이다. 소중한 기회이니 최대한 살려보라는 '인간적인, 너무나 인간적인' 일종의 가치관이다. 더욱이 이곳 프라이부르크는 내가 전공하는 '현상학'의 메카다. 그래서 하이데거와 조금이라도 관련이 있는 곳은 다 다녀보았다. 그의 집, 학교, 강의실, 그의 고향, 생가, 산장, 묘소, 심지어 김나지움까지도 다 가보았다.

그런데 이곳 프라이부르크가 현상학의 메카인 것은 하이데거 때문만은 아니다. 현상학의 창시자이자 하이데거의 스승인 후설Edmund Husserl도 이곳에서 가르쳤고 이곳에서 살았고 이곳에서 죽었다. 그러니 어떤 점에서는 그가 하이데거보다 더 중요할 수도 있다. 나도 비록 하이데거를 전공하고 그것으로 박사학위를 받았지만, 일본에서 대학원을 다닐 때는 정작 하이데거보다 후설 관련 수업을 훨씬 많이 들었다. 모조리 섭렵한 건 아니지만, 《엄밀한 학문으로서의 현상학》, 《논리학 연구》, 《이덴》, 《유럽 학문들의 위기와 초월론적 현상학》 등 그의 주요 저서늘은 웬빈큼 나 읽있다. 이서이 지향성이니 판단중지니 현상학적 환원이니 직관이니 기술이니 … 웬만한 기본 개념도 다 체득했다. 그 매력도 알 만큼 안다. 그것을 나 자신의 강의에서 많이 다루기도 했다. 논문도 썼다. 거의 절반쯤 후설 전공이라고 해도 과장은 아니다. 다만 하이데거보다는 그에게 약간 덜 빠졌다는 정도?

그러니 내가 나에게 부과한 그 과제에서 '후설 관련'이 빠질 수가 없다. 그래서 후설이 살았던 집도 찾아가봤다. 내가 사는 집에서는 남쪽으로 한참 먼 로레토슈트라세Lorettostraße 40에 있었다. 역시 기념판이 붙어 있었다. "현상학의 창시자 에드문트 후설 1859-1938이 1919-1937 이 집에서 살았다(Der Philosoph EDMUND HUSSERL 1859-1938 Begründer der Phänomenologie wohnte in diesem Haus 1919-1937)." 단, 이 집은 대로변에 위치한 4층 건물의 이른바 '보눙'이었다. 후설의 집은 그중 일부였다. 창 3개인 그 2층 전체였다던가? 야스퍼스나 하이데거의 집과는 달리 지금도 일반 주민이 살고 있는 것 같아 들어가보지는 못했다. 아마도 이 집에서 저 '후설리아나'의 일부가 집필되었을 것이고, 내가 타고 왔던 저 전차나 버스를 타고 내가 드나드는 저 대학 강의실로 가서 수업을 진행했을 것이고, 조교였던 하이데거도 어쩌면 거기에 앉아 수업을 들었을 것이다. 그리고 아마 여기에 살 때 저 하이데거가 《존재와 시간》의 초고를 그의 생일선물로 헌정했을 것이고, 그는 나중에 그것을 읽어보고 화를 내며 그 원고를 벽에 집어 던졌을 것이다. 그 밖에도 이런저런 일들이 있었을 것이다. 어쩌면 하이데거도 이 집에 몇 번 다녀갔을지도 모르겠다. 그 집 앞에서 건물을 구경하면서 그런 감회들이 머릿속을 스쳐갔다. 그런데 나는 안다. 바로 이 집에 살고 있을 때 그는 저 히틀러와 나치의 등장을 지켜보았고, 제자 하이데거의 나치 입당과 총장 취임 소식도 들었고, 1933년 그 자신이 (유대인이라는 이유로) 교수직에서 쫓겨났고, 해외 활동도 저지되었고, 나치의 감시하에 놓이기도 했다. 아우슈비츠로 갈 수도 있다는 엄청난 압박과 불행의 지속이었을 것이다. 나는 거기 있는 내내 마음이 무겁고 편치 않았다. 어쩌면 그 때문이었을까? 그는 이 집을 떠나 이사를 했다. 이사한 그 집에도 가봤다. 그 집은 내가 사는 루트비히 거리에서 아주 가까운 곳이었다. 걸어서 갔다. 약간 언덕진 쇤에크슈트라세 Schöneckstraße 6에 있었다. 분위기 있는 아담한 주택이었다. 경사지라 뒷면에서 보면 의외로 규모가 크다. 지금은 한 연구소(Kiepenheuer-Institut für Sonnenphysik)가 들어서 있었다. 역시 무단 침입을 할 수는 없었다. 저쪽에 비해 이쪽이 집도 동네 분위기도 더 좋았다. 그러나 그는 이 집에 이사한 바로 다음 해(1938) 세상을 떠났다. 히틀러가 죽고 전쟁이 끝나기 6년 전이었다. 그러니 여기서도 그는 행복하지 못했을 것이다. 이 집에서 무엇을 쓰고 어떻게 지냈는지는 나도 선생시기 비니바 조사해고지는 있었다. 떠여긴 미음은 어컵히 편치 않았다.

내친김에 그의 묘소에도 가보았다. 좀 멀었다. 2번 전차로 약 30분 거리인 귄터스탈이다. 알트슈타트에서 남쪽으로 약간 떨어진 외곽이다. 샤우인슬란트슈트라세에 면한 공동묘지였다. 교회는 아담했다. 묘지가 제법 넓어 그의 무덤을 찾기가 쉽지 않아 보였다. 입구를 좀 두리번거리고 있었는데 관리인으로 보이는 한 아저씨가 다가오기에 약간 긴장했다. 그런데 이 아저씨가 대뜸 "혹시 후설 무덤을 찾으시나요?" 하고 묻는 게 아닌가. 깜짝 놀라 "아니, 어떻게 아셨어요?" 되물었더니 재미있다는 표정으로 "당신 같은 일본인들 자주 와요." 하며 웃었다. "아니, 나는 한국인인데요." 살짝 화난 표정으로 다시 말했더니 그도 살짝 미안한 표정으로 "아, 한국인도요." 하고 또 웃었다. 그 친절한 아저씨의 도움으로 고생하지 않고 곧바로 후설의 묘소를 찾았다. 내가 두리번거리던 바로 그 근처였다. 어떤 일본인이 혹은 한국인이 놓고 갔는지 무덤 앞엔 아직 싱싱한 꽃이 놓여 있었다. 나는 조용히 눈을 감고 묵념만 올렸다. 그의 비석엔 '별'도 묘비명도 없이 이름과 생몰년도만이 커다랗게 적혀 있었다. 부인의 이름(Malvine)도 함께. 부인의 사망년도는 1950년이다. 1938년 후설이 떠나고 12년 후였다. 다행히 나치의 패망은 남편 대신 보고 갔다. 그리고 자녀인지 게어하르트의 이름도 함께 있었다. 가족묘지였다. 거기서도 역시 나의 마음은 편치 않았다. 히틀러와 나치가 당연히 연상되었다.

에드문트 후설, 그는 어쨌거나 현대철학의 한 거장이었다. '현상학'이라는 한 분야를 창시했고 그것으로 한 시대를 풍미했다. 셸러와 하이데거라는 걸출한 제자들도 배출했다. 그러나 그런 대단한 업적도 그의 실제 삶에서는 유대인이라는 '피'를 넘어서지 못했다. 내가 '이해'를 위해 강조하는 방법론인 '빙의'(그가 되어봄)를 그에게 적용해보면 철학자 후설보다 유대인 후설이라는 게 훨씬 더 무겁게 느껴진다.

그 운명의 무게를 함께 느끼면서 나는 지금 잠시라도 그를 위해 고개를 숙이고 두 손을 모은다. 그의 영혼이 지금 귄터스탈의 그 '평안의 궁정'에서 부디 평안하기를 빈다.

후설의 집 Lorettostraße 40

후설이 말년에 살았던 집 Schöneckstraße 6

토트나우베르크에서
– 장소가 발걸음을 부르는 이유

8월, 토트나우베르크Todtnauberg를 다녀왔다. 하이데거의 산장(Hütte)이 있는 곳이다. 그가 저 유명하고도 유명한 《존재와 시간》을 집필했던 곳이다. 나 같은 연구자에겐 일종의 '성지순례'인 셈이다. 원래 스키 휴양지로 애호되는 곳인데 이곳에 놀러왔던 부인이 너무나 마음에 들어, "이런 데 산장이 하나 있으면 우리 남편 글쓰기에 너무 좋겠다"는 구실로 정말 그것을 마련하게 되었다는 이야기를 책에서 읽은 적이 있다. (하이데거는 당시 일본인 유학생들에게 후설의 현상학을 강독하는 아르바이트를 했는데 패전 배상금으로 인한 엄청난 인플레로 독일-일본 간의 환율 차가 컸기에 그 수입으로 건축 비용을 마련할 수 있었다는 이야기도 일본에서는 아주 유명하다.) 산 중턱이라 전망이 기가 막히게 좋다. 그런데 정작 《존재와 시간》을 쓸 때는 아이들이 아직 어려 뛰어 노느라 정신이 없었기에 저 산

아래 농가에 방을 하나 빌려 거기서 그것을 썼다는 이야기도 제법 알려져 있다.

프라이부르크를 떠난 버스는 슈바르츠발트를 지나며 한참을 달려 토트나우베르크 마을에 정차했다. 스키 휴양지라 당연히 산동네다. 하이데거의 산장은 사람들이 모여 사는 동네에서 한참 떨어진 외진 곳이었다. 길을 물어가며 산 중턱을 가로지르는 길을 따라 그곳을 향해 걸었다. 오른쪽으로 탁 트인 기가 막힌 절경이 펼쳐졌다. 온통 초록색으로 뒤덮인 부드러운 곡선의 완만한 초지. 그리고 드문드문 키 높은 전나무들. 저 아래엔 여러 채의 농가가 모여 있고 그 너머엔 또다시 비탈진 초지 그리고 숲들. 그 위론 끝없이 드넓은 청명한 여름 하늘. 거기에 새하얀 구름 몇 점. "햐~" 천국이 따로 없었다. 한국엔 없는 풍경이었다. 아니 독일에서도 드문 풍경이었다. 하이데거 자신은 이곳의 이 경치를 '창조적 풍광(Schöpferische Landschaft)'이라고 표현했다(《사유의 경험에서》). 숲이 멀어서 그런지 매미 소리도 없이 고요했다. 아무 소리도 들리지 않았다. 오랜만에 경험하는 이른바 절대고요. '고요의 소리'가 그토록 압도적일 줄은 몰랐다. 나 자신의 눈 깜빡이는 소리가 들릴 것도 같은 느낌이었다. 하이데거가 말한 '근본기분(Grundstimmung)' 비슷한 것에 일순 사로잡히며 '존재의 저편'을 언뜻 느껴본 듯도 했다.

드디어 하이데거의 그 산장에 도착했다. 사진에서 익히 보던 그곳이다. 경사지라 뒤쪽 산비탈에서 곧바로 지붕으로 이어지는 특이한 구조. 그대로 걸어 지붕으로 올라가보고 싶은 장난스러운 충동이 살짝 일기도 했다. 감개무량했다. 체링엔의 그 집처럼 이곳도 나에게는 '철학의 현장'이다. 내가 책에서 읽은 그 사유들이 바로 이곳에서 이루어지고 쓰인 것이다. 어찌 감동이 없을 수 있겠는가. 집 왼쪽 옆에는 통나무를 뉘어 만든 특이한 우물도 있었다. 문이 잠겨 있었고 휴가 때만 가끔씩 사람이 온다는 말을 들었기에 호기심이 일어 창문으로 '빼꼼' 안을 엿보기도 했다. 어두워서 잘 보이지는 않았지만 식탁과 새 모양이 장식된 의자, 그리고 골드색 가구 등이 어렴풋이 보였다. 식탁 위엔 붉은색 양초가 한 자루 조용히 촛대 위에 꽂혀 있었다. "무슨 일이오?" 하고 안에서 하이데거가 화난 얼굴로 나올 것도 같았다.

그 입구 계단에 걸터앉아 더위를 식히며 준비해간 도시락을 까먹었다. 물론 김밥은 아니고 독일식 샌드위치다. 가다머와 박종홍을 비롯해 얼마나 대단한 손님들이 이곳을 다녀갔던가. 그 역사적인 장소에서 지금 '초대받지 않은 손님'인 한 젊은 한국인 교수가 혼자 쪼그리고 앉아 샌드위치를 씹고 있다. 어찌 보면 좀 초라하고 처량하기도 하다. 그러나. 나는 우유 한 모금으로 그 빵 조각을 목구멍으로 넘기며 생각했다. 이곳을 다녀간 그 쟁쟁한 손님들과 나, 그중 누가 더 진정한 철학자로 남을지는 아직 모른다. 하이데거와 나, 그것도 아직 모른다. 하이데거는 이미 결승선을 지났고 나는 지금 출발선 상에 서 있다. 하이데거가 여기서 저 《존재와 시간》을 썼을 때보다 지금의 나는 더 젊다. 나는 나의 철학을 할 것이다. 그것으로 하이데거를 넘어설 것이다. 아니 넘어선다는 말은 어폐가 있다. 무슨 경쟁하듯 그럴 필요도 없다. 그의 곁에, 적어도 비슷한 크기로 나란히 설 것이다. 철학이라는 그 무대 위에. 그건 나 자신을 위해서도 의미가 있겠지만 이 시대, 다음 시대를 위해서도 의미가 있을 것이다. 그 중심에 아마도 '인생'이나 '가치' 같은 주제가 있을 거라고 나는 예감한다. 하이데거에게는 없는 것들이다. 나는 그것들이 하이데거의 저 '존재'나 '사유' 못지않은, 아니 어떤 점에서는 그것들보다 더욱 중요한 철학적 주제라고 확신하고 있다. 니체가 말한 '선악의 저편'을 패러디하자면 그것은 '유무의 저편'에 있는 것인지도 모르겠다.

한동안 그 주변을 어슬렁거리며 더위를 식힌 후 천천히 왔던 길을 다시 걸어 토트나우베르크 마을에서 버스를 타고 프라이부르크로 돌아왔다.

그리고 해가 바뀐 1월, 그곳을 다시 찾았다. 친하게 지내는 학회 후배 정은해 선생이 곧 학위를 마치고 귀국을 하게 되는데 어쩌다 물어보니 아직 토트나우베르크에 못 가봤다고 했다. 놀러도 안 다니고 그저 우직하게 공부만 한 그다.
"아니, 하이데거 전공으로 그것도 프라이부르크에서 박사를
한 사람이 거기도 안 가보고 귀국을 한다는 게 말이 되느냐."
"꼭 가봐야 한다." 한 번 가봤다고 잘난 척 그에게 강권했다.
그가 결심했고 나도 동행했다.

두 번째라 길은 익숙했다. 그런데. 눈이 쏟아졌다. 버스가
다니는 게 신기할 정도였다. 어쨌든 시간이 걸려 다시 토트
나우베르크 마을에 도착했다. 온통 설국이었다. 또 다른 아
름다움이 거기 있었다. 정류장 근처의 카페에서 뜨거운 커
피를 한잔하고 눈길을 걸었다. 눈 때문에 길을 잘못 들었는
지 이번엔 경사진 산길을 걸어 올라가야 했다. 쌓인 눈에 다
리가 푹푹 무릎 위까지 빠졌다. 눈발은 계속 날렸다. 한 걸음
떼는 게 보통 일이 아니었다. 이런 경우는 태어나 처음이다.
힘들었지만 뭔가 재미있기도 했다. 정 선생과 서로 쳐다보며
마치 어린아이처럼 천진난만하게 웃었다. 멋없는 사내들끼
리였지만 뭔가 저 영화 〈닥터 지바고〉와 〈러브스토리〉의 설
경이 떠오르기도 했다. 그 주제가들이 마음속 어디선가 잔잔
히 들리는 듯도 했다. 이윽고 산타의 집처럼 하얗게 변한 그
산장에 도착했고 그는 감격했다. 아마 지난여름의 나와 비슷
한 심정이리라. 단, 창문에는 덧문까지 닫혀 있어서 '빼꼼'도
불가능했다. 눈 때문에 오래 머물 수도 없었다. 그러나 여름
과는 완전히 다른 그 설경을 나름 즐기면서 우리는 유쾌하게

프라이부르크로 되돌아왔다.

어떤 장소가 사람을 부르는 데는 여러 이유들이 있다. 특정의 '용무'가 아니라면 대개는 아름다운 '경관'일 것이다. 수십억 발걸음들이 그로 인해 움직인다. 토트나우베르크도 그 점에서는 다를 바 없다. 하여간 이만큼 아름다운 곳도 흔치 않다. 그러나 여기는 그것만이 아니다. 만일 여기에 하이데거의 산장이 없다면 나도 정 선생도 굳이 그 날씨에 거기로 발걸음을 하진 않았을 것이다. '거기'에 누가 있고/있었고, 그가 거기서 '무얼' 하느냐/했느냐에 따라 그곳에 어떤 '의미'의 나무가 자라게 된다. 그것을 보러 사람들은 그곳을 찾는다. 그것은 마치 나비가 꽃을 찾는 것과 유사하다. 거기에 '좋은', '의미 있는' 무언가가 있기 때문이다. 토트나우베르크에는 하이데거와 그의 사유가 있었다. 그것은 스키 휴양과는 전혀 종류가 다른 것이다. 한국에도 이젠 그런 명소가 좀 있어야 한다. 하이데거가 그의 글에서 썼던 것처럼 그런 곳은 베를린이 아니라 이 토트나우베르크 같은 시골이 더 어울린다. 한국도 그렇다. 그곳이 서울이어서는 재미가 없다. 거기가 '창원'이라면 어떨까 하는 생각을 해본다. 마치 정약용의 저 '강진'처럼. 혹은 퇴계의 저 '안동'이나 율곡의 저 '강릉'처럼. 하이데거의 말처럼 풍광이 창조를 낳는다. 프라이부르크에서 그려보는 나의 소박한 '장소론(Topologie)'이다.

토트나우베르크 설경과 하이데거 산장
그리고 《존재와 시간》을 쓴 것으로 추정되는 산장 아래 농가

폰 헤르만 교수님의 송별 초대

1997/98년은 내 인생에서 아주 특별한 한 해였다. 묘한 인연이지만 나는 하이데거 철학을 전공하여 그게 나의 '직업'이 되어버린 셈인데, 바로 그 하이데거의 근거지(학생 및 교수로서 그가 한평생을 지낸 곳)였던 이곳 프라이부르크에서 '주민'으로 내 삶의 한 토막을 보냈기 때문이다.

나처럼 하이데거 철학에 매력을 느끼고 그것을 전공한 사람들에게는 프라이부르크가 메카에 해당한다. 더구나 하이데거 본인이 베를린 대학의 두 차례 초빙을 거절하면서까지 머물렀던 곳이고 그 전후사연을 그의 글(〈왜 우리는 시골에 머무는가(Warum bleiben wir in Provinz)?〉)을 통해 읽었던 터라 이곳은 일종의 신비를 두른 동경의 장소였다. 그래서 나에게도 프라이부르크 유학은 오랜 꿈이기도 했다. 하지만 이런저런 사정들로 이곳은 계속 꿈으로만 남아 있었는데, 1997년, 마침내 나도 '객원교수'로서 그 대학의 일원이 된 것이다. 기뻤고 설레었다.

나를 받아준 분은 프리드리히−빌헬름 폰 헤르만 교수님, 하이데거의 소위 '수제자', '개인 조교', 그 전집의 '책임 편집자'로 너무나 잘 알려진, 국제적인 유명 인사다. 내가 보낸 신청 서한에 대해 답신을 받았을 때 솔직히 좀 떨렸다. 그러나 열어본 내용은 호의로 가득했다. "WJ 교수의 옛 제자요 LKS 교수의 학회 동료인 당신을 이곳 프라이부르크에서 맞이하게 된 것은 나의 특별한 기쁨…" 운운은 감당하기가 벅찰 정도로 고마운 말씀이었다.

그렇게 그분과 나는 '개인적으로 아는 사이'가 되었다.

4년 전 처음 독일(하이델베르크 대학)에 왔을 때처럼 시간표를 보고 수업시간에 들어가 인사를 드렸다. 폰 헤르만 교수님은 훤칠한 키에 딱 봐도 전형적인 독일 신사였다. 작은 체구에 농부 같은 인상이었던 하이데거와 딴판이었다. 호의적이고 친절했다. 나는 그분의 수업(하이데거 강의와 라이프니츠 강의)에 꼬박꼬박 출석했다. 수업 이외의 개인적인 접촉은 많지 않아 기본적으로 그분과의 관계는 학문적인 것이었지만 그것이 다는 아니었다.

잊을 수 없는 장면이 하나 있다. 지난가을 독일 전역에 학생들의 동맹휴업 사태가 있었다. 정부가 한 학기 등록금을 100마르크(한화 약 5만 원)로 인상하기로 하자 학생들이 일종의 '등투(등록금 투쟁)'를 하게 된 것이다. "'후니'*(100마르크씩이나 받는 대학)는 필요없다(Wir brauchen keine Huni)!"라는 구호가 아주 인상적이었다. 그 동맹휴업의 전주(前週), 수업이 끝난 후 교수님은 입을 열었다. "여러분의 동맹휴업 소식을 들었습니다. 다음 주는 아마도 정상적인 수업이 불가능할 것 같습니다." 1970년대에 대학을 다닌 나로서는 익숙한 풍경이었다. 한국 같으면 "와~" 하고 신나는 함성을 지르거나 최소한 싱글벙글하는 반응이었을 것이다. 그런데…, 나로서는 좀 의외였다. 어쨌든 휴강인데, 좋아하는 학생이 아무도 없었다. 뭔가 시큰둥했고 아쉬움이 표정에서 느껴졌다. 그때 교수님이 말씀을 계속했다. "학교에 나올 수는 없겠지만 그래도 우리 공부는 해야겠죠? 어떻게 생각하세요?"라는 것이다. 그러자 한 학생이, "동의합니다. 제가 다니는 교회에 큰 공간이 있는데 한번 알아볼까요?"라고 의견을 제시했다. "아, 그래요? 그거 좋겠네. 그럼 잘 부탁합니다. 다들 괜찮겠어요?" 했더니 학생들도 일제히 "야볼(Jawohl: 네/그럼요)!"을 외쳤다. 나로서는 일종의 문화충격이었다. 멋있었다. 그렇게 해서 그 다음 주 수업은 약속대로 학교 밖 고풍스러운 분위기의 교회 시설에서 평소처럼 진행되었고, 장소가 달라 그런지 수업 분위기는 여느 때보다 더 활기찼다. '아, 역시 독일!'

---

* '백(Hundert)'과 '대학(Universität)'을 비꼬아 합성한 말.

'뭔가 다름'을 나는 부러움과 함께 느끼지 않을 수가 없었다.

교수님의 수업은 철저했다. 한국에서도 일본에서도 익히 알고 있었지만, 그분의 연구는 철저하게 하이데거의 본의를 추적하는 충실한 내재적 해석으로 유명했다. 그쪽 방면으로는 단연 최고였다. 일본의 지도교수도 그런 편이었지만, 이 양반은 그보다 한 차원 더 철저한 느낌이었다.

이탈리아 출신의 제자 코리안도Paola-Ludovika Coriando[*] 양을 특별히 아꼈는데, 나이는 어렸지만 그녀의 실력은 대단했다. 특히 '에어아이크니스(Ereignis: 본연)' 등 후기 철학에 대한 이해가 탁월했다. 겨울학기 때는 그녀의 강의도 들어봤다. 그녀는 아직 젊지만 이미 하이데거 전집의 편집자로도 활동하고 있다.

세미나는 하이데거가 했던 방식을 그대로 재현했다. 매시간 바뀌는 발표자와 기록자(Protokollant)도 톡톡히 제 역할을 수행했다. 그분이 하이데거의 수업에 학생으로 참석했던 당시가 눈앞에 보일 듯이 훤히 그려졌다.

이윽고 1년간의 체류가 거의 끝나 귀국이 가까이 다가왔다. 교수님은 마침 학위 심사가 끝난 한국인 제자 정은해 선생과 함께 나를 자택으로 초대했다. 잠시 들른, 역시 제자였던 조관성 교수도 함께 초대했다. 프랑크푸르트에서 친했던

---

[*] 2009년 이후 그녀는 인스브루크Innsbruck 대학에서 철학교수로 활동 중이다.

독일 친구 우테네 집에 들어가본 적은 있지만, 독일 교수님의 집 안에는 처음 들어가봤다. 독일에서는 보통 단독주택을 선호하고 아파트 같은 공동주택은 좀 별로로 치지만 교수님의 댁은 아파트였다. 어제 저녁, 거기를 다녀왔다. 분위기는 환상적이었다. 사모님(베로니카Veronica 여사)의 요리 솜씨는 아주 훌륭했다. 전직 의사였던 사모님도 식탁의 대화에 적극적이셨다. 그 대화에서 나는 하이데거의 개인 조교이기도 했던 폰 헤르만 교수님께 하이데거에 대한 이야기도 많이 들었다. 하이데거가 토트나우베르크의 산장에서 《존재와 시간》을 쓸 때, 어린 아들들이 뛰어 노느라 시끄러워 정작 거기서 집필하지 못하고 산 아래 농가의 방을 빌려 거기서 썼다는 이야기도 그를 통해 확인했다. 그리고 무엇보다도 체링엔의 그 집 자체가 하이데거의 집 바로 근처라 전집 발간이 결정되고 그의 생전에 이미 그 편집 작업이 시작되면서 긴밀한 협의를 위해, 즉 하이데거가 찾으면 바로 달려갈 수 있기 위해 '육안으로 직접 보이는 거리에' 이 집을 마련하게 되었다는 이야기도 들려줬다. '선생과 제자'라는 관계를 새삼 생각하게 해준 일화였다.

사모님이 준비하신 와인과 내가 선물로 가져간 와인이 다 비어갈 무렵, 나는 불그레한 얼굴로 선물로 준비해간 작별시를 그 자리에서 낭독했다. 전날 밤늦도록 정성 들여 지은 것이었다.

⟨Wir wollen warten⟩

—Für Professor Dr. Friedrich—Wilhelm von Herrmann

Traurig als ein Kerzenlicht flammert

in der Musik des Abschiedes,

sorglich aus der Fenster guckt

der Mond die um den Tisch sitzenden Augen.

Aber nicht erlaubt der Wein

die Träne näher zu kommen,

weil er wohl weiß,

daß es noch nicht die Zeit ist.

Wahrlich gibt es kein absolutes Ende,

das kein Weiteres mehr hat.

Und alles geht ein Neues schwanger,

das das Vergangene gepflanzt hat.

Mein gepackter Koffer erinnert noch

an den ersten höflichen Händedruck im Sommer,

und die angenehme Gespräche am Herbstabend,

und auch jene aus der Philosophie geschenkte rührende

Sprache im Winter.

Im kommenden Frühling, in den Gärten unserer Herzen,
wird alles wieder einmal blühen.
Bis dahin wollen wir warten,
ohne einen einzigen Tropfen der traurigen Träne sehen zu
lassen.

〈우린 기다리겠습니다〉
— 프라이부르크를 떠나며 프리드리히-빌헬름 폰 헤르만 교수께

이별의 음악 흐르고
슬프게 촛불이 가물거릴 때
걱정스레 창밖에서는 달이 보네요
테이블을 둘러싸고 앉은 눈들을

하지만 달은 마라 하네요
눈물이 가까이 다가오는 걸
왜냐하면 그는 잘 알고 있으니
아직은 그때가 아니라는 걸

그렇죠, 완전한 끝이란 없는 것이죠

아무것도 남지 않는 그런 끝이란
그래요, 모든 것은 새로운 걸 품고서 가죠
과거가 심어놓은 새로운 것을

꾸려진 나의 짐은 기억하겠죠
여름날의 정중했던 그 첫 악수를
그리고 가을밤의 편한 대화와
그리고 겨울날의 저 언어들을. 철학이 보내온 감동의 언어…

다가올 봄, 우리들의 정원, 마음의 정원
거기서 모든 것이 새로 꽃필 거예요
그때까지는 우리 기다리려 합니다
슬픈 눈물일랑 한 방울도 보이지 말고

박수가 터져 나왔다. 교수님은 아주 아름다운 시라고 하
시면서 "내가 받아본 선물 중 이런 건 처음"이라며 좋아하셨
고, 사모님은 "그거 혹시 주실 수 있으세요? 우리 남편 서재
에 붙여놓고 싶은데." 하고 고마운 말씀을 건네주셨다. 당연
히 드렸다. 그게 정말로 거기 붙여졌는지 그건 알 수가 없다.
붙이는 게 중요한 것은 아니다. 중요한 것은, 머나먼 지구 반
대쪽 한국에서 독일까지 찾아온 한 젊은 손님이 작별을 기념
하여 그 초대 선물로 독일어로 쓴 시 한 편을 준비했고, 촛불

가물거리고 와인 향 은은한 식탁에서 그걸 낭독했으며, 주인 내외가, 그것도 세계적인 저명 학자가 흐뭇하게 웃으며 감사 인사를 전해준 그런 순간이 있었다는 사실이다. 하이데거가 말한 우리들의 이 '한동안'의 시간 속에. 존재의 한 장면으로 서. 그건 적어도 나에게는 '기념할 만한 추억'으로서 오래도록, 20년, 30년이 지나더라도, 사라지지 않는 은은한 향기로 남아 있을 것이다.

폰 헤르만 교수님, 진심으로 감사드립니다. 오래오래 건강하시기를 빕니다.[*]

프리드리히–빌헬름 폰 헤르만 교수님

---

[*] 1934년 10월 8일 생인 교수님은 2022년 8월 2일, 프라이부르크에서 작고 했다. 향년 87세였다. 삼가 교수님의 명복을 빈다.

이수정 李洙正

일본 도쿄대 대학원 인문과학연구과 철학전문과정 수사 및 박사과정을 수료하고 하이데거 연구로 문학박사 학위를 취득했다. 한국하이데거학회 회장, 국립 창원대 인문과학연구소장 · 인문대학장 · 대학원장, 일본 도쿄대 연구원, 규슈대 강사, 독일 하이델베르크대 · 프라이부르크대 객원교수, 미국 하버드대 방문학자 및 한인연구자협회 회장, 중국 베이징대 · 베이징사범대 외적교수 등을 역임했다. 월간《순수문학》을 통해 시인으로 등단했고 현재 창원대 철학과 명예교수로 활동 중이다.

저서로는 Vom Rätzel des Begriffs(공저),《言語と現実》(공저),《하이데거—그의 생애와 사상》(공저),《하이데거—그의 물음들을 묻는다》,《본연의 현상학》,《인생론 카페》,《진리 갤러리》,《인생의 구조》,《사물 속에서 철학 찾기》,《공자의 가치들》,《생각의 산책》,《편지로 쓴 철학사 I · II》,《시로 쓴 철학사》,《알고 보니 문학도 철학이었다》,《국가의 품격》,《하이데거—'존재'와 '시간'》,《노자는 이렇게 말했다》,《예수는 이렇게 말했다》,《부처는 이렇게 말했다》,《시대의 풍경》,《명언으로 돌아보는 철학세계 일주》,《소설로 쓴 인생론》,《하버드의 춘하추동》,《소크라테스의 가치들》등이 있고, 시집으로는《향기의 인연》,《푸른 시간들》이 있으며, 번역서로는《현상학의 흐름》,《해석학의 흐름》,《근대성의 구조》,《일본근대철학사》,《레비나스와 사랑의 현상학》,《사랑과 거짓말》,《헤세 그림시집》,《릴케 그림시집》,《하이네 그림시집》,《중국한시 그림시집 I · II》,《와카 · 하이쿠 · 센류 그림시집》등이 있다.

sjlee@cwnu.ac.kr

**하이델베르크와 프라이부르크의
사색 일지**

1판 1쇄 인쇄	2023년 3월 20일
1판 1쇄 발행	2023년 3월 25일

지은이	이 수 정
펴낸이	전 춘 호
펴낸곳	철학과현실사
출판등록	1987년 12월 15일 제300-1987-36호
주소	경기도 파주시 상지석길 133 나동
전화	031-957-2350
팩스	031-942-2830
이메일	chulhak21@naver.com

ISBN 978-89-7775-865-0 03810
값 15,000원